크리스마스 캐럴

찰스 디킨스

크리스마스 캐럴

서문 마이클 슬레이터

이은정 옮김

펭귄클래식코리아

크리스마스 캐럴

1판 1쇄 발행 2008년 5월 26일
1판 24쇄 발행 2022년 4월 11일

지은이 | 찰스 디킨스 옮긴이 | 이은정
발행인 | 이재진 단행본사업본부장 | 신동해 편집장 | 김경림
마케팅 | 최혜진 이은미 홍보 | 최새롬
제작 | 정석훈 국제업무 | 김은정

브랜드 펭귄클래식코리아
주소 경기도 파주시 회동길 20
문의전화 031-956-7350 (편집) 02-3670-1123 (마케팅)
홈페이지 www.wjbooks.co.kr
페이스북 www.facebook.com/wjbook
포스트 post.naver.com/wj_booking
발행처 ㈜웅진씽크빅
출판신고 1980년 3월 29일 제406-2007-000046호

Penguin Classics Korea is the Joint Venture with Penguin Random House Ltd.
Penguin and the associated logo are registered and/or unregistered trademarks of
Penguin Random House Limited. Used with permission.
펭귄클래식코리아는 펭귄랜덤하우스와 제휴한 ㈜웅진씽크빅 단행본사업본부의 브랜드
입니다. 펭귄 및 관련 로고는 펭귄랜덤하우스의 등록 상표입니다. 허가를 받아야만 사용
할 수 있습니다.

이 책은 저작권법에 따라 보호받는 저작물이므로 무단 전재와 무단 복제를 금지하며,
책 내용의 전부 또는 일부를 이용하려면 저작권자와 ㈜웅진씽크빅의 서면 동의를 받아야
합니다.

서문 ⓒ 마이클 슬레이터, 2003/펭귄랜덤하우스
한국어판 ⓒ 웅진씽크빅, 2008

ISBN 978-89-01-08206-6 04800
ISBN 978-89-01-08204-2 (세트)

• 잘못된 책은 구입하신 곳에서 바꾸어 드립니다.
• 책값은 뒤표지에 있습니다.

차례

서문 · 7
판본에 대하여 · 17

크리스마스 축제 · 29
교회지기를 홀린 고블린 이야기 · 37
『험프리 님의 시계』에 실린 크리스마스 에피소드 · 54
크리스마스캐럴 · 63
크리스마스트리 · 199
늙어가는 우리에게 크리스마스란 무엇일까? · 225
가난한 일곱 여행자 · 233

서문

마이클 슬레이터

찰스 디킨스의 전기 작가들이 가장 좋아하는 일화는 런던 거리의 손수레 끄는 소녀에 관한 이야기다.(이 일화는 시어도어 왓츠 던턴이 최초로 기록해 놓은 바 있다.) 1870년 6월 9일 던턴은 한 소녀가 "디킨스가 죽었어요? 그럼 크리스마스 할아버지도 죽은 건가요?"라고 외치는 소리를 들었다. 영어권 국가의 대중문화에 깊이 자리 잡은 축제 분위기의 크리스마스와 함께 디킨스의 이러한 '크리스마스 할아버지'로서의 정체성은 32세 생일을 한 달 남짓 앞두고 생기기 시작했지만, 당시 그는 이미 영국인들이 가장 사랑하는 소설가로 지위를 굳힌 상태였다. 디킨스가 이러한 정체성을 얻게 된 과정은 1836년 12월 말에 발표된 『피크위크 문서』 열 번째 연재물인 「유쾌한 크리스마스 이야기」로 시작되었다. 하지만 그가 이러한 이미지를 확고히 굳히게 된 것은 자신이 '깜짝 놀랄 만한 성공'이라고 언급했던 첫 번째 '크리스마스 책'인 『크리스마스캐럴·크리스마스의 유령 이야기』를 출간한 후였다. 1843년 12월 17일에 처음 발표된 이 작품은 크리스마스이브에 이르러 이미 오천 부가 넘게 팔렸고, 채프먼앤드홀 출판사는 재판을 찍을 계획을 세웠다. 이렇듯 성공적으로 데뷔한 「크리스마스캐럴」은 지금까지 한 번도 절판된 적이 없을 뿐만 아니라 다양한 판형으로 출판되고 있으며, 영미 문화권에서는 호랑가시나무, 미슬토, 크리스마스 트리, 크리스마스 크래커와 함께 크리스마스를 대표하는 아이콘이 되었다. 물론 지난 백육십 년간 「크리스마스캐럴」이 우리에게 인쇄물 형식으로만 영향을 끼쳐온 것은 아니다. 『에브니저 스크루지의 생애와 시대』에서 폴 데이비스는 수년간 영미 연극 무대와 스크린에서 디킨스의 원작을 각색해 끊임없이 변화시키고 수정하여 확대재생산한 과정을 살펴봄으로써, 소위 '문화 텍스트'의 관점에서 「크리스마스캐럴」의 다채로운 역사를 조명하였다. 그러한 각색이 대서양을 사이에 둔 양국의 사회적 형편과 분위기의 변화를 반영해 왔음은 물론이다.

「크리스마스캐럴」이 서구 문화에서 확고한 위상을 차지한다는 필립 콜린스의 지적은 대중들이 디킨스가 혼자서 영국식 크리스마스를 만들어낸 것이라고 믿게 만든다. 그러나 사실 「크리스마스캐럴」이 꾸준히 큰 인기를 얻은 덕분에, 디킨스가 지대한 영향력을 갖게 되었다는 말이 더 옳은 것이다. 「크리스마스캐럴」은 19세기 삼사십 년간 영국에서 일어났던 전통적인 크리스마스 축제를 부활시키려는 움직임에 확실히 영향을 미쳤다. 게다가 크리스마스 축제의 이러한 변화는 기독교 교리의 자선을 강조하려는 움직임과도 관련이 있었다. 1843년 12월 23일자 《픽토리얼 타임스》에 실린 '모두가 즐거운 크리스마스를'이라는 제목의 사설을 봐도, 디킨스 혼자 이런 점을 강조한 것이 아님을 알 수 있다.

웃는 얼굴로 만찬을 드는 이 즐거운 날에는 모두 이런 떠들 썩함을 만끽하고 가난한 이웃도 배려할 줄 아는 가치 있는 사람들이 되자. 가난한 사람들은 우리들의 도움이 없으면 즐거움을 누릴 수 없다. 우리의 난로에는 불꽃이 활활 타오르고 식탁에는 맛있는 음식들이 가득하지만, 추운 오두막에서 초라한 식탁을 마주하고 있는 가난한 사람들과 그보다 더 불쌍한, 거리를 헤매는 노숙자들도 생각하자…….

이러한 간곡한 권고는 그 당시(경제적 고통과 사회적 불안이 널리 퍼져 있던 '배고픈 1840년대'를 가리킨다.) 사설에서 흔히 찾아볼 수 있으며, 크리스마스 설교에 자주 등장하는 내용이기도 했다. 《펀치》의 첫 크리스마스 특별호(1841년)에는 디킨스의 친구인 급진자유파 극작가이자 언론인이었던 더글러스 제럴드가 쓴 「초크피어 씨는 크리스마스를 어떻게 즐겼나」라는 기사가 실렸다. 그 기사는 어느 부유한 상인이 구빈원에 있는 빈민들의 처지는 전혀 생각하지 않고 시끄럽게 떠들고 마시며 '흥청망청한 크리스마스'를 보낸다는 내용을 소개한다. 그러면서 제럴드는 독자들에게 '마음으로 지내는 크리스마스'와 '베풀고 또 베푸는' 크리스마스를 보내도록 강조한다. 이런 메시지는 「크리스마스캐럴」이 발표된 그해 제작된 크리스마스카드에서도 발견할 수 있다. 캘커트 호슬리가 헨리 콜(훗날 빅토리아앤드앨버트 박물관 초대 관장으로 취임하게 되는 인물)을 위해 디자인한 카드에는 세 면에 걸쳐 그림이 연속되는데, 가운데 그림에서 어느 부자가 크리스마스 가족 파티에서 찰랑찰랑 넘치는 포도주 잔을 들고 사람들을 둘러보며 뭐라고 외치는 모습이 나온다. 그리고 양쪽 그림에는 '헐벗은 자에게 옷을',

'배고픈 자에게 음식을'이라는 자선 구호가 쓰여 있다. 스크루지와 크래칫이 등장하는 현대적인 디킨스의 동화는 강렬하지만 완전히 비종파적인 기독교의 색채를 띠고 있다. 그러나 이러한 특징은 논설위원이나 풍자하기 좋아하는 도덕적인 언론인들에게 영향을 주지도 않았고, 설교자나 카드 제작자도 이 작품을 두고 그러한 종교적인 목적을 이루려고 기대하지 않는다. (신문을 읽지 못하거나 읽을 형편이 안 되는 사람들, 좀처럼 설교를 들을 수 없는 수많은 사람들에게 사설이나 설교는 별 효과가 없기 때문이다.) 디킨스가 '비판적인 계관시인'이라고 칭했던 로드 제프리는 「크리스마스캐럴」에 감명을 받고 디킨스에게 이런 편지를 썼다.

선생의 다정한 마음에 신의 은총이 가득하기를……. 선생도 아시겠지만 1842년 이후로 사람들의 마음에 선한 감정을 불러일으키고, 자선을 더욱 확실히 행동으로 옮기도록 촉구하는 데 있어 어느 기독교의 성직자나 설교자의 말보다도, 선생의 작은 소설 한 편이 더욱 큰 힘을 발휘했습니다.

「크리스마스캐럴」을 처음 읽은 검토자들 역시 이 책에서 인간애와 '자선 독려', '인생의 고난과 슬픔을 겪는 이들에 대한 연민'을 강조했다. 윌리엄 새커리의 말대로「크리스마스캐럴」은 '국가적으로 이익이 되었고, 작품을 읽은 모든 남녀들에게 은혜를 베풀어' 준 것이다.

1820년대와 1830년대에 학자들 사이에서 크리스마스 전통에 대한 관심이 다시 살아나게 된 주된 이유가 기독교의 자선을 실천하자는 열풍 때문만은 아니었다. 오히려 그러한 움직임은 풍부한 볼거리에 대한 취향의 보편화와 더 큰 관련이 있다. 안정된 사회, 계급 간에 인정하고 수용하는 분위기, 계층 간 조화를 이루었던 '좋았던 옛 시절'인 토리당 시대에 대한 향수와도 밀접한 관련을 맺고 있다. 계관시인 로버트 사우디는 1807년을 회고하며 이런 말을 했다. "모두가 자기 아버지 시대의 크리스마스와 지금의 크리스마스가 얼마나 다른지에 대해 이야기하면서 예전의 의식이라든지 축제 분위기는 사라져버렸다고들 한다." 일 년 후 월터 스콧은 유명한 장편 서사시 『마미언』의 6편 도입부에서 '옛 시절'의 떠들썩한 크리스마스 축제를 묘사하면서 사람들의 향수를 불러일으켰다. 예컨대 영주의 저택 홀, 멧돼지 머리, 크리스마스 파이, 크리스마스 통나무, '시끄럽게 울려 퍼지는 캐럴' 따위 말이다. 이 시는 수많은 독자들의 상상력을 자극했다. 그리고 삼십 년 후 디킨스의 절친한 친구인 대니얼 매클리스가 다양한 이야깃거리를 담은 「남작의 저택에서 보낸 즐거운 크리스마스」그림을 선보였을 때도 그런 이미지는 여전히 존재했다. 그 그림은 남작 가족과 스콧의 문구를 따르자면 '봉신, 소작농, 농노 할 것 없이 모두'가 함께 모여 축제를 즐기는 모습을 보여 준다. 한편 미국 소설가 워싱턴 어빙은 『스케치북』에서 시골 지주인 브레이스브리지가 선조의 집에서 벌이는 시끌벅적한 크리스마스 연회를 묘사함으로써 풍자가 들어가지 않은 환상적인 크리스마스 풍경을 만들었다. 그 장면은 골동품 수집이 취미인 영국의 시골 신사가 여러 친척, 하인, 손님들과 예전의 크리스마스 의식을 그대로 재현하는 모습을 생생하게 보여 준다. 어빙의 충실한 독자였던 디킨스는 『피크위크 문서』에서 떠들썩한 크리스마스 파티를 준비하는 모습을 묘사할 때 어빙의 영향을 많이 받았다. 이 장면 하나하나는 스콧과 어빙의 낭만적인 복고주의에 응답이라도 하는 듯, T. K. 하비가 『크리스마스 책: 크리스마스의 관습, 의식, 전통, 미신, 놀이, 정신, 축제에 대하여』에서 소개한 것만큼이나 영국의 전통적인 크리스마스를 이상화하고 있어서, 마치 매클리스의 그림을 보는 듯하다. 또한 1831년과 1832년에 발표된 W. H. 해리슨의 『크리스마스 난롯가의 친구, 익살꾼』과 1833년에 나온 윌리엄 샌디스의 『고대와 현대의 크리스마스 캐럴 선집』에서도 그러한 경향을 엿볼 수 있다. 이런 책들이 강조하는 것은 주로 떠들썩하고 신나며, 재미난 동물 모형과 인형 장식물이 넘쳐나고, 하인들과 객식구까지도 함께 즐기는 전통적인 축제 의식이다.

디킨스 자신이 크리스마스를 처음으로 다룬 것은 1835년 12월 27일자 《벨스 라이프 인 런던》에 실린 스케치* 연재물「장면과 인물들」에 실린 에세이에서였다. 이 연재물은 한 젊은 작가가 '팁스'라는 필명으로 신문사에 투고하는 형식을 취했는데, 그 에세이의 제목은「크리스마스 축제」였다.(몇 달 후 초기 작품집인『보즈의 스케치북』에 실릴 때는「크리스마스 만찬」으로 제목이 바뀌었다.) 독자들은 그 글에서 어빙 식의 향수를 기대했을지도 모른다. 하지만 스케치는 시대적인 분위기를 반영하는 법이다. 그 에세이에선 '옛 크리스마스'의 전통 의식은 존재하되 런던의 중산층 가족(디킨스가 부모한테서 물려받았을 법한 가족 상(像)이 드러나 있다.)에 맞게 변형되었다. '옛날 방식'의 남작 부부는 너그럽고 따뜻한 조지 삼촌 부부가 되었고

---

* 19세기에 유행한 문학 장르. 소품이라고도 부르며 플롯이 없거나 매우 짧은 단편을 가리킴.

'가신들'은 아름다운 새 분홍 리본 모자를 쓴 하인으로, (하지만 주인집 가족과 '함께'가 아니라 자신들의 숙소에서 크리스마스를 맞는다.) 멧돼지의 머리는 고급 칠면조로 바뀌었고, 중세 방식의 여흥은 '우아한 장님 놀이'로 대체되었다. 스케치의 첫머리에서 디킨스는 '크리스마스가 예전 같지 않다고 말하는 사람들' 얘기를 꺼내는데, 그 말은 사우디나 스콧처럼 과거를 찬양하는 사람들을 가리키는 게 아니라, 개인적인 아픔과 실수, 불운으로 고통을 겪어서 이 즐거운 기념일에도 어쩔 수 없이 그런 기억이 떠올라 힘겨워하는 사람들을 의미한다. 결국 고통스러운 기억을 극복하느냐 마느냐가 디킨스의 크리스마스 관련 작품들 대부분의 주제가 되었다. 그리고 이 책에도 종종 나오지만 어린 자식의 죽음을 무엇보다 고통스러운 기억으로 꼽았다. 이 스케치에서 디킨스는 독자들에게, 스크루지처럼 아픈 기억을 억누르지 말라고 권유한다. 그저 한편으로 치워놓고 좋은 일만 회상하며 기뻐하라고 한다.

존 버트가 처음으로 지적했듯이 「교회지기를 홀린 고블린* 이야기」는 「크리스마스캐럴」의 원형이라고 볼 수 있다. 「교회지기를 홀린 고블린 이야기」에서 크래칫 가족과 불운한 아이가 누구라고 딱히 말하지는 않았지만 이야기를 읽다 보면 짐작할 수 있다. 가브리엘 그럽은 고블린이 억지로 보여 준 그림에서 서로 사랑하고 고통을 함께 나누는 가족의 모습을 보고 마음이 움직인다. 하지만 가브리엘은 그림 속의 가족과 개인적으로 아무 관련이 없고, 그가 더 이상 염세주의자가 아니라고 해도 달라지는 것은 아무것도 없으며, 그러한 염세주의에서 벗어

---

* 서양 민담에 나오는 악귀.

나는 데 기억이 작용한 흔적은 없다.「크리스마스캐럴」의 주요 소들은「교회지기를 홀린 고블린 이야기」에도 존재하지만 정리되지 않은 채로 남겨진다. 디킨스의 크리스마스 걸작은 1840년 주간지에『험프리 님의 시계』를 연재하기 시작하면서부터 더욱 구체화되었다.

디킨스는 1839년 말부터 사 년간 성공을 거듭하며 꾸준히 글쓰기에 전념했다.『올리버 트위스트』가 성공을 거두고『피크위크 문서』와『니컬러스 니클비』까지 잇달아 성공을 거두었다. 각 작품은 연재물로 앞뒤 이야기들과 조금씩 겹쳐지는 연작 성격을 띠었다. 이제 뭔가 색다르고 독특한 것을 원하게 된 디킨스는『험프리 님의 시계』에서 미셀러니*라는 수단을 시도했다. 애초에는 다른 작가들도 동참하게 할 의도였지만 결국 그렇게 되지는 않았다. 이 연재물에서 잡문집 편집자로 추측되는 험프리는 속세를 등진 절름발이 노총각이다. 험프리는 슬픔으로 점철된 추억이긴 하지만 젊은 시절의 기억 덕분에 인간에 대한 애정을 유지한다. 크리스마스에 그가 보여 주는 행동은 라이 헌트가 1817년 옛 크리스마스 풍습과 '옛 풍습이 부활되어야 하는 이유'에 관해 쓴 에세이에서 조언한 내용을 본보기로 삼은 것처럼 보인다. 19세기를 살았던 헌트는 앞선 이삼십 년간을 돈에 집착하는 실리주의자들이 넘치는 세상으로 보았다.

난로에 불을 지피고 웃음 띤 얼굴로 밖으로 나가라……. 동시대 사람들에게 즐거움을 주기 위해 벌이는 온갖 새로운 일들, 친구와 하인 또는 마을 사람들 사이에서 펼쳐지는 왁자한 축제

---

*생활 주변의 사소한 일들을 소재로 쓴 수필.

분위기……. 구빈원에서 자신의 손을 비비고 나서 남의 손을 잡을 때 느껴지는 온기, 이런 것들이 이 시대의 정신이자 진정한 행복이 되게 하라.

험프리 씨는 크리스마스에 온화한 미소를 짓고 거리를 걸어다니면서(디킨스 자신이 매우 좋아하는 취미였다.) 사람들을 만나고 또 한 명의 염세주의자인 외톨이 귀머거리 신사를 구해주게 된다. 황량한 선술집에 앉아 있던 그 귀머거리 신사는 배신을 당하거나 버림을 받아 행복을 잃고 시름에 빠진 사람이었다. 이 작은 에피소드를 통해 디킨스는 처음으로 고통스러운 기억과 크리스마스 자선이라는 주제를 연결시켰고, 이것은 나중에 그의 크리스마스 작품의 뼈대가 된다.

「크리스마스캐럴」을 구상하기까지는 삼 년 반이라는 시간이 걸렸다. 그 사이에 디킨스는 두 편의 소설 『오래된 골동품 가게』와 『바나비 럿지』를 썼고, 정신적인 충격을 경험했던 미국 여행을 했으며, 『피크위크 문서』와 『니컬러스 니클비』처럼 12회 연재 형식으로 새 작품 『마틴 처즐윗』을 시작했다. 눈 쌓인 풍경과 아름답고 사랑스러운 아이가 죽어가는 모습을 그린 『오래된 골동품 가게』의 절정 장면은 디킨스의 크리스마스 이야기의 윤곽을 어렴풋이 예고한다. 그러나 디킨스는 크리스마스와 직접 관련된 글은 쓰지 않았고, 1843년 10월에 이르러 갑자기 영감을 받아 「크리스마스캐럴」의 집필을 서두르게 된다.

당시 많은 지식인들이 그랬듯, 디킨스 역시 그해 초 의회에서 발표된 「어린이 고용 커미션에 대한 (제조업체들의) 두 번째 보고서」를 읽고 짐승만도 못한 실태에 엄청난 충격을 받았다. 엘리자베스 배럿은 「아이들의 울부짖음」이라는 시를 발표했고, 디킨스는 그 보고서를 읽고 '절망의 구렁텅이에서 빠져나오지 못해, 「빈민층의 자녀를 위해 영국 국민들에게 고함」이란 팸플릿을 저가에 발행하기로 마음먹었다. 그는 또 빈민층이 '죄의식 없는 자연스러운 기쁨'과 문화를 누리게 하자는 취지로 설립된 맨체스터 애서니엄의 첫 번째 연례 모임에서 연설을 했다. 디킨스는 런던 감옥이나 싸구려 여인숙에서 목격한 사춘기 청소년들의 끔찍한 실태를 떠올리며 빈민층 교육의 필요성을 강조했다. 그때의 경험은 그에게 이야기의 아이디어를 준 것처럼 보인다. 다만 이를 토대로 하되 예전의 「교회지기를 홀린 고블린 이야기」와 같은 크리스마스 이야기를 완전히 탈피하면서도, 부유하고 힘 있는 사람들이 가난하고 약한 사람들에게 마음을 열도록 도와주며 기억이라는 주제가 전면에 등장하는 이야기여야 했다. 우리가 앞에서 보았듯이 그에게는 언제나 크리스마스와 관련해서 '기억'이라는 주제가 가장 매력적이었다.

「크리스마스캐럴」은 『마틴 처즐윗』 11회를 발표하느라 바쁘게 보내던 중 '이상하게 한가해진 틈을 타' 일필휘지로 써내려간 작품이다. 그는 미국인 친구 코넬리우스 펠턴에게 당시 상황을 설명하면서 이렇게 썼다.

> 찰스 디킨스는 울다 웃다 또 울며, 이 소설을 쓰는 동안 정말 이상하게도 흥분 상태에 빠져 있었다네. 미루어 보건대 매일 밤 런던의 컴컴한 골목을 이삼십 킬로쯤 걸어 다녔을 걸세. 술 취한 주정뱅이가 아니고서는 모두 잠자리에 들었을 시간에 말이야.

「크리스마스캐럴」이 얼마나 대단한 성공을 거두었는지는 앞에서도 언급했다. 연한 갈색 표지에 금박을 입힌 제목, 색지를 사용한 속지, 금박 테두리에 디킨스의 동료이자 《펀치》의 삽화가인 존 리치의 삽화를 넣은 이 책은 크리스마스 선물용으로 5실링에 불티나게 팔려 나갔다. 삽화 여덟 점 중 네 점은 본문 중간에 삽입되었고 나머지는 전면 채색 삽화로 실렸다. 캐서린 워터스에 따르면 난롯가에서 이야기를 들려주는 것이 중요한 크리스마스 전통이 된 후「크리스마스캐럴」같은 책은 '두 가지 기능'을 했다고 볼 수 있다. 즉 '그런 의식의 세부적인 형식을 만들고, 극적인 표현을 중시하게' 된 점이다. 디킨스는 특히 스크루지가 첫 번째 유령을 만나는 장면을 묘사할 때 친근한 말투를 사용해서 효과를 극대화하고 있다. "이 세상 사람이라고는 할 수 없는 방문자와 얼굴이 딱 마주쳤다. 내가 지금 여러분을 대하는 것만큼 가까운 거리였다."

    요즘 독자들은 '구두쇠(screw)'와 '사기꾼(gouge)'의 느낌을 동시에 불러일으키는 스크루지(Scrooge)라는 특이한 이름의 인물에 큰 관심을 보인다. 스크루지는 잭 프로스트(Jack Frost)*라든지 아이를 잡아먹는 괴물 같은 신화적인 존재와 탐욕스럽고 퉁명스럽고 비열한 옛 런던의 고리대금업자가 혼재된 이미지를 갖고 있다. 스크루지는 디킨스의 기괴스러운 인물 중에서도 가장 활력이 넘치고 쾌활한 인물이다.(영국 소설가 G. K. 체스터턴은 사람들이 정말로 스크루지가 평생 칠면조를 몰래 갖다 줬을까 의심한다고 말하면서 그만의 독특한 논리로 스크루지의 쾌활한 성격을 논한다.) 하지만 폴 데이비스가 말하듯「크

---

* '동장군'이라는 의미. 겨울의 혹한을 의인화한 표현.

리스마스캐럴」의 초기 독자들에게는 크래칫 가족이 나오는 장면이 '이 이야기에서 가장 감정을 건드리는 부분'이었다. 이 사실은 「크리스마스캐럴」이 '배고픈 1840년대', 즉 구빈원 밖에서 살아가는 가난한 가정들은 생존의 위기를 겪던 시기를 다룬다는 점을 일깨워 준다. 크래칫 집안의 소박한 크리스마스 만찬, 사랑 넘치는 가족 간의 연대감, 꼬맹이 팀에 대한 극진한 보살핌은 어려운 환경에 처한 수많은 가정에 위안과 희망을 주었다. 실제로 어떤 사람들은 디킨스에게 편지를 보내 '「크리스마스캐럴」이 가족에 대한 신뢰를 북돋워 주었다느니, 자기도 모르게 늘 선반에 올려놓고 가족끼리 큰 소리로 읽는다느니, 책 덕분에 자꾸만 선행을 하게 된다느니' 하는 말들을 전했다.

동시에 디킨스는 「크리스마스캐럴」이 정치적으로 구설수에 오르는 것을 피함으로써(예컨대 밥 크래칫이 차티스트운동*에 가담하려는 생각을 품지 못하게 했다.) 중산층 독자들이 소외감을 느끼지 않게 하려고 애썼다. 실제로 1844년 6월 《웨스터민스터 리뷰》는 디킨스를 정치와 경제, 수요와 공급의 '법칙'에 무지한 사람이라고 비난했다. 밥 크래칫이 펀치와 칠면조를 먹기 위해서는 누군가는 먹지 못한다는——칠면조와 펀치가 남아도는 게 아닌 이상 누군가는 먹지 못하고 살아야 하기 때문이다.——불편한 진리를 애써 외면했다는 것이다. 그러나 이는 극단적인 실용주의자들이 보이는 과민 반응이었다. 일반적으로 중산층 독자들은 무지하고 빈곤한 서민들의 모습에 경악하면서, 다소 동화적인 캐릭터인 꼬맹이 팀의 이야기 뒤에 감춰진 빈민층 아이들의 암울한 진실을 우의적인 언어로 표현되고

---

* 영국에서 1830년대부터 1840년대까지 노동자의 정치적 권리를 주장했던 운동.

있음을 자세히 알게 되었다. 크리스마스 유령을 통해 잠재되어 있는 무시무시한 사회적 재앙을 경고하는 방법은 중산층 독자들에게 익숙한 수사법으로, 디킨스가 자신의 지적 영웅인 토머스 칼라일의 비판 방식을 빌린 것이다. 영국의 과거와 현재를 통렬히 비판한 칼라일의 저서는 그보다 몇 달 전에 출판되었다. 그러나 칼라일이 절망적인 사회적 염세주의자인 데 비해 디킨스는 독자들에게 일종의 대안을 제시했다. 다시 태어난 스크루지가 자선을 베풀며 뛰어다니는 모습을 보여 줌으로써 희망적인 미래의 모습을 제시한 것이다. 국가의 상황이 절망적인 경우, 그러한 상황을 완전히 바꾸는 데 있어 너무 늦었다는 말은 있을 수 없다. 당연히 더 부유한 계층의 가정부터 솔선수범하여 자선을 실천하면 그 효과가 동심원처럼 확산되어 더 따뜻하고 공평한 사회가 될 것이다. 칼라일은 디킨스의 섣부른 감상주의를 비판했지만, 그 역시 「크리스마스캐럴」의 영향을 받았다. 책에 나오는 즐거운 연회 장면은 "칼라일에게 자극이 되었다."고 아내 제인 칼라일은 사촌인 지니 웰시에게 보내는 12월 23일자 편지에서 말했다. "남편은 사람들을 따뜻하게 환대하는 장면에서 큰 감동을 받았다. 실제로 하루걸러 디너파티를 두 번이나 열자고 졸랐다."

「크리스마스캐럴」이 경이적인 성공과 인기를 얻자,(책 제작에 비용이 많이 들어갔지만 가격을 그대로 유지하다 보니 경제적으로는 실망스러운 수준이었다.) 디킨스는 그 후에도 크리스마스 연작이나 여러 편의 크리스마스 관련 소설을 쓸 수밖에 없었다. 디킨스는 그 후 '크리스마스 이야기'를 네 편이나 더 썼다.(이 작품들은 '크리스마스 이야기'라는 제목으로 1852년 첫선을 보였던 염가판의 디킨스 선집으로 묶이게 된다.) 이 소설들은 모두 「크리스마스캐럴」과 같은 판형으로 나왔고, 디킨스의 유명 화가 친구들이 삽화를 그리되, 손으로 입힌 채색 도판은 비용이 많이 들어서 뺐다. 「크리스마스캐럴」에 이어 「차임벨」, 「한 해를 보내고 새해를 맞는 종소리에 얽힌 고블린 이야기」(1844)가 발표되었고, 이어서 「난롯가의 귀뚜라미」, 「가족 동화」(1845), 「인생의 악전고투」가 나왔다. 그리고 나서 「사랑 이야기」(1846)와 「유령에 홀린 남자와 유령의 거래」, 「크리스마스에 대한 환상」(1848)이 차례로 나왔다. 1847년에 크리스마스 관련 글을 한 편도 발표하지 않은 이유는 그해 가을에 새로운 소설 『돔비 부자』를 쓰는 일이 더욱 절박했기 때문이다. 당시에 12회 연재로 발표하던 『돔비 부자』는 중반을 넘어서고 있었다. 디킨스는 다음 크리스마스 이야기를 위해 고안해 두고 있던 '무시무시하면서 터무니없는 아이디어'를 보류해야 했지만 쉽게 보류한 것은 아니었다. 이제 이맘때가 되면 자신이 영국 국민들에게 의미 있는 존재가 된다는 사실을 인식하고 있는 듯, 디킨스는 포스터에게 쓴 편지에서 "원고료를 못 버는 것도 싫지만 크리스마스 난롯가에 내가 채워야 할 부분을 조금이라도 남겨두는 건 더욱 싫다."라고 썼다.

1849년 크리스마스가 다가오고 있었지만 디킨스는 『데이비드 코퍼필드』의 집필에 열중할 뿐, 크리스마스 이야기를 언급하지는 않았다. 대작을 쓰는 동안에도 크리스마스 이야기를 써야 했던 1846년의 악몽을 되풀이하고 싶지 않았던 것이다. 그러면서도 12월이 되면 자신의 '크리스마스 이야기'와 유사한 책들이 시장에 흘러넘치는 것도 못마땅했다. 어쨌든 1850년 가을이 되자 디킨스는 열성적인 독자들에게 약간은 다른 방식으로 크리스마스 인사를 전할 준비를 하기 시작했다. 사실 그는 그해 3월 말부터 주간지 《하우스홀드 워드》를 펴내고 있었는데, 12월 25일 이전에 출간되는 마지막 호의 주제를 크리스마스로 정한 것이다. 그는 다양한 필자를 활용해 '하숙집에서 보낸 크리스마스', '해군에서 보낸 크리스마스', '런던의 병들고 가난한 자들의 크리스마스' 등등의 기사를 여럿 실을 수 있었다. 그는 모범을 보이는 의미에서 첫 기사를 직접 썼는데, 그것이 바로 기억을 테마로 한 최고의 에세이 「크리스마스트리」다. 그 에세이에서 디킨스는 온갖 장식물로 꾸민 트리를 '예쁜 독일인의 장난감'이라고 부른다.(1841년 크리스마스트리를 영국에 소개한 앨버트 왕자를 두고 한 말이다.) 한 유명한 디킨스 연구가는 그 트리를 장치로 삼아 이야기를 구성함으로써, '디킨스 문학의 정수', 기쁨과 공포의 모순된 혼재, 사실과 거짓, '죽음에 둘러싸인 어린 시절', 환상과 진지함이 한 편의 에세이에 축소되어 있다고 지적했다.

잡지가 뛰어난 판매 실적을 보이자 고무된 디킨스는 이듬해부터는 《하우스홀드 워드》의 크리스마스 특별호를 내기로 했다. 그리고 이후 육 년 동안 《하우스홀드 워드》의 뒤를 이어 1859년 발간되기 시작한 《올 디 이어 라운드》까지 그런 전통은 이어졌다. 이런 크리스마스 특별호는 놀랄 정도로 꾸준히 판매가 늘어 1860년대에는 이십오만 부에 달했다. 디킨스는 1850년 크리스마스 특별호를 낼 때 자신과 공동으로 집필할 작가들을 채용했다. 1851년부터는 '크리스마스란 무엇인가'라는 간단한 형식으로 시작했는데 원고가 들어오면 '세밀하지는 않아도 많은 사람들의 심금을 울릴 수 있는 감수성과 환상'을 갖춘 작품을 골랐다. 1851년은 그가 무척 사랑했던 아버지와 어린 딸

도라를 잃은 해였다. 그해 크리스마스 특별호는 자연스레 곁에 없는 사랑하는 사람에 대한 아름다운 기억을 일깨워 줄 수 있는 내용으로 정해졌다. 이러한 연유로 우리는 오늘날에도 「늙어가는 우리에게 크리스마스란 무엇일까?」라는 에세이에서 그러한 기억에 관련된 내용을 온전히 살펴볼 수 있다.

간단한 공식에 맞춰 다양한 이야기를 풀어놓는 방식이 1852년에는 '크리스마스 난롯가에서 들려주는 이야기 모음'이라는 형식으로 바뀌었다. 그 후 이 년간은 액자소설 안에 각각의 이야기를 끼워 넣는 방식을 발전시킴으로써, 이미 『험프리 님의 시계』에서 시도했던 이른바 『아라비안나이트』의 형식으로 돌아갔다.(디킨스는 『아라비안나이트』의 애독자였다.) 이런 형태로 처음 나온 크리스마스 작품이 1854년 출간된 「가난한 일곱 여행자」로, 디킨스의 유년 기억이 고스란히 남아 있는 로체스터 지방과 크리스마스이브를 배경으로 삼고 있다. 그해 초 디킨스는 로체스터에 위치한 왓츠 자선원을 방문한 적이 있는데, 아마도 대여섯 명의 도보 여행자가 하룻밤 함께 묵게 되어 있다는 말을 듣고, 그곳이 여러 명이 이야기보따리를 풀어놓는 데 이상적인 무대라고 생각했을 것이다. 여행자들이 각각 공동 저자의 역할을 맡는 형식으로, 캐릭터에 맞게 적절한 이야기를 고안해 낼 수 있으리라 생각했던 것이다. 크리스마스 작품을 계속 쓸수록 디킨스의 액자소설은 더욱 섬세해졌고, 특히 윌키 콜린스가 주요한 필자로(혹은 유일한 필자로) 그와 함께 집필에 참여하면서부터 더욱 그러했다. 그러고 나서 가장 처음 나온 「홀리 트리 여인숙」(1855)은 여전히 크리스마스이브가 시간적 배경이지만 「가난한 일곱 여행자」보다 우연적인 요소가 많았다. 그 후 디킨스는 크리스마스 작품을 쓸 때 다른 방식은 시도하지 않고 오직 액자소설 형식만을 고집했다.

디킨스는 공동 저자들에게 글을 쓸 때 직접적으로 크리스마스를 언급할 필요는 없다고 말했지만, 그럼에도 그들이 '크리스마스 느낌을 살려주기를' 원했다. 그는 「늙어가는 우리에게 크리스마스란 무엇일까?」에서 '크리스마스 정신'을 '적극적으로 유익하게 이용하고 지켜나가며, 기쁜 마음으로 의무를 내려놓고 친절과 관용을 베푸는 것'이라고 말했다. 우리는 그의 크리스마스 작품들에서 특히 이러한 정신을 발견할 수 있다. 디킨스의 크리스마스 이야기들은 용서와 화해, 화합, 친절, 최악의 상황에서도 자신을 희생하는 사랑의 힘, 사람들로부터 고립되려 애쓰다 보면 결국 스스로 파괴된다는 사실, 기억과 상상력이 개인의 도덕적 건강에 얼마나 필수적인가 하는 것을 늘 이야기의 중심 주제로 삼았다. 초기 크리스마스 작품들에 나타난 '가면극처럼 기묘한 분위기'로는 더 이상 글을 쓰지 않았지만 이들 특별한 크리스마스 작품들에서 디킨스가 추구했던 목표는 「크리스마스캐럴」이나 그 후속작들의 서문에서 직접 밝히고 있듯, '크리스마스 왕국에서는 좀처럼 변치 않는 사랑과 용서에 대한 생각을 일깨우기 위해서'였다. 초기 작품들을 보면 일인칭 화자의 생각에 크리스마스 작품을 쓰는 디킨스의 목적이 잘 드러나 있으며, 1860년대 중반에는 다음과 같은 작품들의 화자를 통해 의도했던 목적을 이루었다. 예를 들면 「누군가의 짐가방」의 종업원 크리스토퍼, 「리리퍼 부인의 하숙집」과 「리리퍼 부인의 유산」의 리리퍼 부인, 「매리골드 박사의 처방」에서 매리골드 의사 등이다.

《하우스홀드 워드》와 《올 디 이어 라운드》에 실린 크리스마스 작품들이 단행본으로 소개되자, 디킨스는 크리스마스를 계기로 대중적인 인기를 누렸다. (흥미롭게도 후기 작품에서 디킨스는 여전히 크리스마스 축제를 다루지만, 축제 분위기는 나지 않는다. 예를 들어 『막대한 유산』에서 핍은 크리스마스 만찬을 괴로워하고 『에드윈 드루드』의 크리스마스 장면은 끔찍한 살인의 무대이기 때문에 별 감흥을 불러일으키지 못한다.) 그럼에도 계속해서 디킨스를 크리스마스의 대표적인 찬양자로 생각하게 된 것은 무엇보다 「크리스마스캐럴」 낭독회가 날이 갈수록 큰 인기를 얻은 탓이다. 낭독회는 처음 자선회에서 시작했는데, 이후 1853년부터 1870년까지는 전문적으로 열게 되었다. 콜린스는 「크리스마스캐럴」 낭독회를 두고(디킨스는 한 번 낭독하는 데 걸리는 시간을 한 시간 반으로까지 점점 줄였다.) "디킨스 낭독회의 정수⋯⋯ 무대에 오른 그의 작품 중에 최고"라고 표현했으며, 이 낭독회만 127회나 열렸다. 디킨스는 또한 후기 '크리스마스 작품' 뿐만 아니라 몇몇 소설도 낭독했지만 「크리스마스캐럴」과 『피크위크 문서』의 재판 장면은 가장 인기 있는 작품으로 낭독회에서 빠지는 법이 없었다. 「크리스마스캐럴」 낭독회에선 주로 크래칫 가족이 크리스마스 만찬을 드는 장면을 낭독했다. (스크루지의 과거 장면에 나오는 페치위그 영감과 사람들이 벌이는 무도회 장면도 청중들이 좋아했다. 이 장면은 디킨스가 원문을 거의 그대로 살려 낭독했다.) 낭독 대본은 무지와 빈곤이 연상되는 장면은 삭제하되—디킨스는 분명히 이러한 상황이 1840년대의 모습이라고 생각했을 것이다.—꼬맹이 팀에 대해서는 동정심을 유발하는 방향으로 초점을 맞췄고, 이는 분명 효과를 거두었다. 한 미국인 숭배자가 「크리스마스캐럴」을 '신성한 크리스마스 복음서'라고 극찬한 것처럼, 많은 사람들이 디킨스 낭독회의 위력에 찬사를 퍼부었다. 콜린스의 말에 따르면 "다른 낭독회와 달리 디킨스의 낭독회는 하나의 의식과도 같은 요소가 있었으며, 사람들에게 종교적인 확신을 심어주기도 했다."

존 러스킨*은 「크리스마스캐럴」 낭독회에 한 번도 참석하지 않은 것으로 알려져 있다. 설령 참석했다고 하더라도, 디킨스에게 있어 크리스마스는 "죽은 사람이 살아나는 것도 아니고 새로운 별이 떠오르는 것도 아니며, 현자의 가르침도 아니고 목자도 아니며, 오직 미슬토 장식과 푸딩일 뿐이다."라고 했던 그의 유명한 혹평은 달라지지 않았을 것이다. 디킨스에게 사실 별과 천사, 목자, 현자는 디킨스가 개인적으로 자기 아이들을 위해 쓴 「주님의 생애」(1934년에야 출판되었다.)에서 그리스도의 탄생을 설명할 때 나오는 말이다. 그러나 예수가 등장했더라도 러스킨의 칭찬은 받지 못했을 것이다. 디킨스는 예수를 인간의 아들, 요셉과 마리아의 아들로 태어나 하나님이 자신의 아들로 사랑할 만큼 훌륭하게 자라나 '사람들에게 서로 사랑하라고 가르치는' 자로 묘사했을 테니 말이다. 기질적으로 지적이고 논리적인 논쟁을 싫어하는 디킨스에게 예수는 가장 훌륭한 스승이었고 치유자였다. 꼬맹이 팀이 말했듯이 '불구의 거지를 걷게 하고 장님의 눈을 뜨게 한' 분이며, 예수가 행한 기적은 하나님이 부여한 권능을 통해 가능했다. 예수는 선의 화신이며, 윌리엄 워즈워스**가 말했듯이 디킨스는 우리의 어린 시절 모습이 예수와 가장 가깝다고 믿었다. 그리고 도덕적, 정신적 건강을 위해선 어린 시절의 자신과 늘 접촉하는 것이 필수적이라고 생각했다. "이따금 동심의 세계로 돌아가는 것

---

* 영국의 사회 사상가(1819~1900).
** 영국의 시인(1170~1850).

은 좋은 일이며, 그러기에 크리스마스보다 더 좋은 때는 없다. 어차피 크리스마스가 생기게 된 것도 아기 덕분이 아닌가." 디킨스는 데이비드 매크리 목사에게 자신의 "크리스마스 이야기는 기독교의 미덕을 보여 주는 좋은 예이며, 기독교적인 가르침을 전하는 일과 별개로 생각할 수 없다."라고 말하면서 작품 하나하나마다 "분명히 설교 말씀이 나오며, 그 말씀은 언제나 그리스도의 입에서 나온다."라고 덧붙였다. 이 말을 증명하기는 어렵지만 작품 곳곳에서 나타나는 강한 기독교적인 색채로 볼 때, 명확히 어떤 성경 구절이라고 말하지 않더라도 이는 의심의 여지가 없다. 한 독자는 그의 작품에서 영적으로 깊은 영감을 받았다고 고백해서 유명해진 일도 있었다. 1889년 반 고흐는 동생에게 보낸 편지에서 디킨스의 크리스마스 소설을 읽었는데 "그 안에 깃든 정신이 너무도 심오하여 모든 사람이 읽고 또 읽어야 한다."라고 말했다. 「크리스마스캐럴」에는 분명 '미슬토 장식과 푸딩' 이상의 것이 있다.

크리스마스만 놓고 볼 때 디킨스가 말하려는 중요한 주제는, 크리스마스가 과거와 인생, 사랑했던 사람들을 기억하게 할 뿐만 아니라 나아가 그리스도의 생애와 가르침까지 떠올리게 하기 때문에 영적으로, 도덕적으로 중요하다는 사실이다. 아마 디킨스가 처음으로 하나의 형식으로 정착시킨 '크리스마스 이야기' 중에서도 「가난한 일곱 여행자」의 결론은 이러한 그의 의도를 가장 아름답게 드러내고 있다. 내가 이 크리스마스 작품집의 마지막 단편으로 「가난한 일곱 여행자」를 고른 이유도 이 때문이다.

판본에 대하여

　이 책에 포함된「크리스마스캐럴」은 초판본을 그대로 살렸다.「크리스마스캐럴」의 원본은 뉴욕 피어폰트모건 도서관에 소장되어 있다. 1970년에는 프레더릭 B. 애덤스가 서문을 쓴 팩시밀리판이 폴리오프레스 출판사에서 출판되었고, 1993년에는 존 모티머가 서문을 쓴 판본이 피어폰트모건 도서관 출판부에서 새롭게 출판되었다. 1971년에는 뉴욕 버그 컬렉션에 소장된, 디킨스가 낭독회를 위해 쓴 즉석 원고의 복사판이 선보였다.
　그 밖에 이 책에 실린 다른 작품들은 각각 초판본을 취했다.「크리스마스 축제」는 1835년 12월 27일자 《벨스 라이프 인 런던》에 실린 작품인데, 그 후 『보즈의 스케치』에서 「크리스마스 만찬」이란 제목으로 다시 소개되었다. 이들 작품은 어느 것도 원본이 남아 있지 않다.

삽화에 대하여

「교회지기를 홀린 고블린 이야기」에 나오는 삽화는 갑자기 세상을 떠난 로버트 세이무어에 이어 『피크위크 문서』의 삽화를 그렸던 피즈(해블럿 K. 브라운)의 작품이다. 「크리스마스캐럴」의 원본 삽화는 모두 존 리치의 작품이다. 전면 삽화는 모두 네 점(표지 그림인 '페치위그의 무도회'를 비롯해, '말리의 유령', '스크루지의 세 번째 방문자' '마지막 유령')인데 직접 손으로 그린 것이다.

크리스마스 축제

야, 크리스마스다! 해마다 찾아오는 크리스마스에 마음이 조금도 설레지 않는 사람이라면, 가슴속 깊이 숨어 있던 어떤 즐거운 기억도 떠오르지 않는 사람이라면 그는 염세주의자가 분명하다. 크리스마스가 예전 같지 않다고 말하는 사람들이 있다. 그런 사람들은 크리스마스가 되면 작년 이맘때 품었던 소중한 희망이나 행복한 기대가 어느새 희미해지거나 사라지고, 상황은 더욱 나빠진 데다 수입도 궁핍해졌다는 사실을 깨닫게 된다고 말한다. 또 한때 별 쓸모도 없는 친구들에게 연회도 베풀었건만 자신이 막상 역경과 불운에 처하니 바라보는 시선이 냉담하기만 하다고 푸념한다. 하지만 절대 이런 불쾌한 기억에 얽매이지 마라. 세상을 아무리 오래 산 사람이라도 일 년 중 어느 하루는 그런 생각이 들기 마련이다. 그러니 삼백육십오 일 중 하필 가장 즐거운 날을 택해 그런 처량맞은 회상은 하지 말고 장작이 활활 타오르는 난로 가까이에 의자를 끌어다 놓고, 유리잔에 술을 한가득 채우고 노래나 한 소절 불러라. 설령 여러분의 방이 십 년 전보다 더 좁아졌더라도, 유리잔 속의 술이 방울이 올라오는 포도주가 아니라 냄새가 고약한 펀치라고 하더라도 만족스러운 표정으로 단숨에 한 잔 비우고 나서 한 잔 더 채우고, 예전에 즐겨 부르던 노래를 흥얼거리며 지금보다 상황이 더 나빠지지 않은 것을 하나님께 감사하기 바란다. 난롯가에 둘러앉은 아이들의 명랑한 얼굴을 바라보라. 어쩌면 작은 의자 하나가 비었을지도 모른다. 아버지의 가슴을 벅차오르게 하고, 바라보는 어머니에게 뿌듯함을 불러일으켰던 그 작은 몸뚱이는 어쩌면 그 자리에 앉아 있지 않을지도 모른다. 하지만 과거의 일은 잊어라. 일 년 전쯤 당신 앞에 앉아 있던 그 어여쁜 아이는 지금은 빠르게 흙으로 돌아가고 있다. 만개한 꽃처럼 건강한 뺨과 기쁨으로 넘치던 천진난만한 눈망울은 더 이상 생각하지 마라. 현재 당신이 누리는 축복, 누구나 느끼는 평범한 행복을 생각하라. 어쩌다 겪게 된 지나간 불행 따위는 잊어라. 즐거운 표정과 뿌듯한 마음으로 술잔을 다시 채워라. 우리의 삶은 변함이 없더라도 크리스마스는 즐겁게, 새해는 행복하게 맞아라.

일 년 중 이맘때가 되면 자연스럽게 솟아나는 좋은 기분을 느끼면서 자기도 모르게 솔직한 애정을 표현하는 일에 그 누가 무심할 수 있을까? 일 년 중 언제 이런 날이 있을까? 크리스마스 가족 파티! 이보다 더 즐거운 날은 아마 없으리라! 크리스마스라는 이름 자체가 마법인 듯하다. 하찮은 질투심이라든지 불협화음은 잊어버리고 오랫동안 데면데면했던 사람들에게도 다정한 마음이 생겨난다. 마주쳐도 서로 눈길을 돌리고 피해 가거나 지난 몇 달 동안 무덤덤하게 눈인사만 나누었던 부자, 형제, 자매가 진심에서 우러나 포옹하고 지난날의 미움은 현재의 행복에 묻어버리게 된다. 마음은 간절했지만 자부심이나 자존

심 때문에 억눌렸던 따뜻한 마음들이 다시 하나가 되고, 친절함과 자비심만이 넘쳐 난다! 이런 크리스마스가 일 년 내내 계속되었다면, 좋은 성품을 나쁘게 변질시키는 편견과 욕망은 그들에게 아무 영향도 끼치지 못했을 것이며, 아니 아예 모르고 살았을 것이다. 우리가 의미하는 크리스마스 가족 파티는 일이 주 전에 고지한 대로 옷을 차려입고 단순히 친지끼리 한자리에 모이는 행사가 아니다. 전례 없이 올해에 처음 열리며, 내년에도 열릴지 안 열리지 모르는 그런 행사가 아니다. 젊거나 늙었거나 부유하거나 가난하거나 한집안의 가족이라면 가능한 모두 모이고, 아이들은 두세 달 전부터 잔뜩 기대에 부풀어 손꼽아 기다리는 연중행사인 것이다. 예전에는 언제나 할아버지 댁에서 모였지만 할아버지가 점점 연로하시고 할머니도 연세가 많아 기력이 딸려 집안일에서 손을 놓게 되면서, 조지 삼촌이 파티를 맡게 되었다. 그래서 파티는 항상 조지 삼촌 집에서 열리지만 할머니가 대부분의 음식을 보내오고 할아버지는 뒤뚱거리며 손수 뉴게이트 시장*까지 가서 칠면조를 산 다음 짐꾼이 들게 하고는 앞장서서 당당히 집으로 돌아온다. 그러고는 언제나 숙모에게 당신의 품삯보다 훨씬 비싼 술을 한 잔 내오게 한 다음 "즐거운 크리스마스와 행복한 새해를 맞으렴!" 하고 외치며 술잔을 비운다. 한편 할머니는 크리스마스를 앞두고 이삼 일 동안 매우 비밀스럽고 수상쩍게 행동하지만 손자들에게 선물할 갖가지 책과 주머니칼, 필통 따위를 사는 김에 하녀들에게 줄 분홍 리본을 단 예쁜 모자도 샀다는 소문이 떠도는 것을 막지는 못한다. 조지 숙모가 아이들에게 먹일 커다란 플럼 케

---

* 런던 중부에 위치한 육류 시장. 1869년에 문을 닫음.

이크과 만찬에 사용할 민스 파이를 빵집에 주문할 때 할머니가 몰래 몇 개 더 얹어서 주문한다는 사실은 말할 것도 없다.

크리스마스이브에 할머니는 언제나 기분이 최고다. 할머니는 하루 종일 아이들에게 살구 씨 빼는 일을 시키고, 매년 조지 삼촌에게는 외투를 벗고 부엌으로 내려가 반 시간 남짓 푸딩 젓는 일을 시킨다. 조지 삼촌은 즐겁게 떠드는 아이들과 하인들을 대하며 유머를 잃지 않는다. 이어서 저녁이 되면 눈을 가리고 술래를 잡는 장님 놀이가 한바탕 펼쳐지는데, 할아버지는 초반부터 민첩함을 과시하려는 마음에 일부러 잡히려고 온갖 애를 쓴다.

이튿날 아침이 되면 노부부는 교회 신도석에 앉힐 수 있을 만큼의 아이들을 데리고 위풍당당하게 교회로 향한다. 집에 남은 조지 숙모는 식탁 유리병의 먼지를 털어내고 양념통을 채우고, 조지 삼촌은 술병을 식당으로 나르고 코르크 따개를 찾아 두고 언제라도 사람들이 사용할 수 있게 준비해 둔다.

성탄 예배를 마친 사람들이 점심을 먹으러 돌아오면 할아버지는 주머니에서 작은 미슬토 나뭇가지*를 하나 꺼내 남자 아이들에게 그 나뭇가지 아래에서 어린 사촌들에게 키스하라고 한다. 그러면 소년들이나 나이 든 신사들은 언제나 만족스러워하지만 도덕을 따지는 할머니의 눈에는 망측한 짓처럼 보인다. 그러면 할아버지는 겨우 열세 살하고 삼 개월 지났을 때 할머니와 미슬토 가지 아래에서 키스한 얘기를 꺼내고 그 이야기를 들은 아이들은 조지 삼촌, 조지 숙모와 함께 손뼉을 치고 깔깔거리며 웃는다. 모두들 즐거운 표정에 할머니가 인자한 웃음을

---

* 크리스마스 장식용 나뭇가지로, 그 아래에서는 소녀에게 누구나 키스할 수 있다는 풍습이 전해진다.

띠며 젊었을 적 할아버지는 언제나 촐랑거리는 강아지 같았다고 말하자, 아이들은 또다시 와 하고 웃음을 터뜨리고 할아버지는 그 누구보다도 기분 좋게 껄껄 웃는다.

하지만 이런 즐거운 풍경은 다음에 이어질 정겨운 모습에 비하면 아무것도 아니다. 멋진 모자에 잿빛 실크 드레스를 입은 할머니와 화려한 프릴을 단 셔츠를 입고 하얀 네커치프를 꽂은 할아버지는 응접실 벽난로 한쪽에 놓인 의자에 앉아 있고, 조지 삼촌네 아이들과 수를 헤아리기 힘든 많은 아이들이 난로 앞에 앉아 오기로 한 손님들이 도착하기만을 목을 빼고 기다리고 있다. 그때 마차가 서는 소리가 들리고 창밖을 내다보던 조지 삼촌이 "제인이 도착했다!"라고 외치자 아이들은 문가로 우르르 몰려 나가 우당탕 계단을 뛰어 내려간다. 잠시 후 "와아!" 하는 아이들의 함성에 묻혀 로버트 고모부와 제인 고모가 계단을 올라오는 소리, 아기가 놀란다고 야단치는 유모의 목소리도 연신 들려온다. 이윽고 할아버지가 아기를 받아 안고 할머니는 고모에게 키스를 하고, 이 시끌벅적한 광경이 가까스로 잠잠해질 때 또 다른 고모 부부가 더 많은 사촌들을 데리고 도착한다. 성인이 된 사촌들끼리는 시시덕거리고 어린 사촌들 역시 수다를 떨기 바쁘다. 이야기와 웃음과 즐거움이 뒤범벅된 소리 외엔 아무 소리도 들리지 않는다.

그런데 대화가 잠깐 끊길 무렵 길 쪽으로 난 문에서 머뭇거리는 듯 띄엄띄엄 두 차례 문 두드리는 소리가 난다. "누구지?" 의아한 듯 수군거리는 목소리가 들리더니 창가에 서 있던 아이들 두세 명이 목소리를 낮춰 "가난한 매거릿 고모야."라고 소리친다. 그 말을 들은 조지 숙모는 얼른 새로운 손님을 맞으러 방을 나서고 할머니는 정색을 하며 자세를 고쳐 앉는다. 할머니의 반대를 무릅쓰고 가난한 청년과 결혼한 매거릿 고모는 가난한 살림만으로는 부모의 말을 거역한 대가로 충분하지 못했는지, 그동안 친구들에게도 외면당하고 가까운 친척들과도 거의 연락 없이 지내왔다. 하지만 크리스마스가 되자 한 해 동안 마음 한편을 무겁게 했던 불쾌한 감정들은 크리스마스의 따뜻한 위력에 아침 햇살에 눈 녹듯 사라져버렸다. 부모가 화가 나서 순종하지 않는 자식을 잠깐 비난할 수는 있다. 하지만 모두가 선한 마음이 생겨나고 유쾌해지는 이때, 아기가 자라 소녀가 되고 이제는 더 크는 모습을 거의 볼 수 없을 정도로 우아하고 성숙한 여인으로 자랄 때까지 해마다 같은 날 같은 자리에 앉아 크리스마스를 기념했던 난롯가에서는 딸을 내쫓을 수 없으리라. 노부인은 짐짓 엄격한 표정으로 쉽게 용서하지 않을 듯한 분위기를 풍기고 있지만 어쩐지 어색한 모습이다. 불쌍한 동생은 언니의 손에 이끌려 나왔을 때—언니는 창백한 얼굴에 가슴이 찢어지는 듯하다. 동생이 가난해서가 아니라(그것이라면 얼마든지 견딜 수 있었다.) 제대로 대접받지 못하고 부당하게 구박당하는 사실을 알기 때문이었다.—어머니가 애써 감정을 숨기고 있다는 사실을 쉽게 알아차린다. 잠시 침묵이 이어진다. 하지만 불쌍한 딸은 갑자기 언니로부터 몸을 빼더니 쓰러질 듯 어머니의 목을 부둥켜안고 흐느끼기 시작한다. 그 모습을 본 아버지가 급히 들어와 사위의 손을 덥석 잡는다. 친척들도 부부에게 몰려들어 진심 어린 축하의 말을 해주고 다시 행복과 화합의 물결이 밀려든다.

만찬으로 말할 것 같으면 더없이 유쾌하다. 얼굴 붉힐 일은 전혀 일어나지 않고, 모두가 한껏 기분이 고조되어 마음껏 즐거워하고 기뻐한다. 할아버지가 칠면조를 사러 갔을 때의 자세한 상황을 이야기하다가 옆길로 새서 예전 크리스마스 때 칠면조를 사던 얘기를 늘어놓자 할머니가 옆에서 자세히 이야기를 덧붙이며 거든다. 조지 삼촌도 이야기를 나누며 고기를 나이프로 썰거나 와인을 마시고 이따금 옆에 앉은 아이들에게 농담을 걸기도 하고 구애를 하거나 구애를 받는 사촌들을 보며 눈을 찡긋하면서 유머와 세심한 접대로 모두를 유쾌하게 해준다. 마침내 뚱뚱한 하인이 호랑가시나무 가지를 얹은 커다란 푸딩을 들고 뒤뚱거리며 들어오자 웃음이 터지고 환호성이 울려 퍼진다. 조그맣고 포동포동한 손들이 손뼉을 치고 통통하고 땅딸막한 다리들이 바닥을 구른다. 이어서 그에 맞먹는 박수갈채 속에 등장한 연한 브랜디를 끼얹은 민스 파이가 젊은 손님들에게 환호를 받는다. 그러고 나서 디저트! 와인! 그리고 떠들썩한 흥겨움! 다정한 대화! 매거릿의 남편이 부른 노래는 얼마나 아름다운지! 그는 더없이 훌륭한 신사로 밝혀지고, 특히 할머니는 마음에 쏙 들어 한다! 사위에게 뒤질세라 할아버지도 매년 부르는 노래를 예전과 달리 활기차게 부르고, 해마다 그랬듯 만장일치로 앙코르 요청을 받는 영광을 누린다. 할아버지는 할머니 빼고는 아무도 들어본 적이 없는 새로운 노래를 소개한다. 실수인지 일부러 그랬는지 어떤 파렴치한 잘못을 저질러서 노인들 눈 밖에 난 망나니 사촌은 이름을 불러도 못 들은 체하며 버튼 맥주만 들이켜더니 들어보지도 못한 아주 웃기는 노래를 자청해 불러서 모두의 배꼽을 빼놓는다. 이렇게 서로를 따뜻하게 배려하고 즐거운 분위기를 만들기 위해 노력하며 보내는 저녁 시간 동안 파티에 참석한 사람들은 모두 이웃에 대한 동정심을 느낀다. 이처럼 크리스마스 파티는 다가오는 한 해에도 긍정적인 생각을 유지하는 데 지금까지 그 어떤 성인들이 남긴 설교집보다도 큰 역할을 한다.

  크리스마스를 생각하면 떠오르는 기억은 수없이 많으며, 우리는 독자들이 마음속으로 그런 기억들을 많이 떠올릴 수 있기를 바랐다. 크리스마스와 떼어놓고 생각할 수 없는 많은 유쾌한 기억들은 언제나 우리에게 똑같은 기쁨을 줄 것이다. 우리는 평범한 능력으로 크리스마스를 즐겁게 보내기 위해 노력했다. 그러나 사람들이 서로서로 "즐거운 크리스마스와 복된 새해를 맞기를!"이라고 빌어주는 한마디 진심 어린 인사보다 더 좋은 것은 없을 것이다.

팁스*

---

* 디킨스가 《벨스 라이프 인 런던》에 「장면과 인물」이라는 에세이를 연재하면서 사용했던 필명.

교회지기를 홀린 고블린 이야기

　옛날 옛날에 ──아주 옛날 우리 할아버지의 할아버지들이 무조건 믿었던 것을 보면 그 이야기는 틀림없는 사실일 것이다.── 이 고장 아래쪽, 고색창연한 수도원 마을에 교회를 돌보며 교회 묘지에서 무덤 파는 일을 하는 가브리엘 그럽이라는 사내가 있었다. 교회지기라고 해서, 그러니까 사시사철 죽음의 상징들에 둘러싸여 있다고 해서 반드시 시무룩하고 우울한 사람이어야 할 필요는 없다. 장의사도 세상에서 가장 명랑한 사람일 수 있다. 나도 한때 벙어리인 줄만 알았는데 일상생활에서나 일을 하지 않을 때는 생각나는 대로 거침없이 노래를 부르고 독주 한 잔을 단숨에 들이켜는 우스꽝스러운 사내와 영광스럽게도 친하게 지낸 적이 있다. 하지만 이런 선례와는 정반대로 가브리엘 그럽은 성질이 괴팍하고 고집스럽고 무뚝뚝한 사람이었다. 까다롭고 침울하고 누구와도 어울리지 않고 혼자 다녔으며 커다란 주머니에 낡은 고리버들로 엮은 술병을 차고 다니며, 즐거운 표정으로 지나가는 사람을 보면 마치 그러지 않고는 못 지나가겠다는 듯 불쾌하고 원한이라도 맺힌 것처럼 험악하게 인상을 찌푸리고 쨰려보았다.

크리스마스 전야의 땅거미가 막 지려는 때였다. 가브리엘은 이튿날 아침까지 파놓아야 할 무덤이 있어서 어깨에 삽을 메고 등불을 밝힌 채 오래된 교회 묘지로 걸어가고 있었다. 기분이 가라앉았지만 일단 일을 시작하면 기운이 날 거라고 생각했다. 고풍스러운 거리를 걸어가고 있자니 낡은 여닫이 창문으로 타는 듯 번쩍이는 불빛이 어른거리고 커다란 웃음소리와 함께 사람들의 쾌활한 고함 소리가 흘러나왔다. 다음 날 있을 즐거운 만찬을 분주하게 준비하는 게 분명했다. 이어서 닭을 삶는지 부엌 창문에 뿌옇게 김이 서리고 온갖 좋은 냄새가 풍겼다. 가브리엘은 이 모든 것에 심술이 나면서 씁쓸했다. 그때 집 밖으로 튀어나온 아이들 패거리가 깡충거리며 거리를 가로질러 곱슬머리 개구쟁이 대여섯 명과 만나더니 함께 맞은편 집의 대문을 두드렸다. 아이들이 크리스마스 놀이를 하며 저녁을 보내기 위해 왁자지껄 계단으로 몰려가자 가브리엘은 음흉한 미소를 지으며 홍역이라든지 성홍열, 아구창, 백일해 같은 것들*을 떠올리며 마음을 위로하곤 삽자루를 단단히 그러쥐었다.

가브리엘은 애써 즐거운 마음으로 걸어가다 이따금 옆을 지나는 이웃들이 기분 좋게 인사를 건네면 골난 듯 퉁명스럽게 대꾸하면서, 마침내 교회 묘지로 이어지는 어두운 오솔길로 들어섰다. 가브리엘은 이때쯤 어두컴컴한 오솔길이 나오길 기대하고 있었다. 흔히들 말하는 우울해져서 애도하기 딱 좋은 이곳은 훤한 대낮이 아니면 마을 사람들이 좀처럼 오가지 않기 때문이었다. (머리 깎은 수사들이 기거하던 옛 수도원 시절 이후

---

* 모두 어린아이들에게 유행하는 전염병.

로는 관(棺)들의 오솔길이라고 불렀다.) 그리하여 햇볕이 내리쬐고 있는 이 신성한 장소에서 웬 꼬맹이가 목청껏 부르는 즐거운 크리스마스 노랫소리가 들렸을 때 가브리엘은 적잖이 화가 났다. 걸어갈수록 노랫소리는 점점 더 가까이 들려왔다. 마침내 그는 아까 거리에서 본 아이들 무리에 끼기 위해 서둘러 걸어가던 남자 아이의 노랫소리라는 것을 알았다. 친구들과 어울리면서도 이따금 혼자가 되는 연습도 하는 그 아이는 가슴을 한껏 부풀려 목이 터져라 노래를 부르고 있었다. 가브리엘은 소년이 걸어올 때까지 기다렸다가 구석으로 몬 다음, 그저 목소리를 좀 낮추라고 꾸중하려고 등불로 머리를 대여섯 번쯤 톡톡 쳤다. 그러자 아이는 얼른 손으로 머리를 가리고 다른 곡조의 노래를 부르기 시작했다. 가브리엘 그럽은 호탕하게 껄껄 웃으며 교회 묘지로 가서 울타리 문을 잠갔다.

그는 외투를 벗고 등불을 내려놓은 뒤 파다 만 무덤으로 가서 한 시간 남짓 기꺼운 마음으로 무덤을 팠다. 단단히 얼어붙은 땅을 깨서 삽질하기란 쉽지 않았다. 게다가 달은 떴어도 초승달이라서 아주 희미했고 그나마도 교회에 가려 그림자가 졌다. 다른 때 이런 상황이면 짜증스럽고 비참한 기분이 들었겠지만 가브리엘은 별로 겁을 주지 않고도 꼬마의 노래를 멈추게 한 사실이 흐뭇했다. 그는 그날 밤 해야 할 일을 마치고 무덤을 내려다보다 뿌듯한 마음에 장비를 챙기며 노래를 흥얼거렸다.

> 그 누군가를 위한 멋진 집, 그 누군가를 위한 멋진 집.
> 차가운 땅에서 불과 몇 피트, 생명이 다했을 때 가는 곳
> 머리에도 돌, 다리에도 돌
> 구더기들을 위한 맛나고 넉넉한 식사

머리 위에는 무성한 풀, 사방에는 축축한 흙
그 누군가를 위한 멋진 집, 이곳은 성스러운 땅!

"히야! 호!"
가브리엘 그럽은 웃으면서 판판한 묘석에 걸터앉았다. 그가 가장 좋아하는 휴식처였다. 그는 고리버들로 엮어 만든 술병을 꺼냈다.
"크리스마스에 관이라니, 크리스마스 선물 상자로군, 히야! 호! 호!"
"호! 호! 호!"
등 뒤에서 누군가 그의 말을 따라 했다.
가브리엘은 움찔 놀라며 고리버들 술병을 입에서 떼고 사방을 둘러보았다. 근처에 있던 가장 오래된 무덤 주변도 창백한 달빛 비치는 교회 묘지만큼 조용하고 적막했다. 묘석은 하얀 서리가 내려 반짝거리고 오래된 교회 벽의 부조 틈새도 보석을 이어서 붙인 듯 반짝거렸다. 소복하게 내린 눈이 하얗게 뒤덮은 빼곡한 무덤들은 수의로 몸을 감싼 채 누워 있는 시체처럼 보였다.
"메아리 소리겠지."
가브리엘 그럽은 술병을 다시 입으로 가져가며 중얼거렸다.
"아니야."
누군가 울림이 깊은 목소리로 말했다.
가브리엘은 몸을 벌떡 일으켰지만 놀랍고 두려워서 그 자리에서 한 발짝도 움직이지 못했다. 이윽고 피를 얼어붙게 만드는 무언가에 시선이 꽂혔다.
멀지 않은 어떤 묘비 위에 사람 같지 않은 이상한 형체가 앉아 있었다. 가브리엘은 순간 이 세상 사람이 아니라고 직감했다. 땅에 닿을 듯 길고 괴상하게 생긴 다리는 특이한 모양으로 꼬고 앉은 데다 힘줄이 불거진 팔은 맨살이고 손은 무릎에 얹고 있었다. 땅딸막한 몸뚱이에는 조그만 칼집 모양을 낸 착 달라붙는 옷을 입고 등에는 짧은 망토를 걸쳤으며, 기묘하게도 끝을 뾰족하게 자른 목깃은 고블린한테는 목둘레 주름 깃이나 목도리를 대신하는 것처럼 보였다. 신발은 발가락 쪽으로 가면서 뾰족해지고 위로 말려 올라갔다. 머리에는 깃털 장식을 하나 단 챙 넓은 원뿔 모자를 쓰고 있는데 하얀 서리로 뒤덮여 있었다. 고블린은 마치 이삼백 년쯤 묘비 위에 앉아 있은 듯 아주 편안해 보였다. 몸은 전혀 움직임 없이 그림처럼 앉아 있었는데 조롱하는 듯 혀만 쭉 내밀고 오직 고블린만이 가능한 웃음을 지으며 가브리엘을 보고 있었다.

"그건 메아리가 아니야."

고블린이 말했다.

가브리엘 그럽은 완전히 얼어서 대꾸조차 할 수 없었다.

"크리스마스 이브에 대체 여기서 뭘 하고 있는 게냐?"

고블린이 엄하게 꾸짖었다.

"무, 무덤을 파려고 왔습죠."

가브리엘 그럽이 더듬거리며 말했다.

"이런 야밤에 어떤 놈이 무덤이랑 교회 묘지를 돌아다니는 거지?"

고블린이 물었다.

"가브리엘 그럽! 가브리엘 그럽!"

거친 목소리들이 합창하듯 내지르는 소리가 묘지 주변을 가득 채웠다. 가브리엘은 겁에 질려 주위를 두리번거렸지만 아무

것도 보이지 않았다.

"그 병에는 뭐가 들었지?"

고블린이 물었다.

"네덜란드 진입니다요."

교회지기가 아까보다 더 벌벌 떨며 대답했다. 실은 밀주업자에게서 몰래 산 술이었던 것이다. 가브리엘은 이렇게 묻는 고블린이 고블린 세무서에서 나왔을지도 모른다고 생각했다.

"누가 네덜란드 진을 혼자서 마시는 거지? 이런 밤 교회 묘지에서?"

고블린이 물었다.

"가브리엘 그럽! 가브리엘 그럽!"

거친 목소리들이 다시 외쳤다.

고블린은 겁에 질린 교회지기를 짓궂게 쳐다본 뒤 소리 높여 물었다.

"그럼 우리가 정당하고 합법적으로 포획한 건 뭐지?"

이 질문에 투명 합창단은 마치 오래된 교회 오르간의 웅장한 연주에 맞춰 노래 부르는 성가대원들처럼 답했지만,──교회지기의 귀에는 그 선율이 부드러운 바람처럼 느껴졌는데, 달콤한 숨결 같은 것이 이내 앞쪽으로 사라지자 잠잠해졌다.──후렴처럼 반복되는 대답은 변함이 없었다.

"가브리엘 그럽! 가브리엘 그럽!"

고블린은 전보다 더욱 활짝 웃으며 말했다.

"음, 가브리엘, 여기에 대해 말 좀 해보아라."

교회지기는 숨을 꼴깍 삼켰다.

"가브리엘, 어떻게 생각하느냐 말이다."

고블린은 묘비 옆 허공으로 발을 차올리며 마치 본드 거리*

에서 유행하는 최신 웰링턴 부츠**라도 상상하는 듯 흡족한 얼굴로 뾰족한 구두코를 바라보았다.

"예, 아주, 아주 신기해 보입니다."

놀란 교회지기가 사색이 되어 대답했다.

"아주 신기하고, 아주 멋집니다요. 저 괜찮으시다면 전 그만 돌아가서 일을 마쳐야겠습니다."

"일이라고! 무슨 일?"

고블린이 물었다.

"무덤 말입니다. 무덤 파는 일이오."

교회지기가 더듬거리며 말했다.

"아하, 무덤, 어라? 남들은 모두 기쁘고 유쾌한데, 무덤이나 파면서 즐거움을 찾는 자는 누굴까?"

다시 그 수수께끼 같은 음성이 대답했다.

"가브리엘 그럽! 가브리엘 그럽!"

"가브리엘, 내 친구들이 널 데려갈지도 모른다."

고블린이 혀를 더 길게 뺨에 닿도록 빼며 말했다. 정말 놀라운 혀였다.

"내 친구들이 널 데려갈지도 모른나고, 가브리엘."

"그럴 리가요, 고블린 나리. 그러지는 못할 겁니다. 그분들은 저를 모르니까요. 그분들은 저를 한 번도 본 적이 없으니까요."

"그건 그래, 그럴 거야. 우리가 아는 가브리엘은 시무룩하고 잔뜩 찌푸린 얼굴로 오늘 밤 거리를 내려오다 아이들을 노려보며 삽자루를 단단히 움켜쥐었지. 우리가 아는 가브리엘은 질투

---

* 런던 메이플라워 지역에 위치한 거리로, 18세기 이후 '패션 가'로 유명.
** 무릎까지 오는 장화.

와 증오에 불타서 어떤 남자 아이를 때렸어. 그 아이는 즐거워하는데 자신은 그렇지 않다는 이유로 말이야. 우리가 아는 가브리엘은 그래. 우린 그자를 알고 있어."

그리고 나서 고블린은 크고 날카롭게 웃었다. 소리가 어찌나 큰지 메아리가 스무 겹이나 되어 돌아왔다. 고블린은 다리를 공중으로 힘껏 차올리더니 머리, 아니 원뿔 모자 끝으로 물구나무를 섰다가, 이내 그 자리에서 아주 날렵하게 공중제비를 넘더니 보통 재단사들이 작업대에 올라앉을 때처럼 두 다리를 꼰 자세로 교회지기의 발 바로 앞에 떨어졌다.

"전, 전, 전 그만 가봐야겠습니다, 나리."

교회지기는 몸을 움직이려고 안간힘을 썼다.

"가보겠다고! 가브리엘 그럽이 도망가려고 한다, 흐! 흐! 흐!"

고블린이 웃음을 터뜨렸을 때 교회지기는 순간적으로 교회 창문에서 불빛이 밝게 빛나는 것을 보았다. 마치 교회 전체가 환하게 불을 밝힌 것 같았다. 그러나 빛은 이내 사라졌고, 오르간이 경쾌한 곡조를 연주하기 시작했다. 이어서 여러 고블린 무리 가운데, 첫 번째 무리가 교회 묘지로 쏟아져 나오더니 묘비 주변에서 개구리처럼 뜀뛰기를 시작했는데, 숨을 돌리려고 잠깐이라도 쉬기는커녕 서로 번갈아 가며 상대보다 더 높이 뛰려고 했다. 특히 첫 번째 고블린은 뛰어난 높이뛰기 선수여서 아무도 그 고블린을 따라잡지 못했다. 그 재주가 얼마나 놀랍던지 교회지기는 안 보려야 안 볼 수가 없었다. 다른 고블린들은 보통 높이의 묘비들을 뛰어넘는 것으로 만족했지만 첫 번째 고블린은 가족 납골당이건 철제 난간이건 할 것 없이 모든 게 장대라도 되는 양 가뿐하게 뛰어넘었다.

마침내 놀이는 흥겨운 절정에 다다랐다. 오르간은 점점 더 빠르게 연주하고, 고블린들은 점점 더 빠르게 몸을 휘감아 올린 뒤 머리를 땅바닥에 대고 공중제비를 돌고, 축구공처럼 묘비들을 뛰어넘어 다녔다. 그 날렵한 동작을 바라보자니 교회지기는 머리가 빙빙 도는 것 같았고, 고블린들이 눈앞에서 날아다닐 때면 다리가 후들거렸다. 그때 어디선가 튀어나온 고블린 왕이 가브리엘의 목깃에 손을 얹더니 땅속으로 그를 쑥 밀어 넣었다.

어찌나 빨랐는지 순식간에 내려왔고 겨우 숨을 돌리고 나자 가브리엘은 자신이 추하고 험상궂게 생긴 고블린 무리에 둘러싸인 채 커다란 동굴 같은 곳에 와 있음을 깨달았다. 한가운데 놓인 약간 높은 의자에는 교회 묘지에서 본 고블린이 앉아 있었다. 그리고 바로 옆에는 손가락 까닥할 힘도 없는 가브리엘 그럽이 서 있었다.

고블린 왕이 말했다.

"몹시 추운 밤이군. 몹시 춥구나. 따뜻한 걸로 한 잔 대령하거라."

분부가 떨어지자마자 얼굴에 아예 미소가 박혀서 시중을 잘 들 것처럼 보이는 고블린 대여섯이(가브리엘 그럽이 상상하기에는 신하들 같았다.) 황급히 사라졌다가 곧장 불타는 술잔을 들고 나타나 왕에게 바쳤다.

"으흠!"

고블린이 신음 소리를 냈다. 그가 단숨에 술을 들이켜자 뺨과 목구멍이 투명해졌다.

"온몸이 뜨뜻해지는군. 같은 걸로 우리 그럽 씨에게도 한 잔 갖다 줘라."

가엾은 교회지기가 밤에는 따뜻한 것이든 뭐든 절대 먹지 않는 습관이 있다고 얼른 설명했지만 소용없었다. 고블린 하나가 그를 붙잡더니 목구멍에 불꽃 튀는 술을 쏟아 부었다. 불타는 술을 삼킨 가브리엘이 숨이 막혀 재채기를 하고 펑펑 쏟아지는 눈물을 닦는 꼴을 본 고블린들은 모두 우스워 죽겠다는 듯 배꼽을 잡았다.

고블린 왕이 원뿔 모자의 뾰족한 끄트머리로 교회지기의 눈을 미친 듯이 찔러대며 말했다. 교회지기에게 그토록 심한 고통은 처음이었다.

"자, 이제 이 음울하고 불행한 인간에게 우리의 훌륭한 창고에 있는 그림을 좀 보여 줘라."

고블린의 분부가 떨어지자마자 멀리 동굴 끝 쪽에 짙은 먹구름이 끼다가 서서히 밀려나더니 조그맣고 휑하기는 하지만 깔끔한 방이 하나 드러났다. 그 방은 멀리 떨어진 곳에서도 분명히 알아볼 수 있었다. 어린아이들이 어머니의 옷자락을 붙잡거나 어머니의 의자 주변을 깡충깡충 뛰어다니며 불꽃이 환한 난롯가 근처에 모여 있었다. 어머니는 이따금 의자에서 일어나서 누군가를 기다리는 듯 창문 커튼을 열었다 닫았다 했다. 식탁에는 간소한 상이 차려져 있고 난로 근처에는 팔걸이의자가 놓여 있었다. 그때 문 두드리는 소리가 났고 어머니가 문을 열자 아이들은 우르르 어머니에게 몰려갔고, 아버지가 들어오는 것을 보고는 기뻐서 손뼉을 쳤다. 아버지는 몸이 젖은 데다 피곤했지만, 옷에 묻은 눈을 터는 와중에 아이들이 달려들자 외투와 모자, 지팡이와 장갑을 손에 든 채 부지런히 아이들과 함께 안으로 뛰어갔다. 아버지가 난로 앞에 놓인 식탁에 앉자 아이들은 아버지의 무릎으로 기어오르고 어머니는 아버지 곁에 앉았다. 모두 행복하고 편안해 보였다.

 하지만 거의 눈에 띄지 않게 장면이 바뀌었다. 배경이 작은 침실로 바뀌었는데, 거기에 예쁘장한 어린아이가 죽어 누워 있었다. 장미 꽃잎 같았을 뺨에선 핏기가 사라지고 눈에는 총기가 사라져 있었다. 교회지기는 생전 느껴본 적도, 알지도 못했던 관심을 가지고 아이를 내려다보았다. 아이는 죽어 있었다. 아이의 형과 누나들이 작은 침대 곁에 둘러앉아 차갑게 식어버린 조그만 손을 만지려 했다. 그러나 손을 대자마자 움찔하며 뒤로 물러나서는 겁먹은 얼굴로 동생의 얼굴을 바라보았다. 미동도 없이 잠잠하게, 여느 아이처럼 더없이 편안하고 천진하게 잠들어 있었다. 아이들은 동생이 죽었다는 사실을 알고 있었고, 동생이 천사가 되어 저 환하고 행복한 하늘에서 자신들을 내려다보며 축복을 내려줄 거라고 생각했다.

 이러한 그림 위로 다시 옅은 구름이 흐르더니 장면이 바뀌었다. 아버지와 어머니는 이제 늙고 무력해졌으며 자식들도 그 수가 절반이 넘게 줄어 있었다. 하지만 얼굴마다 뿌듯함과 즐거움이 배어 있었고, 난롯가에 둘러앉아 지난 시절 얘기를 하거나 들을 때면 눈동자에서 빛이 났다. 아버지가 서서히 평화롭게 무덤 아래로 내려가고 이어서 그와 함께 온갖 근심과 고난을 겪었던 이가 평온과 휴식의 그곳으로 따라 들어갔다. 아직 살아남은 사람들은 그들의 무덤가에 무릎을 꿇고 앉아 묘지를 뒤덮은 푸른 잔디에 눈물을 떨어뜨렸다. 그들은 곧 무덤가에서 일어나서 애타고 슬픈 마음으로 발길을 돌렸지만 고통스러운 울음이나 절망적인 슬픔을 보이진 않았다. 언젠가는 다시 만나리라는 것을, 그리하여 다시 한자리에 모여 바쁘게 살아가며 기쁨과 행복을 느끼게 되리라는 것을 알기 때문이었다. 잠시 후 구름이 뒤덮이더니 그림이 시야에서 사라졌다.
"그 그림에 대해 어떻게 생각하지?"
고블린이 커다란 얼굴을 가브리엘 그럽에게 돌리며 물었다.
가브리엘은 예쁘장한 아이에 대해 뭐라고 중얼거렸고, 고블린이 이글거리는 눈으로 쳐다보자 약간 부끄러워했다.
"이 불행한 인간! 바로 너 말이다!"
고블린이 극도로 경멸하는 투로 말했다.
고블린은 몇 마디 더 하고 싶은 듯 보였지만 분개한 나머지 말문이 막혔고, 대신 유연한 한쪽 다리를 머리 위로 끌어올렸다. 가브리엘 그럽을 제대로 한 방 찰 작정이었다. 그러고 나자 기다리고 있던 고블린들도 몽땅 불쌍한 교회지기에게 몰려들어 인정사정 볼 것 없이 발길질을 해댔다. 세상의 오랜 관례에 따르면 왕이 발길질을 하면 신하도 따라서 발길질을 하고, 왕이 포옹을 하면 신하도 따라서 포옹을 해야 하는 법이다.
"몇 장면 더 보여 줘라."
고블린 왕이 말했다.
그 말이 떨어지자 구름이 다시 걷히더니 아름답고 화려한 풍경이 눈앞에 펼쳐졌다. 그저 오늘 같은 평범한 날의, 수도원 마을에서 1킬로밖에 떨어지지 않은 곳의 모습이었다. 태양이 빛나는 푸르른 하늘, 강물은 햇살을 받아 반짝거리고 나무들은 어느 때보다 더 푸르고, 꽃들은 햇볕이 기운을 돋워 주어 더욱 싱싱했다. 시냇물은 즐겁게 물결치고, 나뭇잎은 산들바람에 살랑살랑 속삭이고 새들은 가지 위에서 노래 부르고, 종달새는 하늘에서 지지배배 아침을 맞았다. 그렇다, 아침이었다. 밝고 싱그러운 여름 아침이었다. 조그만 나뭇잎, 조그만 풀잎마다 생기가 넘쳤다. 개미들은 하루 일과를 시작하러 부지런히 어디론가 기어가고 나비들은 날개를 팔락이며 따뜻한 햇볕을 쬐고, 무수한 벌레들은 투명한 날개를 파닥거리며 짧지만 행복한 일생을 만끽하고 있었다. 그런 풍경에 한껏 들뜬 사내가 길을 걸어가고 있었다. 주위에는 온통 밝고 찬란한 것들뿐이었다.

"이 불쌍한 인간!"

고블린 왕이 아까보다 더 경멸하는 투로 말했다. 그리고 또다시 다리를 휘둘러 교회지기의 어깨에 내려놓았고, 그 자리에 있던 신하들도 왕의 행동을 그대로 따라 했다.

구름이 여러 차례 끼었다 걷혔고 그때마다 가브리엘은 여러 교훈을 배웠다. 비록 고블린들이 자꾸 올라타는 바람에 어깨는 따끔따끔 아렸지만 가브리엘의 호기심은 줄지 않았다. 가브리엘은 열심히 일한 대가로 얼마 안 되지만 손수 빵을 벌어먹는 사람들이 즐겁고 행복하게 살아가는 모습을 보았다. 또한 아무리 무지하더라도 기쁨과 행복의 무한한 원천은 지식이 아니라 마음에 있는 것임을 깨닫게 되었다. 세심하게 보살핌을 받고 사랑으로 길러진 사람인수록 궁핍해도 명랑함을 잃지 않고 역경에 강하며, 더 힘든 고난도 잘 견디는 모습을 보았다. 그런 사람의 가슴속엔 행복과 만족과 평온의 원천이 있기 때문이었다. 가브리엘은 또 신의 피조물 중에 가장 연약하고 무너지기 쉬운 존재인 여자들이 슬픔과 역경과 절망을 딛고 일어서는 경우를 자주 보았는데, 그것은 그들이 마음속에 애정과 헌신의 마르지 않는 샘을 품고 있기 때문이었다. 무엇보다 남이 기쁘고 즐거워하는 모습을 보며 질투하는 자신과 같은 사람이 이 아름다운 세상에서 가장 몹쓸 족속이었다. 가브리엘은 세상의 모든 선한 것들은 악과 맞서 싸우며, 어쨌든 그런 세상이 좋은 세상이자 살 만한 곳이라고 결론을 내렸다. 그러자 이제 감각을 진정시키고 휴식을 취하라고 배려해 주듯 마지막 그림 위에 구름이 덮였다. 이윽고 고블린들이 하나하나 시야에서 사라지더니 마지막 고블린까지 사라지자, 가브리엘은 깊은 잠에 빠져들었다.

날이 밝아 잠에서 깨어났을 때 가브리엘 그럽은 교회 묘지의 판판한 묘석 위에 길게 누워 있었다. 옆에는 빈 술병이 놓여 있었고 땅에 흩어져 있는 외투와 삽과 등불 위로 간밤의 서리가 하얗게 내려 있었다. 그가 처음 본 고블린이 앉아 있던 묘비는 바로 앞에 있고, 지난밤에 팠던 묘도 그리 멀지 않은 곳에 있었다. 가브리엘은 문득 자신이 겪은 일이 꿈일까 생시일까 의문이 들었다. 하지만 자리에서 일어나려고 하자 어깨에 찌르는 듯한 통증이 밀려왔다. 고블린들에게 발로 차인 일이 과연 꿈에서 일어난 일은 아니었다. 고블린들이 개구리처럼 뜀뛰기를 하고 놀던 묘비 주위에는 발자국 하나 남아 있지 않았지만, 그는 허우적대다가 고블린들은 눈에 보이는 흔적을 남기지 않는다는 사실을 떠올리고는 얼른 머릿속을 정리했다. 가브리엘 그럽은 등이 배겨서라도 될 수 있으면 빨리 두 발로 일어서야 했고, 외투에 앉은 서리를 털어내고 입은 뒤 고개를 돌려 마을을 바라보았다.

가브리엘 그럽은 이제 과거의 교회지기가 아니었다. 그는 이제 바뀌었다. 하지만 자신의 참회가 조롱당하고 자신의 회개가 불신받을 게 뻔한 그곳으로 돌아가고 싶지 않았다. 잠깐 망설이기도 했지만 이내 자신이 진정으로 있어야 할 곳, 빵을 마련할 수 있는 다른 곳을 찾으러 발길을 돌렸다.

그날 교회 묘지에선 등불과 삽과 버들가지 술병이 발견되었다. 처음에는 교회지기의 행방에 관해 온갖 추측이 돌았지만 오래가지 않아 그가 고블린에게 잡혀갔을 거라는 결론이 내려졌다. 게다가 한쪽 눈이 멀고 뒷다리와 궁둥이는 사자처럼 생겼으며 꼬리는 곰처럼 생긴 갈색 말을 타고 가브리엘이 하늘로 사라지는 것을 봤다는 믿을 만한 목격자들도 나타났다. 그 후 오랫동안 사람들은 그 사실을 철석같이 믿었다. 게다가 새로 온 교회지기는 앞서 말한 그 말이 하늘을 날다 발로 차는 바람에 떨어진 교회의 풍향계를 우연히 교회 묘지에서 주웠다면서, 그 후 일 년인가 이 년 동안 호기심 많은 사람들에게 약간의 사례비를 받고 보여 주었다.

불행하게도 이런 이야기들은 십 년 후 생각지도 않게 가브리엘 자신이 누더기를 걸치고 관절염에 걸린 노인이 되어 만족스러운 얼굴로 나타남으로써 다소 혼란이 생겼다. 가브리엘은 자신의 이야기를 어떤 목사에게 들려주었고, 시장에게도 들려주었다. 그리고 세월이 흐르는 동안 그 일은 역사적인 사건으로 받아들여졌고, 오늘까지 전해 내려오고 있다. 처음부터 엉뚱한 방향으로 짚어서 풍향계 이야기를 믿었던 사람들은 쉽게 그 믿음을 버리려 하지 않았고, 어깨를 으쓱하거나 이마를 짚으면서 가브리엘 그럽이 네덜란드 진을 몽땅 마신 뒤 납작한 묘비 위에서 곯아떨어졌던 얘기를 중얼거리며 최대한 분별력 있게 보이려고 애썼다. 그리고 가브리엘이 세상을 경험한 뒤 더 현명해졌다고 말하면서 가브리엘이 고블린 동굴에서 봤음 직한 것들에 대해 설명하려고 했다. 그러나 그런 견해는 사람들한테 별로 인기가 없었고 서서히 잊혀졌다. 어찌 되었든 가브리엘 그럽이 말년에 관절염에 걸린 것도 그렇고, 이 이야기는 아무리 못해도 최소한 한 가지 교훈은 준다. 그 교훈이란 바로 다음과 같다. 크리스마스에 부루퉁해서 혼자 술을 마시는 사람은 크리스마스 날에 전혀 좋을 게 없다는 점을 명심해야 하며, 고블린들을 영원히 밖으로 나오지 못하게 하거나, 하다못해 가브리엘 그럽이 고블린 동굴에서 봤던 것들이 그러했듯 입증할 길이 없게 해야 한다는 것이다.

『험프리 님의 시계』에 실린 크리스마스 에피소드

　나는 사람들이 즐거워하는 모습을 보며 기분 전환을 하려고 거리를 걷고 있었다. 축제 분위기를 한껏 내는 장식물에 둘러싸여 거리 곳곳 집집마다 흘러나오는 즐거운 기운에 도취되어 벌써 몇 시간째 걷고 있었다. 문득 걸음을 멈추고 서서 유쾌해 보이는 사람들이 눈발을 헤치고 바쁘게 약속 장소로 걸어가는 것을 바라보기도 하고, 고개를 돌려 구빈원에 안전하게 수용되어 있는 아이들도 보았다. 한번은 공장에서 일하는 한 아빠가 화려한 모자를 씌우고 깃털 장식 옷을 입힌 아기를 조심스럽게 안고 가고, 그 뒤를 엄마가 자신의 우아한 옷차림도 잊은 채 아빠의 어깨에서 까르르 웃음을 터뜨리는 아기의 재롱을 받아주며 조용히 걸어가는 것을 보며 감탄했다. 또 숙녀에게 정중하게 행동하거나 구애하는 장면을 목격하면 재밌어 하기도 하고, 세상의 절반을 차지하는 가난한 사람들도 이맘때면 기뻐하리라 생각하며 흐뭇해했다.

　날이 저물어 가고 있었지만 나는 여전히 거리를 쏘다녔다. 창문마다 따스하게 스며 나오는 환한 난롯불에서 사람들의 우정을 느끼고, 곳곳에 흘러넘치는 다정함과 연대감을 상상하느라 외로운 줄도 몰랐다. 그러다 마침내 어떤 선술집 앞에서 걸음을 멈추고 창문으로 메뉴판을 들여다보다 문득 이런 크리스마스에 선술집에서 홀로 저녁을 먹는 사람은 어떤 사람들일까 하고 궁금해졌다.

내 생각에 고독한 사람은 자기도 모르게 고독을 자신의 성격으로 여기는 데 익숙해지는 것 같다. 나는 해마다 돌아오는 최고의 기념일인 크리스마스를 내 방에서 혼자 보낸 적이 많았고, 그날을 그저 사람들이 함께 모여 먹고 마시며 즐기는 날이라고밖에는 생각하지 않았다. 어쨌든 나는 좀 미안하지만 선술집의 사람들이 죄수나 거지들은 아닐 거라고 생각했다. 선술집이 그런 사람들을 위해 문을 열 리는 없을 터였다. 그렇다면 따로 단골이 있는 것일까, 아니면 그저 관행일까? 분명 관행일 거야.

나는 이렇게 확신하며 발걸음을 돌렸지만 몇 발짝 떼기도 전에 걸음을 멈추고 뒤를 돌아다보았다. 문 위에 단 등불은 영업 중이라는 사실을 알려 주었고 나는 호기심을 억누를 수 없었다. 어쩌면 그 안에는 손님이 많을지도 모른다는 생각이 들기 시작했다. 아마 세상과 악전고투를 벌이고 있는 젊은이나, 이 멋진 곳에 처음 왔는데 친구는 멀리 살고 있고 여행을 하기에는 주머니가 가벼운 이방인들이 있으리라. 이런 상상을 하니 그들이 다소 측은하게 느껴져서, 나는 그들을 집에 초대하기에 앞서 우선 사실부터 확인해 보자고 마음먹었다. 그래서 돌아서서 선술집 안으로 걸어 들어갔다.

선술집에는 손님이 단 한 명뿐이었고, 나는 그 사실이 기쁘면서도 안타까웠다. 더 많지 않아서 다행스럽기는 했지만 한편으로는 그가 혼자 앉아 있었다고 생각하니 안쓰러웠던 것이다. 그 손님은 내 또래로 보이지는 않았지만 나와 마찬가지로 인생을 살 만큼 살았고 머리도 희끗희끗했다. 나는 술집으로 들어가서 자리를 잡고 앉기 전에 그의 주의를 끌려고, 해마다 그맘때면 하는 케케묵은 방식으로 인사도 건네면서 필요 이상으로 요란하게 굴었지만 상대방은 고개도 들지 않았다. 그저 손으로 머리를 괸 채 반쯤 먹다 만 접시를 쳐다보며 생각에 잠겨 있었다.

선술집에 앉아 있으려면 스스로도 구실이 있어야 하기에(하녀가 밤새 친구네 음식 준비를 도와주러 가야 했기에 저녁을 일찍 먹기는 했다.) 음식을 주문한 뒤 나는 상대방의 심기를 불편하게 하지 않으면서 관찰할 수 있는 위치에 자리를 잡고 앉았다. 그가 고개를 든 것은 그 후였다. 그는 누군가 들어온 사실은 눈치 챈 듯했지만 나는 어둑한 곳에, 그는 불빛 아래에 앉아 있었기 때문에 그다지 쳐다보는 일은 없었다. 그가 슬픈 얼굴로 생각에 잠겨 있어서 나는 방해하지 않으려고 아무 말도 하지 않았다.

믿어달라, 내가 그 신사에게 관심을 갖고 강하게 이끌린 이유는 호기심 이상의 그 무언가가 있기 때문이었다. 그렇게 참을성 있고 온화해 보이는 얼굴은 처음이었다. 분명히 많은 친구들에게 둘러싸여 있어야 할 사람이, 남들은 모두 친구들과 함께 즐기는 이 시간에 혼자 낙담해서 앉아 있다니 말이다. 그는 몽상에서 깨어났다가도 다시 빠져 들 것이며, 그가 무엇을 생각하건 그것은 우울하고 쉽게 감정을 조절할 수 없는 내용인 게 분명해 보였다.

그는 고독에 익숙하지 못한 사람이었다. 나는 그 점을 확신

했다. 내 경험에 비추어 볼 때 고독에 익숙한 사람이었다면 태도가 다를 것이며, 누군가 선술집에 들어왔을 때 약간의 관심이라도 보였을 것이기 때문이다. 나는 그가 식욕이 없다는 사실을—먹으려고 노력해도 안 된다는 것을—분명히 알 수 있었다. 몇 번이고 접시를 옆으로 밀어내고 처음 봤던 자세로 돌아갔다.

아무래도 그의 마음은 예전의 크리스마스를 헤매고 있는 듯했다. 그동안 지냈던 여러 번의 크리스마스 기억들이 시차를 두지 않고 마치 일주일 내내 연속으로 붙어 있는 것처럼 한꺼번에 떠오르고 있으리라. 관심 가져주는 사람 하나 없는 조용하고 텅 빈 술집에서 처음으로 (분명 그때가 처음이었다.) 누군가의 눈에 띄었다는 사실은 대단한 변화였다. 나는 나도 모르게 상상 속에서 그를 따라 즐거워하는 얼굴들 사이를 헤매고 다니다가 칙칙한 현실로 돌아오곤 했다. 시커멓게 그을린 미슬토 가지 장식과 화롯불에 구워지고 익어서 바싹 말라버린 호랑가시나무로 장식된 선술집에는 퇴근한 종업원 대신 비쩍 마르고 배고파 보이는 불쌍한 남자가 크리스마스 날 동안 시중을 들고 있었다.

그 친구에 대한 나의 관심은 더욱 커져 갔다. 마침내 저녁 식사를 물리자 그의 앞에는 포도주 병이 놓였다. 그는 한참을 그렇게 내버려 두다 떨리는 손으로 포도주를 한 잔 가득 따른 뒤 입술로 가져갔다. 해마다 이날이 되면 기도했던 간절한 소망 몇 가지가, 혹은 그가 사랑을 맹세했던 이들의 이름이 순간 그의 입술을 파르르 떨리게 했다. 그는 돌연 술잔을 내려놓더니 다시 입으로 가져갔다가 이내 내려놓고는 손바닥으로 얼굴을 감쌌다. 그런 뒤에 뺨 위로 흘러내린 것은 눈물이 틀림없었다.

나는 내가 잘하는 짓인지 아닌지 생각할 겨를도 없이 성큼성큼 방을 가로질러 그에게 걸어갔다. 그리고 그의 팔에 손을 가볍게 얹으며 옆자리에 앉았다.

"여보시오, 이 늙은이의 입에서 마음을 편히 가지라는 위로의 말이 나오더라도 용서해 주시오. 난 내가 경험하지 않은 것을 설교할 마음은 없소. 선생이 왜 슬퍼하는지 모르지만 부디 기운을 내시오, 부디!"

그러자 그가 대답했다.

"진심으로 위로해 주신다는 거 압니다. 정말 고맙습니다. 그렇지만……."

나는 그가 하려는 말이 무엇인지 이해한다는 것을 보여 주려고 고개를 끄덕였다. 나는 이미 그의 굳어진 표정과 내가 말하는 동안 뚫어지게 쳐다보며 집중하려 애쓰는 모습에서 그의 청력이 정상이 아니라는 사실을 눈치 챘던 것이다.

"우린 동병상련이군요."

나는 내 말의 의미를 설명하려고 그와 나를 번갈아 가리키며 말했다.

"우리가 똑같이 머리가 허옇다는 사실 말고도, 똑같이 불행하다는 점에서 말이오. 선생이 보다시피 나는 불쌍한 절름발이요."

나는 처음 장애를 의식하고 힘겨운 세월을 보내온 이후 그가 웃으면서 내 손을 잡았을 때처럼 불구가 된 내 다리가 고맙게 느껴진 적이 없었다. 그의 웃음은 그날 이후로 내 인생의 길을 밝혀 주었다. 우리는 나란히 앉았다.

그 일을 계기로 나와 그 귀머거리 신사의 우정은 시작되었다. 내가 건넨 간단하지만 친절한 말 한마디는 그 후 그가 내게 보여 준 끝없는 애정과 헌신으로 보답받았다.

 우리가 처음 알게 되었을 때 그는 대화를 하기 위해 조그만 종이 판과 연필 한 자루를 꺼냈다. 지금도 기억나지만 내 차례가 되어 내가 하고 싶은 말을 글로 적을 때면 얼마나 쑥스럽고 긴장했던지 모른다. 하지만 그는 대부분 내가 하고자 하는 말을 절반도 적기 전에 알아차렸다. 그날 그는 머뭇거리며 크리스마스를 혼자 보내는 일이 익숙하지 않다고 털어놓았다. 아마 홀로 하루를 보내는 일은 그에게 언제나 소박한 크리스마스 축제 같은 것이었으리라. 나는 그가 상복 차림을 한 것이 아닌지 묻는 뜻으로 그의 옷을 힐끗 쳐다보았지만, 그는 내 뜻을 알아차렸는지 얼른 그런 게 아니라고 말했다. 그러고는 차라리 그런 것이라면 낫겠다고 덧붙였다. 그 후로 지금까지 우리는 한 번도 그 일에 대해 말한 적이 없다. 우리가 처음 만났을 때의 정황 하나하나를 다 기억했지만, 그 일에 대해선 마치 서로 약속이나 한 듯 대화를 피했다.

 그러는 사이 우리의 우정과 서로에 대한 배려의 마음은 점점 더 깊어졌고, 오직 죽음만이 우리를 갈라놓을 것이며 다시 태어나도 그 마음은 변함이 없을 거라고 생각할 만큼—나는 정말로 그렇게 믿는다.—끈끈한 애착의 감정도 생기게 되었다. 우리가 도대체 어떻게 의사소통을 하는지 나도 잘 모를 정도로 그를 더 이상 귀머거리로 생각하지 않은 지는 오래되었다. 그는 내가 산책을 할 때 동무가 되어주며, 사람들로 붐비는 거리에서도 내 생각을 훤히 꿰뚫는 듯 나의 사소한 표정이나 몸짓에도 반응한다. 우리는 눈앞을 빠르게 지나가는 수많은 사물들 중 똑같이 어떤 것을 보기도 하고 똑같은 어휘를 선택하는 일도 많다. 이렇듯 사소한 일치가 일어날 때마다 내 친구는 표현할 수 없을 정도로 희열에 들떠 생기가 넘쳤고, 뿌듯한 표정을 반 시간도 넘게 짓곤 했다.

그는 거의 자신에게만 몰두해서 지내는 대단한 사색가였다. 게다가 엉뚱한 생각을 해내고 그것을 확장시키는 뛰어난 상상력은 나를 한없이 보잘것없는 존재로 만들었고 우리 친구들을 깜짝 놀라게 했다. 이런 점에 있어서 그의 능력은 스스로 한때 독일 학생*이 소유했던 것이라고 믿는 커다란 담뱃대의 도움을 많이 받았다. 그건 그렇다 치고 그 담뱃대는 겉으로 보아도 상당히 고풍스럽고 신비한 느낌을 주었고, 어찌나 큰지 완전히 다 피울 때까지 세 시간 반이나 걸렸다. 내 단골 이발사는 떠도는 소문에 빠삭한 데다 매일 저녁 근처 담배 가게에 모여 애연가들과 함께 담배를 피우기 때문에, 나는 그가 말해 주는 담뱃대에 얽힌 일화라든지 대통에 새겨진 무시무시한 얼굴 표정에 대한 (그 담뱃대를 본 마을 애연가들이 모두 놀라서 얼어붙었다고 한다.) 이야기를 믿었다. 담뱃대를 숭배하는 우리 집 하녀도 그와 관련된 미신 때문인지 해가 진 후에는 좀처럼 담뱃대와 함께 집에 혼자 있지 않으려고 한다.

나의 귀머거리 친구는 과거에 어떤 슬픔을 겪었건 가슴속 어딘가에 어떤 비애가 숨어 있건 이제는 쾌활하고 인자하며 행복한 사람이 되었다. 특별히 나중에 좋은 결과로 돌아오는 게 아니라면 이런 사람에게 불행은 결코 찾아올 수 없다. 게다가 그의 온화한 성품과 진지한 감정에 불행의 흔적이 보인다 해도 나 자신이 겪은 시련 따위를 늘어놓고 싶은 마음은 없다. 담뱃대에 대해 말하자면, 나는 이렇게 생각한다. 나는 담뱃대가 우

---

* 끔찍한 살인 사건을 소재로 쓴 워싱턴 어빙의 소설 「독일 학생의 모험」에 나오는 주인공으로, 자신이 죽인 여인과 사랑을 나눈다.

리를 만나게 한 그 사건과 어느 정도 관련이 있다고 믿을 수밖에 없다. 그가 담뱃대 이야기를 꺼내기까지 오랜 시간이 흘렀던 것으로 기억한다. 그리고 나서는 왠지 나에게 서름서름하게 대하고 표정도 침울해 보이더니 그 후로도 한참 지나서야 담뱃대를 보여 주었다. 하지만 나는 그것에 대해 별 관심이 없었다. 담뱃대가 그의 마음을 진정시켜 주고 위안을 주는 사실을 알기에, 내 마음에 들지 않는다고 해서 다르게 볼 필요는 없다고 생각한다.

귀머거리 신사는 이런 사람이다. 나는 지금도 칙칙한 잿빛 옷을 입고 벽난로가 있는 구석에 앉아 있던 그의 모습을 떠올릴 수 있다. 그는 애지중지하는 담뱃대로 연기를 내뿜으며 우정과 호의를 가득 담은 눈길로 바라보고 유쾌한 미소를 머금은 채 온갖 다정하고 친절한 말을 들려준다. 그럴 때면 그 친구가 낡은 시계 소리라도 들을 수 있다면 내 불편한 한쪽 다리를 영영 잃어도 좋다는 생각이 든다.

크리스마스 캐럴

Mr Fezziwigs Ball

서언

나는 이 작은 책에 무시무시한 유령 이야기를 담았다. 부디 이 책이 여러분과 여러분의 친구들에게, 크리스마스 분위기에, 또한 작가인 내게도 언짢은 감정을 불러일으키지 않기를 바란다. 부디 유령이 여러분의 집에 즐겁게 나타나기를, 또 그런 유령을 쫓아내는 사람이 없기를 바란다.

여러분의 충실한 하인이자 친구
찰스 디킨스
1843년 12월

차례

1절 말리의 유령 · 69
2절 첫 번째 유령 · 99
3절 두 번째 유령 · 126
4절 마지막 유령 · 162
5절 이야기의 끝 · 187

1절*
말리의 유령

말리는 죽었다. 그 이야기부터 시작해야겠다. 어쨌든 그 점에 대해서는 의심의 여지가 없다. 그의 매장 증명서에는 목사와 서기, 장의사와 유족 대표가 서명을 했다. 스크루지도 서명을 했다. 스크루지는 손 대기로 마음먹으면 무엇이든 손에 넣는 영감으로 런던의 왕립 거래소에서도 확실한 이름으로 통했다. 그랬다. 말리 영감은 대문의 대갈못처럼** 죽었다.

그런데 잠깐! 대갈못에 특별히 죽음과 관련된 의미가 있음을 안다는 말을 하려는 게 아니다. 다만 나라면 차라리 철물점에서 파는 물건 중에 가장 칙칙해 보이는 '관에 박는 못'으로 표현했을 것이다. 하지만 이런 비유에는 우리 조상의 지혜가 담겨 있으니 내 속된 손으로 조상님의 지혜를 흠잡을 생각은 눈

---

* 디킨스는 '크리스마스캐럴'이라는 제목의 음악적인 느낌을 살리기 위해 '장(chapter)' 대신 '절(stave)'이라는 단위를 썼다.

** 대문의 나무판자와 함께 문에 덧대는 가로대까지 한 번에 못질할 수 있는 기다란 못. 여기에서 '대문의 대갈못처럼 죽었다(dead as a door-nail)'라는 말은 '완전히 죽어버렸다'라는 뜻의 속담이다. 이어지는 글에서 디킨스는 '관에 박는 못(coffin-nail)'이라는 단어를 활용해 말장난을 하고 있다.

곱만큼도 없다. 그랬다가는 나라 꼴이 뭐가 되겠는가. 따라서 내가 강조하는 뜻에서 다시 한 번 '말리는 대문의 대갈못처럼 죽었다.'라고 말하는 것을 허락해 주길 바란다.

스크루지는 말리가 죽은 사실을 알고 있었느냐고? 물론이다. 어떻게 모를 수 있겠는가? 스크루지와 말리는, 나로서는 얼마나 되었는지 헤아릴 수도 없는 세월을 동업자로 지내왔는데 말이다. 게다가 스크루지는 말리의 유일한 유언 집행인이자 유일한 유산 관리인이었으며, 유일한 유산 상속인이자 유일한 유산 수령인이었을 뿐만 아니라 유일한 친구이자 유일한 유족이었다. 그럼에도 스크루지는 그 불행한 사건을 슬퍼하기는커녕 장례식을 치를 때도 탁월한 사업 수완을 아낌없이 발휘하여 이윤을 남겼다.

말리의 장례식 얘기를 하다 보니 내가 원래 하려던 이야기가 무엇인지 생각났다. 말리가 죽은 것은 틀림없는 사실이다. 지금 이 사실을 분명히 말해 두지 않으면 내가 지금부터 들려줄 이야기에 그다지 놀라지 않을 수도 있다. 가령 우리가 햄릿이 아버지가 죽었다는 사실을 제대로 알지 못한 상태에서 「햄릿」 연극이 시작되었다고 치자. 그런 상황이라면 동풍이 불어오는 야밤에 햄릿의 아버지가 성벽 위를 배회한다고 한들, 여느 중년 신사가 말 그대로 심약한 아들을 놀래주려고 해가 저문 뒤 바람 부는 성 바울 성당 묘지 같은 곳에서 갑자기 튀어나오는 것과 비교해 특별할 것이 하나도 없을 것이다.

스크루지는 결코 옛 친구 말리의 이름을 지우지 않았다. 여러 해가 흘렀지만 아직도 상회 출입문에는 스크루지와 말리의 이름이 함께 적혀 있었다. 회사는 스크루지와 말리의 공동 소유로 알려져 있었다. 거래를 처음 트러 온 사람들은 이따금 '스크루지 스크루지 상회'라고 부르기도 하고, 어떤 때는 '말리 상회'라고도 불렀지만 어느 경우건 스크루지는 똑같이 대답했다. 그는 아무래도 상관없었다.

아! 그러나 스크루지는 맷돌 손잡이를 꽉 움켜쥔 손아귀처럼 인색하기 짝이 없는 사람이었다. 쥐어짜고, 누르고, 움켜쥐고 벅벅 긁어모으고, 한번 잡으면 절대 놓지 않는 탐욕스러운 늙은 죄인! 게다가 부시에 쳐서 불꽃 한 번 제대로 피워 보지 못한 부싯돌처럼 단단하고 날카로웠으며 굴처럼 음흉하고 좀처럼 속을 내보이지 않는 외톨이였다. 그렇게 내면에 들어앉은 차가움 때문에 노년에 접어들수록 표정은 굳어지고 뾰족한 코는 더욱 뾰족하게 내려왔으며 뺨은 쭈글쭈글해지고 걸음걸이는 딱딱했다. 또한 눈은 벌겋게 충혈되고 얇은 입술은 푸르뎅뎅했으며, 삑삑거리는 목소리로 심술궂게 말했다. 머리와 눈썹에는 서리가 내리고 철사처럼 억센 턱수염에도 서리가 내렸다. 그는 어디를 가든 항상 냉기를 뿌리고 다녔다. 그래서 한여름 삼복더위에도 그의 사무실은 얼음 창고처럼 으스스했는데, 크리스마스라고 해서 사무실 온도를 단 1도라도 올리는 법은 없었다.

바깥이 덥든 춥든 스크루지에게는 아무 영향도 끼치지 않았다. 그는 아무리 푹푹 쪄도 더위를 타지 않고 아무리 추워도 떨지 않았다. 쌩쌩 몰아치는 바람도 스크루지보다 더 매섭지 않았고, 줄기차게 쏟아지는 눈도 목적지에 닿으려는 집념이 그보다 더 집요하지는 못했으며, 후두두 쏟아지는 장대비도 그보다는 덜 매몰찼다. 아무리 사나운 날씨도 스크루지를 당해 낼 수 없었다. 억수같이 쏟아지는 비건 눈이건 우박이건 진눈깨비건 오직 한 가지 점에서만 스크루지를 이길 수 있었다. 그것들은 그나마 종종 '후하게 내려준다는' 점이었다. 스크루지는 절대 그런 법이 없었다.

거리에서 그를 붙잡고 반가운 얼굴로 "어이, 스크루지, 어떻게 지내나? 언제 한번 우리 집에 놀러오게."라고 말하는 사람은 아무도 없었다. 거지들도 그에게는 한 푼도 구걸하지 않았고, 아이들도 절대로 몇 시냐고 물어보는 법이 없고, 남자든 여자든 평생 단 한 번도 스크루지에게 길을 묻거나 집을 묻지 않았다. 맹인의 개들조차도 스크루지를 알아보았다. 스크루지가 다가오는 게 보이면 주인을 문가나 마당으로 이끌며 마치 '앞 못 보는 주인님, 저렇게 사악한 눈을 갖느니 차라리 아무것도 못 보는 게 나아요.' 라고 말하듯 꼬리를 흔들어댔다.

하지만 스크루지에게 그게 무슨 상관이랴! 그는 오히려 그 편이 좋았다. 안 그래도 복잡한 인생길에서 사람들의 동정심 따위는 얼씬도 못하게 하는 편이 소위 말하는 '장땡' 이라고 생각했다.

그날은 일 년 중 가장 기쁜 날이라는 크리스마스이브로, 스크루지 영감은 경리 사무실에 들어앉아 바쁘게 일하고 있었다. 춥고 황량하고 매서운 날씨였다. 게다가 안개까지 잔뜩 끼어 있었다. 바깥에선 숨을 씩씩거리고 언 몸을 녹이려 주먹으로 가슴을 치고 발을 동동 구르며 오가는 행인들 소리가 들렸다. 거리의 시계는 조금 전에 겨우 세 시를 가리켰을 뿐인데도 벌써 어둑했고——사실은 하루 종일 어두웠다.——이웃한 사무실 창문에선 어른거리는 촛불의 빨간 불꽃이 꼭 만져질 듯한 갈색 연기로 번져 나왔다. 안개가 틈새란 틈새는 모두 찾아 들어왔고, 심지어 열쇠 구멍까지도 비집고 들어왔고, 어찌나 자욱하게 깔렸는지 마당이 아주 좁은데도 맞은편 집들이 허깨비처럼 흐릿하게 보였다. 게다가 낮게 깔린 거무튀튀한 구름이 모든 것을 뒤덮은 광경을 보고 있노라니 자연의 신이 코앞에서 엄청난 양의 구름을 끓여 대고 있는 게 아닐까 싶을 지경이었다.

스크루지의 경리 사무실의 문은 빠끔히 열려 있었는데, 아무래도 그 너머에 골방이라고 할 수 있을 정도로 비좁고 초라한 방에 앉아 편지를 옮겨 적는 서기를 감시하기 위해서인 듯했다. 스크루지의 방에는 아주 작은 난로가 놓여 있었지만 서기의 난로는 그보다 훨씬 작아서 그저 석탄 한 덩이처럼 보였다. 그런 데다 스크루지가 자기 방에 석탄 상자를 끼고 있어서 석탄을 더 넣을 수도 없었다. 석탄을 가지러 부삽을 들고 갔다가는 아무래도 직원을 더 뽑아야겠다는 둥 공연히 트집만 잡을 게 뻔했다. 그래서 서기는 흰 목도리를 두르고 촛불로 몸을 녹이려고 애썼지만, 그다지 상상력이 풍부하지 못한 사람이다 보니 그것도 별로 도움이 안 됐다.

"삼촌! 메리 크리스마스! 하나님의 은총이 가득하시길!"

그때 누군가 명랑한 목소리로 외쳤다. 스크루지의 조카였다. 어찌나 빠르게 들이닥쳤던지 그 말이 들렸을 땐 이미 스크루지의 곁에 와 있었다.

"흥! 쓸데없이!"

스크루지가 콧방귀를 뀌었다.

자욱한 안개와 꽁꽁 언 길을 쏜살같이 달려온 터라 스크루지의 조카는 온몸이 달아올라 있었다. 잘생긴 얼굴은 벌겋게 상기되고 눈은 빛났으며 입에선 뿌연 입김이 뿜어져 나왔다.

"크리스마스가 쓸데없는 거라고요! 설마, 진심은 아니시겠죠?"

스크루지의 조카가 말했다.

"진심이다. 즐거운 크리스마스라니! 도대체 네놈이 무슨 권리로 즐거워하는 게냐? 즐거워해야 할 이유라도 있는 게냐? 가난뱅이 주제에!"

스크루지가 말했다.

"하, 참, 그럼 삼촌은 무슨 권리로 우울해하시는 거죠? 시무룩해할 이유가 전혀 없으시잖아요? 이렇게 부자시면서."

스크루지는 그 순간 대답이 궁해져서 "허!"라고 내뱉은 뒤 "쓸데없이!"라고 쏘아붙였다.

"삼촌, 얼굴 좀 펴세요!"

"내가 화 안 나게 됐냐? 이렇게 멍청이들로 우글거리는 세상에서. 흥, 즐거운 크리스마스라고! 빌어먹을 크리스마스! 버는 건 없는데 빚은 잔뜩 지고, 나이만 한 살 더 먹게 될 뿐 벌이는 더 나아지지도 않건만, 크리스마스가 대체 뭐란 말이냐. 장부를 결산해 보면 일 년 열두 달 모든 항목이 적자라는 것을 알게 되는 이때 말이다. 내 마음 같아서는 그냥, 메리 크리스마스라고 떠들고 다니는 놈들은 푸딩과 함께 푹푹 끓인 다음 호랑가시나무 가지로 가슴을 푹 찔러 파묻어 버렸으면 좋겠다. 그래도 싸지!"

스크루지는 분개해서 말했다.

"삼촌!"

조카가 애원하듯 말했다.

"조카야! 넌 네 방식대로 크리스마스를 보내렴. 난 내 식대로 기념할 테니!"

삼촌이 냉정하게 대꾸했다.

"기념하신다고요! 삼촌은 크리스마스를 기념하지 않잖아요."

"그러니까 이대로 나를 제발 내버려 두렴. 너나 실컷 크리스마스 덕을 보란 말이다! 지금까지 퍽이나 많이 덕을 본 모양이니!"

"감히 말씀드리는데, 세상에는 굳이 덕을 보지 않아도 행복을 느끼게 해주는 것들이 아주 많아요. 크리스마스도 그중 하나죠. 전 크리스마스가 돌아올 때마다, 그 성스러운 이름과 유래에서 느껴지는 경외심이라든지 그와 관련된 건 무엇이든 다 제쳐두고라도, 참 좋은 때라고 생각해요. 친절과 용서와 자비가 가득한 좋은 때죠. 일 년이라는 많은 날들 중에 남녀 할 것 없이 닫혔던 마음을 활짝 열고, 자기보다 못한 사람들을 자기와는 다른 길을 가는 별종으로 생각하지 않고 무덤으로 함께 가는 길동무인 양 생각하는 때가 유일하게 크리스마스거든요. 그래서 전 크리스마스가 비록 제 주머니에 금화나 은화 한 닢 넣어준 적은 없지만, 크리스마스가 저에게 복을 주었고 앞으로도 줄 거라고 믿어요. 그래서 이렇게 말하죠. 크리스마스한테도 신의 은총이 가득하기를!"

조카가 말했다.

골방에 있던 서기가 자신도 모르게 손뼉을 쳤다. 하지만 이내 자신의 행동이 적절치 않았음을 깨닫고 애꿎은 난로만 쑤시다 마지막 남아 있던 불씨마저 꺼뜨리고 말았다.

"내 귀에 또다시 그 박수 소리가 들리는 날에는 길거리에 나앉은 채 크리스마스를 맞게 될 줄 알게! 그나저나 조카 님, 대단한 웅변가시구면."

스크루지는 자기 조카를 돌아다보며 말했다.

"그 말솜씨로 왜 국회에는 진출 못 했는지 모르겠구나."

"화내지 마시고요, 삼촌, 네? 내일 저희 집에 오셔서 저녁이

나 같이 드세요."

 스크루지는 "보러 가겠다."라고 말했다. 그렇다. 분명히 그렇게 말했다. 그러나 그가 한 말을 끝까지 한 글자도 빠뜨리지 않고 옮겨 보면 "그래, 보러 가마, 네놈이 쪽박 차는 꼴을."이었다.

 "왜요? 도대체 왜 그러세요?"
 조카가 물었다.
 "도대체 결혼은 왜 한 거냐?"
 스크루지가 물었다.
 "사랑하니까요."
 "사랑해서 결혼했다고!"
 스크루지는 세상에 메리 크리스마스보다 더 어리석은 게 있다면 사랑이라는 듯 비아냥거렸다.
 "자, 그만 가봐라."
 "삼촌은 결혼 전에도 저를 보러 한 번도 안 오셨으면서, 왜 이제 와서 결혼을 핑계 내고 안 오시는 거예요?"
 "그만 가보라니까."
 "전 아무것도 바라지 않아요. 삼촌에게 아무것도 바라는 게 없다구요. 대체 우리가 왜 왕래도 않고 살아야 하는 거죠?"
 "그만 가보라니까."
 "이렇게 고집을 피우시니 어쩔 수 없지만 정말 섭섭해요. 예전에 우리는 한 번도 다툰 적이 없었어요. 저도 웬만하면 삼촌 말씀을 들었고요. 하지만 크리스마스를 기념하려고 한번 말씀드려 본 거예요. 어쨌든 전 끝까지 크리스마스 기분을 느낄 거예요. 그럼, 메리 크리스마스, 삼촌!"
 "그래, 어서 가봐."

"새해 복 많이 받으세요!"

"알았어, 어서 가봐."

조카는 언짢은 말 한마디 없이 사무실을 나섰다. 그러다 현관 앞에서 걸음을 멈추고 서기에게 크리스마스 인사를 건넸다. 몸은 꽁꽁 얼었지만 친절하게 인사를 하는 것을 보면 서기는 스크루지보다 따뜻한 사람임이 분명했다.

"저기 또 한 놈 있었군. 홍, 일주일에 겨우 15실링으로 처자식을 벌어 먹이는 주제에 무슨 메리 크리스마스야! 아이고, 내가 정신병원으로 들어가든지 해야지, 원."

스크루지가 서기의 목소리를 들으며 투덜거렸다.

어쨌든 이 정신병자는 조카를 보내고 나서 곧 두 사람의 방문객을 맞았다. 풍채 좋고 쾌활해 보이는 신사들이 어느새 모자를 벗고 스크루지의 사무실 안에 들어와 있었다. 그들은 한 손에 장부와 서류 뭉치를 든 채 스크루지에게 인사를 건넸다.

"스크루지와 말리 씨 사무실이 맞습니까? 스크루지 씨나 말리 씨와 말씀 좀 나눌 수 있을까요?"

한 신사가 자기 장부에 적힌 목록을 들여다보며 말했다.

"말리는 칠 년 전에 죽었소. 칠 년 전 바로 오늘 밤에 말이오."

스크루지가 대답했다.

"우리는 관대하신 말리 씨의 뜻을 생존하는 동업자께서 이어주실 거라 믿어 의심치 않습니다."

한 신사가 신분증을 꺼내며 말했다.

그건 맞는 말이었다. 두 사람은 똑같은 족속이었다. '관대하다'라는 불길한 말에 스크루지는 얼굴을 찡그리고 고개를 절레절레 흔들며 신분증을 되돌려 주었다.

신사는 펜을 들며 말했다.

"스크루지 선생님, 일 년 중 가장 즐거운 이때, 이런 때 가난하고 어려운 사람들을 조금이나마 돕는 일은 그 어느 때보다도 더욱 보람 있는 일입니다. 아직도 천 명의 이웃들이 생필품이 부족하고, 수천 명의 이웃들은 편안하게 쉴 잠자리조차 부족합니다."

"감옥은 없소?"

스크루지가 물었다.

"감옥은 많습니다만."

신사가 펜을 내려놓으며 말했다.

"그럼 구빈원은? 거기도 여전히 돌아가고 있지 않소?"

"그야 여전히 돌아가고 있죠. 그렇지 않다고 말씀드릴 수 있다면야 좋겠습니다만."

"형틀*과 빈민 구제법은 제대로 돌아가고 있나 보군, 그렇죠?"

"물론입니다. 둘 다 건재합니다."

"아! 그렇다면 다행이오. 난 댁들이 처음 그런 말을 했을 때 걱정했소. 그런 좋은 방법이 중단되는 일이 발생했나 해서 말이오. 이제 그 말을 들으니 안심이 되는군요."

"그것만으로는 많은 빈민들에게 기독교의 사랑을 물심양면으로 베풀기에는 턱없이 부족합니다. 그래서 몇 명 안 되는 저희들이 가난한 이들에게 고기와 술, 땔감을 마련해 주러 기금을 모금하고 있습니다. 왜 하필 이때냐고 물으신다면 어느 때보다도 이맘때가 가난한 사람들은 빈곤을, 부유한 사람들은 풍

---

* 1817년 영국의 윌리엄 큐비트 경이 도입한 형벌로, 죄수에게 징벌로 쳇바퀴를 밟게 했다.

요로움을 더욱 절실히 느끼기 때문입니다. 자, 선생님, 제가 존함을 뭐라고 적을까요?"

"적지 마시오."

"익명을 원하십니까?"

"날 좀 가만히 내버려 두시오. 신사 양반, 나한테 뭘 원하느냐고 물어서 하는 말인데, 내가 원하는 건 바로 이거요. 나 자신이 크리스마스에 별로 즐겁지가 않기 때문에 게으른 사람들까지 즐겁게 해줄 여력이 안 되오. 난 아까 말한 그런 시설들을 지원하고 있소. 그것만으로도 충분하오. 그러니 그 사람들에게 그리로 가라고 하시오."

"거기에 가지 못하는 사람들이 많습니다. 게다가 거기 가느니 죽겠다는 사람들도 많고."

"차라리 죽겠다고 하면, 그편이 훨씬 나을 거요. 쓸데없이 남아도는 인간들도 줄어들고. 게다가 실례하지만, 나는 그런 것에 대해 잘 모르오."

"설마, 잘 아시는 것 같은데요."

"어쨌든 내 알 바 아니오. 남의 일에 간섭할 것 없이 자기 일만 제대로 하면 되오. 나는 내 일에만 매달리는 것도 힘든 사람이오. 잘 가시오, 신사 양반들!"

더 애써 봤자 소용없으리라는 게 분명해지자 그들은 물러났다. 스크루지는 자신의 소신을 관철했다는 생각에 평소보다 한층 우쭐한 기분이 되어 다시 일에 몰두했다.

그러는 사이 안개와 어둠은 더욱 짙어지고, 훨훨 타는 횃불을 든 사람들은 마차를 끄는 말들 앞에서 거리를 비추고 길을 안내하느라 이리저리 뛰어다녔다. 항상 고딕풍 벽에 난 창문으로 스크루지를 몰래 들여다보는, 낡은 종을 매단 고풍스러운 교회 탑은 서서히 안 보이게 되고, 자욱한 구름 속에서 마치 저 위 얼어붙은 머리 아래 이빨들이 추위를 못 이겨 딱딱 부딪치듯 떨리는 여운을 남기며 매시간과 십오 분마다 종을 울려댔다. 추위는 점점 심해졌다. 큰길가 마당 한 귀퉁이에선 직공 몇 명이 커다란 화톳불을 지펴놓고 가스관을 수리 중이었고, 그 주변에는 누더기 차림의 사내들과 아이들이 몰려들어 손을 녹이며 황홀경에 빠진 듯 눈을 껌뻑이며 불꽃을 바라보고 있었다. 혼자 내팽개쳐진 소화전은 넘쳐흐르던 물이 볼썽사납게 얼어붙어서 혐오스러운 모양이 되었다. 상점에 걸려 있는 호랑가시나무 가지와 열매는 창문에서 새어 나오는 램프 불빛에 바지직 소리를 내고, 상점 불빛은 지나가는 사람들의 창백한 얼굴을 불그레하게 물들였다. 푸줏간과 식품점 주인들이 벌이는 흥정은 질펀한 농담 판이 되어버려 매매니 거래니 하는 따분한 법칙이 적용되는 곳이라고는 도저히 믿을 수 없을 정도로 한 편의 떠들썩한 야외극을 보는 듯했다. 이맘때면 으리으리한 관저에 사는 시장은 요리사 쉰 명과 집사들에게 손색없이 크리스마스를 지낼 수 있도록 준비하라는 명령을 내렸다. 하다못해 지난 월요일 거리에서 술주정을 하고 난동을 벌이다 5실링의 벌금형을 받은 변변찮은 재단사도, 비쩍 여윈 아내가 아기를 안고 소고기를 사러 나간 사이 초라한 다락방에서 내일 먹을 푸딩을 열심히 젓고 있으리라.

 안개는 더 짙어지고 기온은 더 내려갔다. 살을 에는 듯 모질고 매서운 추위였다. 자비로운 성 던스턴*이 자신에게 익숙한 무기 대신 이런 날씨를 이용해 악마의 코를 살짝 비틀어줬다고

---

* 불에 달군 부젓가락으로 악마를 내쫓았다는 대장장이의 수호신.

하더라도 호탕하게 웃어 젖힐 수 있었으리라. 그때 굶주린 개에게 물어뜯긴 뼈다귀처럼 추위에 작은 코를 물어뜯긴 어린아이가 스크루지를 즐겁게 해주려고 허리를 구부려 스크루지의 사무실 열쇠 구멍에 대고 크리스마스캐럴을 부르기 시작했다.

하나님이 그대 유쾌한 신사를 축복하시길!
부디 아무것도 그대를 실망시키지 않길!

하지만 첫 소절을 불렀을 때 스크루지는 덥석 자를 움켜쥐었다. 노래를 부르던 아이는 겁에 질려 안개 속에, 스크루지에게 무엇보다 잘 어울리는 서릿발 가운데 열쇠 구멍을 내버려 둔 채 달아났다.
마침내 경리 사무실의 문을 닫을 시간이 되었다. 스크루지가 마지못해 의자에서 몸을 일으키며 말없이 퇴근 시간을 알리자 골방의 서기도 기다렸다는 듯 촛불을 끄고 모자를 썼다.
"자네 내일 하루 종일 쉬고 싶을 테지?"
스크루지가 물었다.
"네. 사장님만 괜찮으시다면요."
"난 괜찮지 않네. 게다가 이건 공평하지도 않아. 만일 자네가 하루 쉰다고 해서 내가 월급에서 반 크라운을 깎는다면 자네는 보나 마나 억울하다고 생각할 거야, 그렇지?"
스크루지가 말했다.
서기가 희미하게 웃었다.
"그런데 일을 하지 않는데도 하루치 일당을 줘야 하는 나는 억울할 거라고 생각하지 않는가?"
서기는 일 년에 고작 하루뿐이지 않느냐고 말했다.

"그건 12월 25일마다 남의 주머니에서 돈을 빼내 가려고 하는 궁색한 변명이지. 어쨌든 하루는 꼬박 쉬시겠다 이 말이군. 그럼 모레 아침은 더 일찍 출근해야 하네."

스크루지가 외투의 단추를 턱까지 채우며 말했다.

서기는 그러겠다고 약속했고 스크루지는 툴툴거리며 밖으로 나갔다. 사무실 문은 눈 깜짝할 사이에 잠겼고, 서기는 흰 목도리를 허리 아래까지 길게 늘어뜨리고, ('그래, 나 외투 없소!' 하고 자랑이라도 하듯) 크리스마스이브를 맞아 콘힐 언덕에서 미끄럼을 타려고 줄 서 있는 아이들의 꽁무니에 서서 스무 번이나 미끄럼을 탔다. 그러고는 집에서 기다리는 아이들과 장님놀이를 하기 위해 있는 힘껏 캠던 타운의 집을 향해 달려갔다.

스크루지는 평소처럼 음침한 선술집에서 홀로 저녁 식사를 한 다음 신문이란 신문은 모조리 읽고 남은 시간에는 은행 장부를 뒤적이다 잠을 자러 집으로 향했다. 그는 오래전에 죽은 동업자가 소유했던 독신자 아파트에서 살고 있었다. 우중충한 방들이 다닥다닥 붙어 있는 아파트는 공터에 잔뜩 쌓인 허섭스레기 더미 가운데 있었는데 도저히 집이 있을 만한 터는 아니었다. 마치 예전에 갓 지어졌을 때 다른 건물들과 숨바꼭질을 하다가 나가는 길을 잃어버려서 그냥 눌러 있게 된 거라고밖에는 생각할 수가 없었다. 이제는 너무 낡고 을씨년스러워서 스크루지 말고는 아무도 살고 있지 않았고 다른 방들은 모두 사무실로 세를 주고 있었다. 마당은 또 어찌나 컴컴한지 돌멩이 하나까지 꿰고 있는 스크루지조차 더듬더듬 가야 할 정도였다. 낡고 시커먼 현관문에는 안개와 서리가 잔뜩 들러붙어서 마치 날씨를 다스리는 수호신이 문가에 죽치고 앉아 우울한 명상에 빠져 있는 듯 느껴졌다.

자, 그건 그렇고, 사실 현관문의 문고리는 유난히 크다는 것 빼고는 이렇다 할 특징이 없는 평범한 문고리였다. 스크루지는 그 집에 사는 동안 아침저녁으로 그 문을 보아온 터였다. 게다가 런던의 여느 시민들처럼——감히 예를 들자면 시의회의원이라든지 시 상의원, 동업조합원들을 포함해 많은 런던 사람들과 마찬가지로——스크루지는 상상력이라고는 눈을 씻고 봐도 없는 사람이었다. 그리고 그날 오후 칠 년 전 죽은 동업자 얘기를 꺼낸 것 말고는 단 한 번도 말리에 대해서는 생각하지 않았다는 점을 명심해 주기 바란다. 사실이 이러한데도 스크루지가 열쇠 구멍에 열쇠를 꽂는 순간 어떻게 아무 변화도 없이 문고리에서 문고리가 아닌 말리의 얼굴을 보게 되었는지 아는 분이 있으면 나에게 설명 좀 해달라.

말리의 얼굴! 그것은 마당에 있는 물건처럼 분간할 수 없는 그림자 속에 파묻혀 있는 것이 아니라, 어두컴컴한 지하실의 썩은 가재처럼 음산한 빛을 발하고 있었다. 성난 표정도 흉악한 표정도 아니었으며, 유령 같은 이마에 유령 같은 안경을 쓴 채 살아 있을 때와 똑같은 표정으로 스크루지를 바라보았다. 숨결 때문인지 아니면 뜨거운 공기 때문인지 이상하게 머리카락이 나부꼈다. 거기에다 크게 뜨고 있지만 꼼짝도 하지 않는 눈, 파리한 납빛 얼굴은 더욱 무시무시했다. 하지만 그 섬뜩한 표정은 자기 얼굴이지만 그로서도 어찌할 도리가 없는 것처럼 보였다.

스크루지가 그 모습을 뚫어져라 바라보는 사이 그것은 다시 문고리로 바뀌었다.

스크루지가 전혀 놀라지 않았다거나 난생처음 겪는 끔찍한 공포에도 몸속의 피가 아무런 자극도 받지 않았다면 그것은 거짓말이리라. 하지만 스크루지는 자신도 모르게 떨어뜨렸던 열쇠를 다시 손에 쥐고 힘껏 돌린 뒤 집 안으로 들어가 촛불을 켰다.

그는 문을 닫기 전에 현관문 안쪽에서 말리의 길게 땋아 늘인 머리를 보고는, 놀랄 것을 각오라도 한 듯 잠깐 멈춰 서서 조심스럽게 뒤를 돌아다보았다. 하지만 문고리를 고정하는 나사못 외에는 아무것도 보이지 않았다. 그래서 그는 "흥!" 하고 콧방귀를 뀌며 문을 쾅 닫았다.

그 소리가 천둥처럼 집 안에 울려 퍼졌다. 위층 방과 아래층 포도주 상인의 지하 창고에 보관 중인 포도주 통들이 제각각 따로 그 소리를 메아리로 돌려보내는 것 같았다. 하지만 메아리 따위에 놀랄 그가 아니었다. 그는 현관문을 단단히 잠그고 복도를 가로질러 아주 천천히 계단을 올라가면서 촛불의 심지를 다듬었다.

여러분이라면 이 계단을 두고 육두 마차가 오래됐지만 튼튼한 계단을 오를 수 있는 정도라느니, 갓 통과된 엉성한 법망처럼 쉽게 뚫고 지나갈 정도라느니* 하는 식으로 모호하게 말할 수도 있다. 그러나 나는 장의마차가 말과 마차를 잇는 연결 막대를 벽 쪽으로, 마차 문은 계단 난간으로 향한 채 가로로, 그러니까 넉넉히 계단을 오를 수 있을 정도라고 말하고자 한다. 스크루지의 집 계단은 그 정도로 폭이 넓고 여유가 있었다. 어쩌면 스크루지가 어둠 속에서 영구차가 자기 앞을 지나가는 것을 보았다고 생각하는 것도 이 때문일 것이다. 거리에서 가스등을 대여섯 개쯤 뽑아 온다고 해도 계단 입구를 밝히기에는

---

*아일랜드의 자치법 반대 운동을 벌였던 하원의원 대니얼 오코너가 법이 어찌나 엉성한지 육두 마차도 뚫고 지나갈 수 있을 정도라고 말한 일을 가리킴.

턱없이 부족할 정도였으니 스크루지가 손에 든 촛불 하나로는 얼마나 어두웠을지 짐작하고도 남을 것이다.

하지만 스크루지는 그깟 어둠은 아무 상관없다는 듯 계단을 올라갔다. 아니 어두우면 그만큼 돈이 적게 든다는 뜻이니 그로서는 당연히 좋았다. 스크루지는 방마다 돌아다니며 아무 이상이 없음을 확인한 후에야 자기 방의 육중한 문을 닫았다. 말리의 얼굴이 자꾸 생각나서 그렇게 하지 않고는 직성이 풀리지 않았다.

거실, 침실, 창고 모두 그대로였다. 탁자 밑에도 소파 아래에도 아무도 없었다. 벽난로 격자 안의 희미한 불꽃, 미리 차려놓은 숟가락과 그릇, 화덕에 얹어놓은 작은 죽 냄비(스크루지는 코감기에 걸려 있었다.)도 그대로였다. 침대 밑에도 벽장에도 아무도 없었다. 수상쩍은 모습으로 벽에 걸려 있는 잠옷 속에도 아무도 숨어 있지 않았다. 창고도 평소와 다르지 않았다. 낡은 난로 울타리, 낡은 신발, 생선 바구니 두 개, 삼발이 세면대, 부지깽이 모두 멀쩡했다.

스크루지는 이제야 안심이 되어 방문을 닫고 문을 걸어 잠갔다. 평소와 달리 이중으로 잠갔다. 이렇게 놀랄 일이 없도록 대비를 한 뒤에야 넥타이를 풀고 잠옷으로 갈아입고, 슬리퍼를 신고 나이트캡을 쓴 다음 귀리죽이나 먹으려고 벽난로 앞에 앉았다.

불은 약하디약해서 그토록 혹독한 겨울밤에는 있으나 마나였다. 스크루지는 하는 수 없이 벽난로에 바짝 다가가 웅크리고 앉아 한 줌도 안 되는 불의 온기를 쬐어야 했다. 골동품이 되다시피 한 벽난로는 오래전에 네덜란드 상인이 제작한 것으로 성서의 내용을 묘사한 네덜란드제 타일이 주변에 붙어 있었다. 거기에는 카인과 아벨도 있고, 파라오의 딸, 시바의 여왕, 천사가 깃털 베개 같은 구름을 타고 하늘에서 내려오는 그림도 있었다. 그 밖에도 아브라함, 벨사살, 버터 그릇처럼 생긴 배를 타고 바다로 떠나는 사도들 등 수많은 그림들이 그의 생각을 사로잡았다. 하지만 바로 그때 칠 년 전에 죽은 말리의 얼굴이 고대 선지자의 지팡이처럼 홀연히 나타나 모든 것을 삼켜버렸다. 만일 그 매끄러운 타일들이 아무것도 그려져 있지 않은 것이라서 스크루지의 생각 조각들을 그릴 수 있다면, 타일 하나하나마다 늙은 말리의 얼굴로 채워졌을 것이다.

"쓸데없이!"

스크루지가 투덜거리며 방 안을 왔다 갔다 했다.

한동안 그렇게 왔다 갔다 하다 스크루지는 다시 의자에 앉았다. 머리를 의자에 기대자 벽에 건 종이 눈에 들어왔다. 지금은 기억조차 나지 않는 어떤 목적으로 건물 꼭대기 층에 있는 방과 연락을 취할 때 사용하던 종이었다. 그런데 놀랍고 기이하고 말할 수 없을 만큼 두렵게도, 스크루지가 종을 쳐다보는 순간 종이 흔들리기 시작했다. 처음에는 약하게 흔들려서 소리가 거의 나지 않았지만 이내 소리 나게 흔들리기 시작하더니 나중에는 집 안에 있는 종이란 종은 모두 울렸다.

종은 삼십 초, 길어야 일 분쯤 울렸는데 마치 한 시간 동안 울린 것처럼 느껴졌다. 종들은 시작할 때와 마찬가지로 일제히 그쳤다. 그런 다음 저 아래쪽에서 뭔가 달그락거리며 부딪치는 소리가 들려왔다. 마치 창고에 있는 포도주 통을 묶는 묵직한 사슬을 누군가 끌고 돌아다니는 소리 같았다. 스크루지는 문득 유령이 출몰하는 집에서는 유령들이 사슬을 끌고 다닌다는 이야기가 떠올랐다.

쾅 하는 소리와 함께 지하실 문이 열리나 싶더니 이윽고 아래층에서 더 큰 소리가 들려왔다. 그 소리는 계단을 올라와 곧장 그가 있는 방으로 향했다.

"쓸데없이, 아무것도 아니야! 내가 믿을까 봐!"

스크루지가 중얼거렸다

하지만 머뭇거릴 사이도 없이 그것이 육중한 문을 뚫고 들어와 방을 가로질러 코앞까지 다가오자 스크루지는 안색이 하얗게 변했다. 그가 들어오자 꺼져가던 불꽃도 "나는 그를 알아, 말리의 유령이야!"라고 외치는 듯 벌떡 일어섰다 사그라졌다.

같은 얼굴이었다. 아까와 똑같은 얼굴이었다. 땋은 머리에 평소에 입던 외투와 긴 양말, 부츠까지 영락없는 말리였다. 그의 땋은 머리만큼이나 뻣뻣해 보이는 부츠의 장식 술과 외투 자락, 머리카락까지 똑같았다. 그가 끌고 다니는 쇠사슬은 허리에 단단히 감겨 있었다. 긴 꼬리처럼 몸을 친친 감은 쇠사슬에는 (스크루지가 자세히 살펴보니) 돈궤와 열쇠, 맹꽁이 자물쇠, 회계장부, 증서, 강철로 만든 듯한 지갑이 매달려 있었다. 말리의 몸뚱이는 투명해서 조끼를 지나 등에 달린 외투 단추 두 개까지 똑똑히 보였다.

스크루지는 사람들이 말리더러 창자 빠진 인간*이라고 비난하는 말을 자주 들었지만 지금까지는 결코 그 말을 믿지 않았다.

그랬다. 지금 이 순간에도 스크루지는 그 말을 믿을 수 없었다. 두 눈으로 환영을 보고 또 보고, 바로 눈앞에서 쳐다보고

---

* '창자가 없다'는 말은 '인정머리 없다'는 의미로 성경에서 유래하는데, 디킨스는 여기에서 말 그대로 말리의 몸이 투명하다는 것을 강조하는 말로 쓰면서 말장난을 하고 있다.

있는데도, 차갑게 얼어붙은 유령의 눈동자에서 뿜어져 나오는 냉기가 몸에 느껴지고, 난생 처음 보는 유령의 턱과 볼을 감싸는 머릿수건의 올까지 똑똑히 보이는데도 그랬다. 그런데도 스크루지는 여전히 자신의 감각을 믿지 않으려고 했다.

"아니 웬일인가? 나한테 무슨 볼일이라도 있는 건가?"

스크루지가 평소의 쌀쌀맞고 빈정대는 목소리로 말했다.

"많지."

말리가 말했다. 틀림없는 그의 목소리였다.

"대체 당신 누구야?"

"내가 누구였느냐고 묻게나."

"좋아. 당신 누구였소? 깐깐하군, 유령치고는."

스크루지가 목청을 높이며 물었다.

스크루지는 원래 '유령 주제에'라고 말하려다가 이 말이 더 적절하다고 생각해서 얼른 바꿨다.

"이승에 있을 때 자네 동업자였네, 제이컵 말리."

"여기, 여기에 앉을 수 있겠나?"

스크루지가 미심쩍은 표정으로 물었다.

"물론이지."

"그럼 앉아보게."

스크루지가 그렇게 물은 이유는 투명해 보이는 유령이 의자에 앉을 수 있을지 없을지 호기심이 생겼고 혹시 불가능하면 유령이 당혹스러워하며 어떤 변명을 늘어놓을지 궁금했기 때문이다. 하지만 유령은 벽난로 맞은편 의자에 아주 익숙한 듯 앉았다.

"자넨 날 믿지 않는군."

유령이 말했다.

"그렇네."

스크루지가 말했다.

"내가 말리가 맞는지 아닌지 알아맞히는 데 자네의 감각보다 더 분명한 증거가 어디 있는가?"

"글쎄."

"왜 자네 감각을 의심하지?"

"감각이라는 녀석은 아주 사소한 것에도 영향을 받거든. 배속이 조금만 거북해도 감각은 거짓말을 하지. 자네는 어쩌면 소화되지 않은 고기 한 점일 수도 있고, 겨자 한 방울, 치즈 한 입, 설익은 감자 한 조각일 수도 있어. 자네가 뭐든지 간에 자네한테선 무덤 냄새보다 고기즙 냄새가 난단 말이야!"

스크루지는 원래 농담을 잘하는 편이 아닌 데다 그럴 기분도 아니었고 익살을 떨 마음은 조금도 없었다. 사실은 주의를 흐트러뜨리고 무서움을 억누르기 위해 재치 있는 말을 하려고 애쓰고 있을 뿐이었다. 유령의 목소리가 골수까지 오싹하게 만들었기 때문이다.

스크루지는 잠깐이라도 그 흐릿한 눈을 쳐다보며 앉아 있으면 돌아버릴 것처럼 느껴졌다. 유령이라는 존재가 내뿜는 지옥의 공기에는 정말 끔찍한 데가 있었다. 직접 경험해 보지는 못했지만 지옥의 공기가 분명 그럴 것 같았다. 유령은 꼼짝 않고 앉아 있는데 외투 자락과 장식 술이 오븐에서 나는 뜨거운 김처럼 계속해서 흔들렸던 것이다.

"자네 이 이쑤시개 보이나?"

스크루지는 방금 말한 그 이유 때문에 얼른 원래의 임무로 돌아가서 물었다. 잠시만이라도 유령의 돌처럼 굳은 시선이 자신을 비껴가기를 바랐다.

Marley's Ghost.

"보이네."
유령이 대답했다.
"에이, 보고 있지도 않잖나."
"아니, 보지 않아도 보인다네."
"어허! 그렇다면 이걸 삼켜야겠군. 그리고 여생을 순전히 내가 만들어낸 허깨비 떼거리에게 박해받는 수밖에 없겠어. 자네에게 말하지만 이건 모두 엉터리네, 엉터리!"

그러자 유령은 소름 끼치는 고함을 지르며 쇠사슬을 흔들었다. 어찌나 무시무시하고 등골이 오싹하던지 스크루지는 졸도해서 쓰러지지 않도록 의자에 단단히 매달려야 했다. 더구나 방 안이 너무 덥기라도 한 듯 유령이 머리에 쓰고 있던 붕대를 풀자 유령의 아래턱이 가슴 쪽으로 툭 떨어졌으니 놀라움이 오죽했을까!

스크루지는 무릎을 꿇고 얼굴 앞으로 두 손을 모으고 말했다.
"부디 자비를 베푸소서. 무시무시한 유령 나리, 왜 저를 괴롭히는 겁니까?"
유령이 말했다.
"이 속물스러운 인간! 나의 존재를 믿느냐, 안 믿느냐?"
"믿습니다요, 믿어야죠. 하지만 유령들은 어째서 이승을 떠도는 것이며, 저는 왜 찾아오셨습니까?"
"누구든 자기 안의 영혼이 주변 사람들 사이를 돌아다니며, 멀리 여행도 다니게 해줘야 하는 법이네. 그러나 생전에 그러지 못한 영혼은 죽은 후에라도 그래야 하지. 비통하도다! 세상을 떠돌아다니면서 산 사람들이 누리는 모습을 지켜보기만 해야 하다니! 이승에 있다면 나 역시 행복해질 수 있을 텐데!"

유령이 또다시 소리를 지르며 쇠사슬을 흔들고 그림자 같은 손을 비틀었다.

"족쇄를 차고 있으시군요. 도대체 어쩌다 그렇게 됐습니까요?"

스크루지가 벌벌 떨면서 물었다.

"살아생전 내가 스스로 만든 족쇄지. 내가 한 고리, 한 고리 만들어서 1미터씩 늘여 나갔지. 나는 자유의지로 쇠사슬을 찬 거라네. 내 자유의지로. 이 모양이 낯설어 보이나?"

유령이 말했다.

스크루지는 점점 더 부들부들 떨었다.

"혹시 자네가 지고 있는 쇠사슬의 무게와 길이를 알고 싶나? 자네는 벌써 칠 년 전 크리스마스이브에 이 정도의 길이와 무게가 되었네. 그 후로도 계속해서 쇠사슬을 늘여 왔으니 지금은 상당히 무거울 거야!"

스크루지는 자기 몸에 100미터쯤 되는 쇠사슬이 감겨 있는지 보려고 발아래를 두리번거렸다. 하지만 아무것도 보이지 않았다.

"제이컵. 여보게, 제이컵 말리, 나에게 좀 더 자세히 얘기해주게. 나에게 위로가 될 만한 말을 해줘!"

스크루지가 애원하듯 말했다.

"해줄 말이 없네. 에브니저 스크루지, 그건 다른 세상의 일이라네. 다른 세상의 성직자들이 자네와는 다른 부류의 사람들에게 전하는 거지. 내가 무엇을 할 수 있을지 자네에게 말할 수 없네. 내게 허락된 시간은 그리 길지 않아. 난 쉴 수도 없고, 머물 수도 없고, 어디에서든 오래 지체할 수도 없네. 내 영혼은 평생 한 번도 우리의 경리 사무실을 벗어난 적이 없었네. 나를 보게! 내 영혼은 우리의 환전소 소굴의 좁은 울타리 밖을 나간

적이 없기 때문에 지금 내 앞에는 지루한 고행의 길만 남아 있네!"

유령이 대답했다.

생각에 잠길 때면 바지 주머니에 손을 넣는 게 스크루지의 버릇이었다. 그는 무릎을 꿇고 눈을 내리깐 채 여전히 바지 주머니에 손을 넣고 유령의 말을 곰곰이 되새겼다.

"자네 그동안 경기가 안 좋았군, 제이컵."

스크루지는 겸손함과 정중함이 배어 있지만 장사꾼 같은 투로 말했다.

"경기가 안 좋았냐고!"

유령이 되풀이해서 말했다.

"죽은 지 칠 년이나 된 데다, 그 뒤로 줄곧 떠돌아다녔으니 말일세."

스크루지가 생각에 잠긴 채 말했다.

"내내 안식도 얻지 못하고 평화도 없었네. 끝없이 후회에 시달렸지."

"빨리 다니기는 하나?"

"바람의 날개를 타고 다니지."

"칠 년 동안 안 가본 데가 없겠군."

이 말을 듣자마자 유령은 다시 울부짖으며 쇠사슬을 덜커덕거렸다. 적막한 한밤중에 그 소리가 어찌나 시끄럽던지 구청에서 소란죄로 기소당해도 할 말이 없었으리라.

"오! 사로잡히고, 속박당하고, 쇠사슬에 칭칭 감긴 이 몸……. 불멸의 존재들은 영겁의 세월을 끝없이 수고하고도 이승에서의 삶은 다 꽃피기도 전에 저승으로 가기 마련인 것을, 그것을 몰랐다니. 이 하찮은 땅에서 어떠한 그리스도의 정신을 행하든 유한한 인간의 삶은 넓고 깊은 유용함을 발휘하기엔 턱없이 모자라다는 것을 몰랐다니. 아무리 후회한들 잘못 사용한 한 번뿐인 인생이란 기회는 되돌릴 수 없다는 것을 몰랐다니! 하지만 그게 나였네. 아, 나는 그런 놈이었어!"

"하지만 자네는 언제나 훌륭한 사업가였잖나, 제이컵."

스크루지가 머뭇거리며 말했다. 사실은 자신에게 그 말을 하고 있었다.

"사업이라고! 난 인류를 위한 사업을 해야 했어. 누구나 잘 사는 그런 사업 말일세. 자비와 박애, 용서, 자선, 이 모든 것이 내가 해야 할 사업이었어. 내가 한 거래는 내가 해야 했던 일들에 비하면 망망대해에 떨어진 물 한 방울에 불과했네!"

유령이 다시 두 손을 꼭 쥐며 말했다. 유령은 쇠사슬이 헛된 슬픔의 원인이기라도 한 듯 팔을 한껏 쳐들더니 바닥에다 힘껏 내리쳤다.

"흐르는 일 년이라는 시간 중에 이맘때가 되면 나는 가장 고통스럽다네. 왜 나는 눈을 내리깔고 이웃 사람들을 외면했던가, 왜 한 번이라도 눈을 들어 동방박사들을 가난한 자들의 거처로 인도했던 거룩한 별을 바라보지 못했던가! 그 별빛이 나를 인도할 가난한 집이 없었던 것도 아니었을 텐데!"

스크루지는 유령의 이런 말을 듣고는 몹시 당황해서 와들와들 몸을 떨기 시작했다.

"내 말 잘 듣게! 내 시간도 거의 끝나가고 있으니."

유령이 소리쳤다.

"알았네. 하지만 너무 가혹하게 굴지 말게! 빙빙 돌려서 말하지도 말고, 제이컵! 부탁이야!"

"내가 어떻게 해서 자네가 볼 수 있는 모습으로 나타났는지 그건 말할 수 없네. 자네 눈에는 안 보이겠지만 난 하루에도 열두 번씩 자네 옆에 앉아 있곤 하네."

썩 기분 좋은 말은 아니었다. 스크루지는 진저리를 치며 눈썹에 맺힌 땀을 닦았다.

"그건 내가 받아야 할 벌 중에서 결코 가벼운 형벌은 아니지. 내가 오늘 밤 여기 온 건 자네에게 경고해 주기 위해서야. 자네에겐 아직 기회가 있고 나와 같은 운명을 비껴갈 희망이 있네. 이건 내가 마련해 주는 한 번의 기회와 희망이네, 에브니저."

"자네는 언제나 좋은 친구였지. 고맙네."

"자네에게 유령 셋이 찾아올 걸세."

스크루지의 안색이 유령만큼 침울해졌다.

"그게 자네가 말한 기회와 희망인가, 제이컵?"

스크루지가 머뭇거리는 목소리로 물었다.

"그렇네."

"그렇다면 나는 차라리…… 차라리 안 만나는 게 낫겠네."

"그들을 만나지 않고는 자네는 내가 걸어온 길을 피할 수 없어. 첫 번째 유령은 내일 종이 한 번 울리면 찾아올 걸세."

"제이컵, 한꺼번에 만날 수는 없는 건가, 그게 더 낫겠는데?"

스크루지가 넌지시 물었다.

"두 번째 유령은 그다음 날 같은 시각에 찾아올 걸세. 세 번째 유령은 그다음 날 12시, 시계추가 떨림을 멈출 때 찾아올 거야. 이제 더 이상 날 보는 일은 없을 걸세. 자네를 위해서 우리 사이에 일어난 일들은 기억해 두길 바라네."

이 말을 마치자 유령은 탁자에서 붕대를 집어 들어 아까처럼 머리에 둘러썼다. 스크루지는 이가 부딪치는 소리로 붕대에 의

해 턱이 다시 맞물려졌다는 것을 알 수 있을 뿐이었다. 겨우 용기를 내어 눈을 치켜뜨니 마법같이 나타났던 방문자가 쇠사슬을 팔에 칭칭 감고 꼿꼿이 서서 자신을 바라보고 있었다.

유령은 서서히 그에게서 물러났다. 한 걸음 한 걸음 발을 뗄 때마다 창문이 조금씩 올라가더니 창가에 다다르자 창문이 완전히 열렸다. 유령은 스크루지에게 가까이 오라는 신호를 보냈고 스크루지는 고분고분 따랐다. 두 발짝만 더 가면 유령에게 닿게 되었을 때 말리의 유령은 더 이상 다가오지 말라는 듯 손을 번쩍 들었다. 스크루지는 걸음을 멈췄다.

그것은 복종의 몸짓이기보다는 놀람과 두려움에서 나온 행동이었다. 말리의 유령이 손을 쳐들었을 때 스크루지는 허공에서 이상한 소리가 나는 것을 감지할 수 있었다. 비탄과 후회, 말로 표현할 수 없는 슬픔과 자책의 한탄이 마구 뒤섞인 소리였다. 유령은 잠깐 그 소리에 귀를 기울이더니 구슬픈 노래를 따라 부르며 황량한 어둠 속으로 둥둥 떠서 날아갔다.

스크루지는 호기심을 이기지 못하고 창가로 가서 밖을 내다보았다.

밤하늘에는 구슬피 울면서 불안하게 이리저리 떠돌아다니는 유령들로 가득했다. 하나같이 말리의 유령처럼 쇠사슬을 감고 있었고, 몇몇 유령은(아마 죄를 진 공무원이리라.) 서로 쇠사슬로 연결되어 있었다. 쇠사슬을 감지 않은 유령은 없었다. 그 가운데에는 생전에 스크루지와 개인적으로 알고 지내던 유령들도 있었다. 그중에서도 하얀 외투를 입고 발목에 무시무시한 강철 자물쇠를 찬 늙은 유령과는 꽤 친분이 깊었다. 그 유령은 아기를 안고 현관 계단에 서 있는 가련한 여인을 내려다보며 도와줄 수 없는 안타까움에 울부짖고 있었다. 그 유령들의 슬

품은, 선의로 인간의 일에 개입하고 싶어도 이제는 영영 그럴 수 없다는 데 있었다.

이런 유령들이 안개 속으로 사라졌는지, 아니면 안개가 그들을 휘감았는지 스크루지로서는 정확히 알 수 없었다. 어쨌든 유령과 유령의 목소리는 함께 사라졌다. 그리고 어느덧 밤은 스크루지가 집에 들어왔던 때와 똑같은 모습으로 돌아와 있었다.

스크루지는 창문을 닫고 유령이 들어왔던 문을 살펴보았다. 자신의 손으로 직접 잠갔을 때처럼 이중으로 잠겨 있고 빗장도 그대로였다. 그는 '모두 엉터리야!' 라고 말하려다가 첫 음절에서 말을 멈췄다. 조금 전에 겪은 흥분 때문인지, 그날따라 피곤했는지, 보이지 않는 세상을 보았기 때문인지, 유령과 지루한 대화를 나눈 탓인지, 아니면 늦은 밤이라 휴식이 절실히 필요했던 것인지, 이유야 어떠했든 간에 그는 옷도 벗지 않고 침대로 가자마자 곯아떨어졌다.

2절
첫 번째 유령

스크루지가 잠에서 깨어났을 땐 침대에서 투명한 창문과 불투명한 벽이 분간이 안 갈 정도로 방 안이 칠흑처럼 깜깜했다. 그가 뭔가 알아내려는 듯 어둠을 뚫어지게 바라보고 있을 때 십오 분마다 치는 근처 교회 종소리가 네 번 울렸다. 스크루지는 정각이 될 때까지 귀를 기울이고 기다렸다.

그런데 놀랍게도 육중한 종은 여섯 번을 넘겨 일곱 번, 일곱 번을 넘겨 여덟 번, 그렇게 어김없이 열두 번을 울리고 나서야 멈췄다. 12시였다! 그가 잠자리에 든 시간이 2시가 넘었을 때였다. 그렇다, 시계가 고장 난 것이다. 시계 톱니바퀴에 고드름이라도 달렸나, 12시라니!

그는 터무니없어 보이는 시간을 제대로 알려고 리피터 시계*의 스프링을 눌렀다. 시계의 작은 맥박 역시 빠르게 열두 번을 울리더니 멎었다.

"도대체, 어떻게 이럴 수가 있지? 하루 종일 자고 다시 밤이

---

* 스프링을 누르면 십오 분 단위로 한 번 친 시각을 다시 치는 옛날 시계.

되었단 말인가. 지금이 낮 12시인데 태양에 무슨 변고가 생겼을 리는 없고!'

스크루지가 중얼거렸다.

스크루지는 왠지 불길한 생각이 들어 침대에서 기어 나와 더듬더듬 창문으로 갔다. 유리창에 서리가 잔뜩 끼어 있어서 밖이 보일 때까지 잠옷 소매로 연신 문질러댔지만 아무것도 보이지 않았다. 보이는 거라곤 자욱하게 낀 안개뿐이고 밖이 대단히 춥다는 사실과 낮이 밤을 물리치고 찾아왔더라면 으레 들릴 법한 행인들의 발소리라든지 요란한 소리가 들리지 않는다는 사실만 알 수 있었다. 스크루지는 마음이 놓였다. 만일 낮이었으면 '이 어음을 일람하고 삼 일 후 에브너지 스크루지나 그가 지정한 자에게 기재된 금액을 지급하시오.' 어쩌고 하는 따위의 계약서는 미국 주에서 발행한 채권처럼 휴지 조각이 될 뻔했으니 말이다.*

스크루지는 다시 침대로 가서 생각하고, 또 생각하고 몇 번이고 생각을 거듭했지만 아무 일도 아닌 것으로 여길 수가 없었다. 생각하면 할수록 혼란스러웠고 생각하지 않으려 하면 할수록 자꾸 생각이 났다. 말리의 유령이 머릿속에서 떠나지 않고 그를 괴롭혔다. 곰곰이 생각한 끝에 모두 꿈이었다고 결론을 내리려 하면 마치 강력한 스프링이 제자리로 튀어 오르듯 원점으로 돌아가서 같은 문제로 씨름하게 되었다.

'그게 꿈일까, 생시일까?'

스크루지는 골똘히 생각하며 침대에 누워 있다가 십오 분마

---

*1830년대 초 미국의 몇몇 주들은 제철소나 운하 같은 공공 건설 자본을 조달하기 위해 위해 영국 등지에서 많은 외자를 빌렸다. 그러나 1937년 재정 위기로 많은 주들이 빚을 갚지 못하자 영국 언론은 이를 악의적으로 보도했다.

다 울리는 종소리가 세 번째 울렸을 때, 문득 종이 한 번 울리면 찾아올 거라고 경고했던 유령의 말이 떠올랐다. 스크루지는 그 시간이 될 때까지 깨어 있겠다고 결심했다. 잠을 자는 게 천당에 가는 것만큼 힘든 일이 뻔하다면 깨어 있는 게 그의 입장에선 가장 현명한 결정이었다.

마지막 십오 분이 어찌나 길게 느껴지던지 스크루지는 혹시 깜빡 조느라 시계 소리를 못 들은 게 아닐까 하고 몇 번이고 의심했다. 그러다 마침내 기다리던 소리가 귓전을 울렸다.

"땡!"
"십오 분!"
스크루지는 시간을 세면서 말했다.
"땡!"
"삼십 분!"
"땡!"
"다시 십오 분!"
"땡!"
"정각이군. 하지만 아무 일도 없잖아!"
스크루지가 의기양양하게 외쳤다.

하지만 그 말이 떨어지기 무섭게 깊고 둔탁하며 공허하고 음울한 종소리가 한 번 더 울렸다. 별안간 방이 환해지며 침대 커튼이 젖혀졌다.

그렇다, 어떤 손이 침대 커튼을 옆으로 젖혔다. 발치에 드리워진 커튼도 아니고 등 뒤의 커튼도 아니고 바로 얼굴 앞의 커튼이었다. 침대 커튼이 열리자 반쯤 드러누운 자세로 몸을 일으키던 스크루지는 이 세상 사람으로 보이지 않는 방문자와 얼굴이 딱 마주쳤다. 내가 지금 여러분을 대하는 것만큼 가까운 거리였다. 머릿속에서 나는 지금 여러분의 팔꿈치 옆에 서 있다.

묘하게 생긴 어린아이의 모습이었다. 아니 어린아이 같으면서 한편으로 노인 같아 보이기도 했다. 초자연적인 매개를 통해 보여서 그런지 시야에서 멀리 떨어져 있고 어린아이만 하게 축소되어 보였다. 목덜미에 넘실거리고 등까지 길게 내려온 머리카락은 나이에 걸맞게 하얗게 셌지만 얼굴은 주름 하나 없고 피부는 지극히 보드랍고 혈색이 좋아 보였다. 팔은 몹시 길고 근육질이었으며 손은 보통 이상의 힘을 가진 듯 보였다. 몹시 섬세해 보이는 다리와 발은 팔과 손처럼 맨살이었다. 몸에는 순결한 흰색의 하늘거리는 튜닉을 걸쳤고 허리에는 호화로운 허리띠를 찼는데 광채가 눈이 부시도록 아름다웠다. 손에는 금방 꺾은 초록 호랑가시나무가 들려 있는데 그러한 겨울의 상징과 어울리지 않게 여름 꽃들로 장식한 옷을 입고 있었다. 그런데 뭐니 뭐니 해도 가장 이상한 것은 정수리에서 내뿜는 빛으로, 그 빛 덕분에 지금까지 말한 모든 것을 볼 수 있었다. 또한 덜 움직일 경우에는 지금 겨드랑이에 끼고 있는 모자를 불 끄는 기구로 쓰는 게 분명했다.

하지만 차츰 마음이 안정되면서 유령을 더욱 찬찬히 보고 있자니 이상한 점은 그뿐이 아니었다. 유령의 허리띠가 불꽃 튀듯 이쪽에서 번쩍 저쪽에서 번쩍하고, 깜빡 어두워졌다 다시 밝아지면서 유령의 모습이 전혀 다른 것처럼 바뀌었다. 팔이 하나로 보였다가 다리가 하나인 것으로 보이고, 어떤 때는 다리가 스무 개로 보였다가 이내 다리는 두 개인데 머리는 없어졌고, 그런가 하면 몸뚱이는 없고 머리만 보이기도 했다. 떨어져 나가는 사지는 짙은 어둠 속에 녹아들어 도무지 형체를 알아볼 수가 없었다. 그리고 이 놀라운 현상이 벌어지는 가운데 유령은 다시 원래의 뚜렷하고 선명한 모습으로 되돌아왔다.

"오늘 밤에 오신다던 그 유령이 맞습니까?"

스크루지가 물었다.

"그렇다."

유령의 목소리는 부드럽고 다정했다. 게다가 기묘하게 나지막한 목소리는 가까이가 아니라 아주 멀리 있는 듯했다.

"누구, 아니 무슨 유령이십니까?"

"난 과거의 크리스마스 유령이다."

"아주 먼 과거를 말씀하는 건가요?"

스크루지는 난쟁이 같은 유령의 모습을 바라보며 물었다.

"아니다, 너의 과거다."

이유를 묻는다면 설명하진 못하겠지만 스크루지는 왠지 모자를 쓴 유령이 보고 싶었다. 그래서 한 번만 써보라고 간청했다.

"뭐라고! 너의 그 속된 손으로 내가 선사하는 이 빛을 빨리 꺼버리려느냐? 놈들의 욕망으로 만든 이 모자를 수많은 세월 동안 줄곧 내 머리에 씌워놓은 인간들 중에 하나가 네놈이거늘. 그걸로 성에 차지 않는단 말이냐?"

유령이 소리쳤다.

스크루지는 고개를 조아리며 공손하게, 심기를 해칠 뜻은 조금도 없었으며 평생 한 번도 의도적으로 유령에게 '모자를 씌운'* 적은 없다고 부인했다. 그러고는 용기를 내어 무슨 볼일이 있어서 여기까지 왔느냐고 물었다.

"너를 행복하게 해주려고 왔다!"

---

* 빅토리아시대에 거리에서 짓궂게 하던 놀이로, 상대방의 모자를 얼굴 아래로 잡아당긴다.

유령이 말했다.

스크루지는 대단히 고맙다고 말은 했지만 밤에 깨우지 말고 잠이나 편하게 해주는 게 더 고맙겠다는 생각이 드는 건 어쩔 수 없었다. 그러자 유령은 그런 생각을 읽기라도 한 듯 얼른 이렇게 덧붙였다.

"널 교화시켜 주겠다. 조심해라!"

유령은 튼튼한 손을 내밀어 스크루지의 팔을 지그시 잡았다.

"일어나라! 나와 함께 갈 데가 있다!"

날씨로 보나 시간으로 보나 밖을 돌아다니기에는 적절치 않고, 침대는 따뜻하지만 바깥 기온은 영하를 훨씬 밑도는 데다 자신은 슬리퍼에 잠옷을 걸치고 나이트캡 차림이며, 이 시간에 나가면 감기에 걸릴지 모른다고 애원해도 소용없을 듯했다. 스크루지의 팔을 움켜쥔 유령의 손은 여자의 손처럼 부드러웠지만 저항할 수가 없었다. 스크루지는 침대에서 일어났다. 그러나 유령이 창문 쪽으로 가자 스크루지는 그의 옷자락을 잡고 애원했다.

"전 인간이기 때문에 창문에서 떨어질 겁니다."

스크루지가 간청했다.

"하지만 내 손이 여기에 닿기만 하면, 넌 이보다 더 높은 곳까지 올라갈 수 있다."

유령은 손을 스크루지의 가슴에 올려놓았다.

이 말이 끝나자마자 스크루지와 유령은 벽을 통과해서 길 양편으로 넓게 밭이 펼쳐진 시골 길에 서 있었다. 도시는 완전히 사라져 보이지 않았다. 흔적도 없었다. 어둠과 함께 서리도 사라지고 눈 쌓인 벌판과 청명하고 쌀쌀한 겨울 한낮의 풍경이 나타났다.

"세상에! 내 고향이에요. 어려서 살던 곳이에요!"

스크루지가 두 손을 맞잡고 주변을 두리번거리며 소리쳤다.

유령이 온화한 눈길로 스크루지를 바라보았다. 빛처럼 눈 깜짝할 시간에 불과했지만 유령의 부드러운 감촉은 늙은이의 감각에서 쉽게 지워지지 않았다. 스크루지는 대기에 수많은 향기가 떠다니고, 그 향기 하나하나가 수많은 생각과 희망, 기쁨, 오랫동안 잊고 지냈던 걱정, 근심 따위와 연결되어 있음을 느낄 수 있었다.

"네 입술이 떨고 있구나. 네 뺨에 그건 무엇이냐?"

유령이 말했다.

스크루지는 평소와 달리 목이 멘 듯 더듬더듬 뾰루지라고 대답한 뒤 자신이 살았던 곳으로 데려다 달라고 졸랐다.

"이 길이 기억나느냐?"

유령이 물었다.

"기억하고말고요! 눈을 감고도 갈 수 있는걸요."

스크루지가 열띤 목소리로 대답했다.

"오랫동안 잊고 지내서 낯설 텐데! 어쨌든 가보자."

유령이 말했다.

유령과 함께 길을 걸어가는데 스크루지의 눈에는 길이란 길은 죄다, 하다못해 말뚝 하나 나무 한 그루까지 눈에 익었다. 드디어 멀리 조그만 시장이 보이더니 다리와 교회, 강물도 보였다. 털이 덥수룩한 망아지가 터벅터벅 걸어오는데, 그 위에 타고 있는 소년들이 달구지 모는 농부나 수레에 올라탄 소년들을 소리쳐 불렀다. 아이들은 하나같이 들떠서 서로 소리쳐 얘기했고, 나중에는 너른 들판에 즐거운 노랫소리가 넘쳐흐르고 그 소리에 상쾌한 공기마저 따라 웃는 것 같았다.

"이건 과거의 환영일 뿐이다. 저 아이들은 우리를 못 보지."
유령이 말했다.

그 명랑한 여행자들이 다가왔다. 스크루지는 한 명 한 명 얼굴이며 이름이 또렷이 기억났다. 스크루지는 왜 그 아이들을 보고 한없이 기뻤을까? 왜 그들이 지나갈 때 차디찬 눈이 촉촉이 젖고 심장이 뛰었던 것일까? 왜 아이들이 집으로 돌아가기 위해 갈림길에서 헤어지면서 '메리 크리스마스!' 라고 인사했을 때 기쁨으로 가슴이 벅차올랐을까? 스크루지에게 '메리 크리스마스'가 대체 무엇이기에? 빌어먹을 메리 크리스마스! 그동안 크리스마스가 그에게 무슨 득이 되었다고?

"학교가 텅 비어 있진 않군. 친구들에게 따돌림 당하는 외톨이 소년이 아직 저기 남아 있어."

유령이 말했다.

스크루지는 그 아이가 누구인지 안다고 말하면서 흐느끼기 시작했다.

스크루지와 유령은 큰길을 벗어나 지금도 눈에 선한 샛길로 들어갔고 이내 칙칙한 붉은 벽돌집에 도착했다. 지붕에는 조그만 닭 모양의 풍향계가 있고 그 안에 종이 달려 있었다. 으리으리한 대저택이지만 좋은 시절은 끝난 것 같았다. 널따란 방들은 사용하지 않은 지 오래된 듯했고 벽은 이끼가 껴서 음습했으며 창문들은 깨져 있고 대문은 황폐하게 버려져 있었다. 암탉이 꼬꼬댁거리며 우리를 돌아다니고 있고, 마차와 마구간은 풀이 무성하게 자라 있었다. 집 안이라고 해서 옛 모습이 남아 있는 것은 아니었다. 으스스한 복도로 들어가 열린 문으로 방들을 들여다보니 크기만 했지 변변한 가구도 없고 냉기만 감돌았다. 공기에는 흙냄새가 배어 있었고, 으스스하고 휑뎅그렁한 방은 어쩐지 차린 음식은 없으면서 촛불만 많이 켜놓은 식탁을 연상시켰다.

유령과 스크루지는 복도를 가로질러 집 뒤편에 있는 문으로 갔다. 문이 열리자 황량하고 음침한 기다란 방이 나타났다. 허름한 소나무 의자와 책상들 때문에 방은 더욱 쓸쓸해 보였다. 희미한 난로 옆에 놓은 책상에 외톨이 소년이 앉아 책을 읽고 있었다. 스크루지는 의자에 걸터앉아 오랫동안 잊고 지냈던 예전의 가여운 자신을 보며 흐느끼기 시작했다.

집 안에 숨어 있는 메아리, 벽 뒤에서 쥐가 찍찍대며 허둥지둥 달아나는 소리, 우중충한 마당의 분수대에서 반쯤 녹은 얼음이 물이 되어 똑똑 떨어지는 소리, 나뭇잎이 모두 떨어져 헐벗은 포플러 나뭇가지에서 나는 한숨 소리, 텅 빈 헛간 문이 덜컹거리는 소리, 난로에서 바지직하고 장작이 타 들어가는 소리, 어느 하나 스크루지의 마음을 건드리지 않는 것이 없었다. 스크루지의 눈에서 하염없이 눈물이 흘러내렸다.

유령은 스크루지의 팔을 잡으며 책 읽기에 빠져 있는 꼬마 스크루지를 보라고 가리켰다. 그때 갑자기 허리춤에 도끼를 차고 이국적인 옷을 입은 남자가 놀랄 만큼 생생하고 선명한 모습으로 장작을 잔뜩 실은 당나귀에 탄 채 고삐를 잡고 창밖에 나타났다.

"와! 저건 알리바바예요! 정직한 알리바바 영감! 그래요, 알겠어요. 언젠가 크리스마스에 저 외톨이 아이가 여기에 혼자 남았을 때 처음으로 알리바바가 찾아왔어요. 가엾은 꼬마 같으니! 발렌타인 형이랑 숲에서 자란 동생 오선*도 있었어요! 저기

---

*프랑스 무용담에 나오는 쌍둥이 형제 중 한 명. 숲에 버려진 뒤 발렌타인은 프랑스 왕가에서 자라게 된 반면, 오선은 곰의 손에서 야생으로 길러진다.

저 사람 이름은 뭐죠? 다마스쿠스 성문 앞에서 속옷 차림으로 누워 있는 저 사람 말이에요. 저 사람 안 보여요? 마신이 거꾸로 처박은 술탄의 마부도 있어요. 머리가 처박힌 꼴 좀 보세요! 그래도 싸요. 쌤통이에요. 제까짓 주제에 무슨 수로 공주님과 결혼을 해요?*"

스크루지가 흥분해서 소리쳤다.

스크루지가 웃는 것도 아니고 우는 것도 아닌 이상한 목소리로 이런 이야기를 열심히 떠들어대는 것을 본다면, 저토록 흥분해서 벌겋게 달아오른 얼굴을 본다면 정말이지 런던의 거래처 사람들은 놀라 자빠지리라.

"저기 앵무새도 있어요! 초록색 몸뚱이에 꼬리는 노랗고 머리 꼭대기에선 상추가 자라는 것처럼 보이죠. 저것 보세요! 가엾은 로빈 크루소, 로빈슨 크루소가 섬을 항해하고 집으로 돌아왔을 때 앵무새는 이렇게 말했죠. '가엾은 로빈 크루소. 어디에 갔다 오는 거야, 로빈 크루소?' 로빈슨 크루소는 자기가 꿈을 꾼 게 아닐까 생각했지만 사실은 그렇지 않았죠. 아시겠지만 앵무새가 그렇게 말했잖아요. 저기 프라이데이**가 작은 샛강으로 죽어라 달려가고 있군요! 어이, 이봐! 이것 보라고!"

스크루지가 소리쳤다.

스크루지는 평소 성격과는 딴판으로 변해서 어린 시절 자신에 대한 동정심으로 '아아, 가엾은 꼬마!'라며 다시 울먹였다.

"아, 그때……. 하지만 이젠 너무 늦었어요."

스크루지가 소매로 눈을 훔친 뒤 주머니에 손을 찔러 넣으며 주위를 둘러보았다.

---

* 『아라비안나이트』의 「누르 알딘 알리와 그의 아들 이야기」에 나오는 일화.
** 로빈슨 크루소가 식인종들로부터 구해 준 원주민 청년.

"뭐가 말이냐?"

유령이 물었다.

"아무것도 아니에요. 실은 어제 저녁 제 사무실 문 앞에서 크리스마스캐럴을 부르던 꼬마가 있었죠. 그 녀석에게 몇 푼이라도 쥐여줬으면 좋았을 것을……. 그뿐입니다."

유령의 입가에 의미심장한 미소가 떠올랐다. 유령은 손을 흔들며 말했다.

"이제 다른 크리스마스를 보러 가자!"

그 말이 끝나자마자 꼬마 스크루지는 부쩍 자라고, 방은 점점 어두워지고 지저분해져 있었다. 벽판은 쭈그러들고 창문들은 깨지고 천장은 회벽토가 부서져 떨어지면서 윗가지가 드러나 보였다. 하지만 이 모든 일이 어떻게 된 영문인지 스크루지 자신도 여러분과 마찬가지로 알 길이 없었다. 그저 그 모습이 한 치도 틀리지 않다는 사실만 알 뿐이었다. 모든 게 그때 그 모습 그대로였다. 친구들이 즐거운 명절을 보내러 집으로 돌아가면 스크루지는 혼자가 되곤 했다.

스크루지는 이제 책을 읽지 않았고, 어쩔 줄 몰라 하며 방 안을 왔다 갔다 하고 있었다. 스크루지는 유령을 바라보다 애처롭게 고개를 저으며 간절한 눈빛으로 문을 흘끗거렸다.

그때 문이 열리면서 스크루지보다 어린 여자 아이가 한걸음에 달려와 목을 끌어안으며 "오빠, 오빠." 하고 부르며 키스를 했다.

"오빠를 집으로 데려가려고 왔어, 오빠! 오빠를 데려가려고 왔어. 어서 집에 가자!"

여자 아이는 조그만 손으로 손뼉을 치고 허리를 구부리며 깔깔대고 웃었다.

"팬, 너 집이라고 했니?"

소년 스크루지가 되물었다.

"응, 집으로 아주 가는 거야. 아주 가는 거라고. 아빠가 예전보다 많이 친절해지셨어. 이제 집이 천국 같아! 며칠 전에 내가 잠을 자려고 하는데 아빠가 아주 다정하게 말씀하셔서 오빠가 집에 와도 되느냐고 물어봤거든. 근데 아빠가 된다고 하셨어. 그러면서 나를 마차에 태워서 오빠를 데려오라고 보내줬어. 오빠도 이제 어엿한 어른이 된 거야!"

아이가 기쁨에 넘쳐서 대답했다.

"그리고 다시는 여기 돌아오지 않아도 돼. 하지만 이제부터 우리가 할 일은 우선 크리스마스 내내 함께 지내는 거야. 세상에서 가장 신나게 보내는 거야."

여자 아이가 눈을 동그랗게 뜨며 말했다.

"넌 예쁜 숙녀가 다 되었구나, 팬!"

소년이 소리쳤다.

여자 아이는 손뼉을 치고 웃으며 소년 스크루지의 머리를 만지려고 했지만 키가 작아서 닿지 않았다. 그러자 다시 웃으면서 발끝으로 서서 오빠를 부둥켜안았다. 이윽고 여자 아이는 졸라대는 어린아이처럼 스크루지를 문으로 끌어당기기 시작했다. 스크루지는 싫은 기색 없이 동생을 따라갔다.

복도에서 쩌렁쩌렁 고함 소리가 울려 퍼졌다.

"스크루지 군의 짐을 저리로 내가게!"

그러고 나서 교장 선생님이 복도에 나타났다. 그는 사납고 오만한 자세로 스크루지를 노려보더니 갑자기 손을 내밀어 악수를 청했다. 소년 스크루지는 두렵고 불안하기만 했다. 이윽고 교장 선생님은 스크루지와 여동생을 지금까지 한 번도 본 적 없는 으스스한 응접실의 오래된 우물 같은 안쪽으로 안내했다. 벽에는 지도가 한 장 걸려 있고, 창가에 놓인 천구의와 지구의도 으스스한지 창백한 납빛을 띠고 있었다. 교장 선생님은 이상할 정도로 묽은 포도주 한 병과 이상할 정도로 설익은 케이크 한 조각을 꺼내 어린 제자들에게 그 대단한 진수성찬을 맛보게 해주었다. 그러면서 말라빠진 하인을 시켜 집배원에게도 포도주를 한 잔 갖다 주라고 했다. 하지만 집배원은 신사 분의 친절은 고맙지만 이 포도주가 지난번에 맛보았던 것과 같은 거라면 차라리 마시지 않겠다고 거절했다. 한편 응접실 밖에서는 스크루지의 가방을 마차 지붕 위에 단단히 줄로 묶고 있었다. 이윽고 아이들은 교장 선생님에게 경쾌하게 작별 인사를 하고 나서 마차에 올라타고 신나게 마당을 나섰다. 바퀴가 쌩쌩 빠르게 돌며 상록수의 짙푸른 나뭇잎 사이를 뚫고 지나가자 하얀 서리와 눈이 물보라처럼 흩어졌다.

"숨결에도 날아가 버릴 듯 아주 연약한 아이였지. 마음은 아주 넓었지만."

유령이 말했다.

"그랬지요. 유령 님 말씀이 옳습니다. 그렇지 않다고 말하면 천벌을 받을 겁니다."

스크루지가 말했다.

"그런데 결혼 후에 죽었지. 아이들이 있었던 걸로 아는데."

"조카가 하나 있었죠."

"맞네. 자네에겐 조카가 되지."

유령이 말했다.

스크루지는 마음이 편치 않은 듯 짧게 "그렇습니다."라고 대답했다.

학교를 떠난 지 얼마 안 돼 유령과 스크루지는 번잡한 시내 도로에 있었다. 행인들의 환영이 오가고, 마차와 수레의 환영이 앞 다투어 제 갈 길을 가는 등 진짜 도시의 떠들썩함과 악다구니가 그대로 있었다. 화려하게 단장한 상점들을 보아하니 이곳 또한 크리스마스 무렵이라는 것을 짐작할 수 있었다. 하지만 저녁 시간이었고 거리는 불을 밝히고 있었다.

유령은 어떤 도매상점 앞에 걸음을 멈추더니 스크루지에게 이곳을 아느냐고 물었다.

"당연하죠. 제가 일을 배운 곳인데요."

스크루지가 대답했다.

그들은 가게 안으로 들어갔다. 높다란 책상에 웨일스식 가발을 쓴 점잖은 노인이 앉아 있었는데 키가 5센티만 더 컸어도 천장에 머리를 부딪힐 듯 보였다. 스크루지가 흥분해서 소리쳤다.

"페치위그 영감님이에요. 오, 이런! 페치위그 영감님이 다시 살아나다니!"

페치위그 영감이 펜을 내려놓고 시계를 올려다봤다. 시계는 7시를 가리키고 있었다. 그는 손바닥을 비비며 헐렁한 조끼를 여민 뒤 발끝부터 머리끝까지 온몸으로 웃었다. 인자하고 그윽하며 굵고도 유쾌한 음성이었다.

"여보게, 에브니저! 딕!"

이제 청년으로 자란 스크루지가 동료 점원과 부리나케 달려왔다.

"저 친군 분명히 딕 윌킨스예요. 오, 세상에, 그가 맞아요. 늘 붙어 다니던 친구죠. 오, 가엾은 딕. 오, 세상에!"

스크루지가 유령에게 말했다.

"어이, 자네들. 오늘은 그만 하고 퇴근하게들. 딕, 오늘은 크리스마스이브가 아닌가. 크리스마스라고, 에브니저! 어서 문을 닫자고."

페치위그 영감이 소리쳤다.

"어서, 어서, 서두르게."

페치위그 노인이 손뼉을 딱 하고 쳤다.

여러분은 이 두 청년이 얼마나 잽싸게 문을 닫으러 달려갔는지 믿지 못할 것이다. 그들은 하나, 둘, 셋에 덧문을 들고 밖으로 뛰어나가 넷, 다섯, 여섯에 덧문을 제자리에 끼우고 일곱, 여덟, 아홉에 빗장을 지르고 열쇠로 잠근 다음 열둘까지 세기 전에 경주마처럼 숨을 헐떡이며 돌아왔다.

"야호! 여보게들, 여기를 깨끗이 치우게. 최대한 넓게 쓸 수 있게 말이야! 야호! 딕, 에브니저!"

페치위그 영감이 높은 책상 의자에서 날렵하게 뛰어내렸다.

정말 깨끗이 치워졌다! 페치위그 영감이 지켜보는 한 깨끗이 치워지지 않는 것도 없고, 깨끗이 치워질 수 없는 것도 없었다. 그야말로 일 분 만에 끝났다. 옮길 수 있는 것은 무엇이든 다시는 사용하지 않을 것처럼 한쪽으로 말끔히 치워두었다. 그런 다음 깨끗이 빗질을 하고 물청소를 하고, 전등도 말끔히 손질하고 난로 옆에는 연료를 두둑이 쌓아두었다. 어느새 가게 안은 겨울밤에 누구나 가보고 싶어 할 아늑하고 따뜻하며 쾌적하고 환한 무도장으로 바뀌었다.

악보를 가지고 온 악사는 높다란 책상 쪽으로 가더니 책상이 오케스트라인 양 바라보며 쉰 가지 정도의 배 앓는 소리를 내며 음을 조율했다. 이어서 함박웃음을 머금은 페치위그 부인이 등장했고, 환하게 빛나는 페치위그 영감의 사랑스러운 세 딸도 들어왔다. 그리고 그 아가씨들 때문에 애태우는 청년 여섯 명도 따라 들어왔다. 그리고 그 집에서 일하는 젊은 남녀들이 들어왔다. 하녀는 빵 장수 사촌과 함께 오고, 요리사는 오빠의 절친한 친구인 우유 배달부를 데려왔다. 주인한테 푸대접을 받는다는 길 건너편의 점원 소년도 주인마님에게 툭하면 귀를 뜯긴다고 소문난 옆집 하녀 뒤에 숨어 쭈뼛쭈뼛 들어왔다. 한 사람 한 사람씩 모두 도착했다. 어떤 이는 수줍어하며, 어떤 이는 당당하게, 어떤 이는 우아하게, 어떤 이는 쭈뼛거리며, 어떤 이는 떠밀려서, 또 어떤 이는 남의 등을 떠밀며 들어왔다. 모두들 다양한 모습 다양한 방식으로 들어왔다. 그러고 나서 스무 쌍이 모두 한꺼번에 손에 손을 잡고 이쪽으로 반 바퀴를 돌았다가 다시 반대편으로 반 바퀴 돌았다. 중간으로 모여들었다가 다시 밖으로 퍼지고 나서 빙글빙글 돌기도 하면서 여럿이 짝을 지어 할 수 있는 군무란 군무는 모두 선보였다. 처음 선두에 섰던 남녀 한 쌍은 번번이 잘못된 지점을 돈 탓에, 새로 선두에 서게 된 쌍이 그 자리에 가자마자 처음부터 다시 춤이 시작됐다. 그러다 나중에는 모든 쌍이 선두에 서게 되었고, 뒤따르며 돕는 쌍은 하나도 남지 않게 되었다. 결국 페치위그 영감은 손뼉을 쳐서 춤을 중단시킨 다음 "잘했어요!"라고 외쳤다. 얼굴이 빨갛게 달아오른 악사는 이런 경우를 대비해 특별히 준비해 둔 흑맥주 술통으로 가서 얼굴을 처박았다. 그랬다가 이 정도 추고 쉬느냐고 비웃기라도 하듯 다시 등장해서는, 춤추는 사람들도 없는데 음악을 연주하기 시작했다. 마치 조금 전의 악사는 녹초가 되어 들것에 실려 나가고, 지금 막 새 악사가 도착해서 쓰러져 죽어 없어질 때까지 해보자고 굳게 결심한 것 같았다.

  사람들은 춤을 좀 더 추고 나더니 벌금 놀이를 한 다음 다시 춤을 더 추었다. 그런 다음 케이크가 나오고 실컷 마실 수 있는 양의 니거스 술*이 나오고, 큼직하고 차가운 로스트비프와 삶아 식힌 고기가 나오고 민스 파이와 맥주가 차례대로 나왔다. 하지만 뭐니 뭐니 해도 그날 저녁 최고의 순간이라면 로스트비프와 삶은 고기를 먹은 후였다. 악사가(주목하시라. 그는 여러분이나 내가 귀띔해 주지 않아도 눈치 빠르게 자기 역할을 잘해 내는 능수능란한 사람이었다.) 「로저 드 커벌리」를 연주할 때였다. 페치위그 영감이 부인과 춤을 추기 위해 앞으로 나갔다. 이번에도 선두 커플이었다. 노부부가 앞에 서서 스물서너 쌍, 그것도 그냥 즐기는 게 아니라 본격적으로 **춤추려는** 젊은이들, 좀처럼 걸을 생각이 없는 젊은이들을 이끌고 길을 열어 나간다는 것은 여간 힘든 일이 아니었다.

그러나 파티에 모인 사람들이 그보다 두 배, 아니 네 배가 되었다 한들 페치위그 영감은 능히 상대할 수 있었을 것이다. 페치위그 부인도 마찬가지였다. 부인으로 말할 것 같으면 어느 모로 봐도 그와 천생연분이었다. 만일 이 말이 적절한 칭찬이 못 된다면 더 나은 찬사를 한 수 가르쳐달라. 그러면 기꺼이 그것을 쓰겠다. 페치위그 영감의 종아리는 환하게 빛나는 것 같았다. 춤동작을 할 때마다 종아리가 달덩이처럼 빛났다. 그가 언제 어떤 동작을 할지 전혀 예측할 수 없었다. 페치위그 부부는 끝까지 함께 춤을 추었다. 앞으로 나아갔다 뒤로 물러났다 상대와 두 손을 잡고 고개를 까딱하며 정중하게 인사를 하고, 나선형으로 빙글빙글 돌고, 맞잡은 손을 들어 다른 커플들이 그 아래로 빠져나가게 하고 다시 제자리로 돌아왔다. 또한 페치위

---

* 포도주, 물, 설탕, 향료, 레몬 따위를 섞은 음료수.

그 영감은 능숙하게 공중으로 뛰어올라 두 발을 턴 다음 비틀거리지 않고 사뿐히 바닥으로 내려왔다.

시계가 11시를 가리켰을 때야 무도회는 끝났다. 페치위그 부부는 문 옆 한쪽에 서서 사람들과 일일이 악수를 나누며 "메리 크리스마스!"라고 인사했다. 두 견습생을 빼고 모두 돌아가자 부부는 이 두 청년에게도 똑같이 인사를 건넸다. 유쾌한 목소리들이 모두 사라지고, 두 청년은 가게 뒤 선반 아래에 있는 침대로 갔다.

이런 장면이 펼쳐지는 동안 스크루지는 제정신이 아닌 듯 행동했다. 그의 머리와 가슴은 온통 그 시절의 기억으로 가득 찼고, 그때의 자신으로 돌아가 있었다. 그는 그 당시의 일들을 일일이 기억하고 확인했으며, 매 순간마다 즐거워하고, 아주 낯선 흥분을 경험했다. 과거의 자신과 딕의 환한 얼굴이 사라지고 나서야 스크루지는 비로소 유령이 자신을 바라보고 있으며, 유령의 머리에서 환한 빛이 뿜어져 나오고 있음을 깨달았다.

"사소한 걸로 순진한 사람들을 감격시켰군."

"사소한 거라고요!"

유령은 스크루지에게 두 견습생의 말을 들어보라고 손짓했다. 그들은 페치위그 영감에 대해 진심으로 고마워하고 있었다. 스크루지가 그들의 말에 귀를 기울이고 있을 때 유령이 말했다.

"보라고! 그렇지 않아? 영감이 한 거라곤 자네들에게 몇 파운드 더 집어준 것뿐이야. 기껏해야 삼사 파운드. 그런데도 저렇게 칭찬을 받을 만한 일인가?"

그 말에 발끈한 스크루지는 자신도 모르는 사이에 지금의 자신이 아닌 과거의 자신으로 돌아갔다.

"그렇지 않아요. 그게 아니에요. 페치위그 영감님은 우리를 행복하게도 불행하게도 만들 수 있고 우리의 일을 가볍게도 힘겹게도 만들 수 있는 분이에요. 그분의 능력이 기껏해야 말과 표정에 있다고 해서, 셈하거나 합계를 낼 수도 없는 사소하고 무의미한 것들이라고 해서 그게 어떻다는 거죠? 그분이 주는 행복은 아무리 돈을 줘도 살 수 없는 귀중한 겁니다."

스크루지는 유령이 자신을 쳐다보는 것을 의식하고는 입을 다물었다.

"왜 그러지?"

유령이 물었다.

"별거 아닙니다."

스크루지가 말했다.

"뭔가 안 좋아 보이는데?"

"아닙니다. 실은 방금 내 직원에게 따뜻한 말 한두 마디라도 건넬 걸 그랬다고 생각했을 뿐입니다. 그뿐이에요."

스크루지가 이런 소원을 입 밖에 내는 순간 과거의 스크루지가 등잔불을 껐다. 스크루지와 유령은 다시 허공에 나란히 섰다.

"시간이 자꾸 흘러가는군. 어서 서둘러야지!"

유령은 스크루지가 아니라 자신이 보고 있는 누군가에게 한 말이었다. 그 말의 효력은 즉시 발생했다. 스크루지는 또다시 자신의 모습을 보았다. 그는 이제 나이가 좀 더 들어서 인생의 절정을 맞고 있었다. 얼굴은 세파에 찌들거나 경직되진 않았지만 조금씩 근심과 탐욕의 그늘이 지기 시작했다. 갈망과 탐욕이 깃들어 불안하게 움직이는 눈동자에는 세상에 뿌리내리고자 안간힘을 썼던 열정과 그 욕망의 나무가 자라면서 점점 더 넓게 드리워진 그늘이 보였다.

그는 혼자가 아니라 상복을 입은 젊고 아름다운 여인과 함께 있었다. 여인의 눈에 고인 눈물이 유령이 내뿜는 빛에 반사되어 반짝거렸다.

여인이 나직한 목소리로 말했다.

"아무것도 아니겠죠. 당신에겐 아무것도 아닐 거예요. 당신에겐 이제 내가 아닌 다른 우상이 생겼으니까요. 하지만 지금까지 내가 그래 왔듯 앞으로는 그게 당신에게 힘이 되어주고 행복을 가져다준다면, 나는 슬퍼할 이유가 없어요."

"내가 당신 대신 무슨 우상을 섬긴다는 거지?"

그가 물었다.

"돈이에요."

"이래서 세상이 공평하다는 거로군! 가난만큼 가혹한 일도 없지만 부를 추구하는 것만큼 가혹하게 비난받는 일도 없으니!"

"당신은 세상의 평판을 너무나 두려워해요. 세상의 더러운 비난이 두려워서 다른 소망은 모두 포기했어요. 난 당신의 고결한 정신이 하나둘 스러지는 것을 지켜봐 왔어요. 이제 당신의 머릿속에는 온통 돈밖에 남아 있지 않아요. 그렇지 않나요?"

그녀가 부드럽게 대답했다.

"그게 어때서? 설령 내가 속물이 되었다 한들 그게 어떻단 말이지? 당신에 대한 내 마음은 변함이 없는데."

그가 되받아쳤다.

그러자 여인이 고개를 절레절레 흔들었다.

"그럼 내가 변했단 말이오?"

"우리의 언약은 이제 옛일이 되었어요. 우리가 가난하던 시절 했던 약속이죠. 그때는 우리가 참고 열심히 노력하면 잘살 게 될 거라고, 좋은 시절이 올 거라고 생각했어요."

"철없던 시절이었지."

그가 조바심 내며 말했다.

"지금의 당신이 과거와 같지 않다는 건 당신 마음이 더 잘 알 거예요. 나는 예전과 똑같아요. 우리의 마음이 하나였을 때는 그 약속이 행복이었지만 이제 둘이 된 이상 그저 고통일 뿐이에요. 내가 그 약속 때문에 얼마나 많이 고민하고 가슴 아파했는지 말하지 않겠어요. 지금까지 아파했던 걸로 충분해요. 이제 당신을 놓아주겠어요."

"내가 놓아달라고 했던가?"

"말로야 안 그랬죠, 절대."

"그럼, 뭣 때문에?"

"달라진 성격, 변해 버린 영혼, 달라진 삶에 대한 태도, 그리고 무엇보다 완전히 달라진 인생의 목표가 그 증거예요. 내 사랑의 가치와 의미를 평가하는 당신의 시각이 바뀌었어요. 만일 이런 일이 우리 사이에 아예 없었다면……. 말해 봐요, 아직도 나를 찾아내고 나를 얻으려고 할 건가요? 아마, 아닐 거예요."

그녀는 온화하지만 줄곧 단호한 표정으로 그를 바라보았다.

스크루지는 자신도 모르게 그녀가 넘겨짚는 말이 맞다는 듯한 태도를 보였지만 말로는 아니라고 반박했다.

"그런 말도 안 되는 생각을 하다니!"

"나도 할 수만 있다면 달리 생각하고 싶어요. 하나님께 맹세코 그래요! 하지만 그런 진실을 깨닫고 난 후에는 그 진실이 얼마나 굳건하고 돌이킬 수 없는 건지 알게 되었어요. 당신이 오늘, 내일, 아니 어제 자유의 몸이 되었다고 한들 지참금도 한 푼 없는 여자를 선택할 거라고 내가 믿을 수 있을까요? 모든 걸 자신에게 이익이 되는가만 가지고 판단하는 당신이 그런 여자를 선택할까요? 설령 당신이 순간적으로 잘못 판단해서 나를 선택하더라도 금방 후회하고 아쉬워할 거라는 걸 내가 모를까봐요? 나는 알아요. 그래서 당신을 놓아주는 거예요. 그래도 과거에 당신을 사랑했던 마음은 진심이었으니까요."

여인은 뭐라 말하려 하는 스크루지를 외면하고 다시 입을 열었다.

"당신은 이 일로 마음이 아플지도 몰라요. 솔직히 나도 지난날의 추억을 떠올리며 당신이 고통스러워 하기를 바라는 마음이 아주 없는 건 아닐 거예요. 하지만 곧 그 기억을 떨쳐 버릴 거예요. 쓸데없는 꿈이라고 생각하고 깨어난 것을 잘된 일이라고 생각할 거예요. 당신도 자신이 선택한 삶이니 행복하길 빌어요!"

그렇게 두 사람은 헤어졌다.

"유령 님! 더 이상 보고 싶지 않아요. 나를 집으로 데려다 주세요. 나를 이토록 고문하는 게 즐거우십니까?"

스크루지가 말했다.

"볼 게 하나 더 남아 있다!"

유령이 소리쳤다.

"싫어요! 더 이상은 싫어요. 보고 싶지 않아요. 더 이상 보고 싶지 않습니다!"

스크루지가 외쳤다.

하지만 유령은 가차 없이 두 팔로 스크루지를 껴안고 다음에 일어나는 일을 억지로 보여 주었다.

그들은 또 다른 장면과 장소에 와 있었다. 그리 넓거나 호화롭지는 않지만 아늑한 방이었다.

  벽난로 옆에 아름다운 소녀가 앉아 있는데 조금 전 본 여인과 어찌나 닮았는지 같은 사람이 아닐까 생각했다. 하지만 곧 그 여인이 아름다운 부인이 되어 딸의 맞은편에 앉아 있는 것을 발견했다. 그 방은 그야말로 폭풍이라도 치는 것처럼 소란스러웠다. 아이들은 스크루지가 흥분한 상태에서 세어본 것보다 더 많이 있었다. 유명한 시에 나오는 가축 떼처럼 마흔 명이 한 명처럼 행동하는 것이 아니라* 한 아이 한 아이가 제각기 마흔 명처럼 행동하고 있었다. 그래서 도저히 믿을 수 없을 정도로 시끌벅적했지만 아무도 개의치 않는 것처럼 보였다. 아니 오히려 모녀는 깔깔 웃으면서 아주 즐거운 듯 보였다. 조금 있다가 딸까지 놀이판에 끼어들었고 그 어린 악당들에게 무자비하게 약탈당했다. 내가 저 아이들 중에 한 명이 될 수만 있다면 무엇을 주지 못할까! 비록 나는 저토록 거칠게 굴 순 없겠지만 말이다. 아니 난 절대로 저러지 못할 것이다! 이 세상의 황금을 모두 준다고 해도 절대 저 아이의 땋은 머리를 짓밟고 헝클어뜨리지 못할 것이다. 오, 저런! 아무리 내 목숨이 달려 있다 해도 저 조그맣고 귀중한 신발을 저렇게 잡아당기진 못할 것이다. 저 대담한 아이들처럼 장난삼아 소녀의 허리에 매달리지 못할 것이다. 내 팔을 그녀의 허리에 둘렀다가는 벌을 받고 다시는 팔을 곧게 펴지 못하게 될 거이다. 하지만 고백하건대 나는 얼마나 그 소녀의 입술을 만져보고 싶었던가. 괜한 질문을 던져 그 입술이 열리는 모습을 보고, 그녀가 얼굴을 붉히지 않도록 조심하면서도 그 내리깐 속눈썹을 얼마나 보고 싶어 했던

---

* 윌리엄 워즈워스의 「삼월에 쓴 시」에 나오는 구절. "소 떼는 풀을 뜯고 있네, 고개를 처들지도 않고, 마흔 마리가 한 마리처럼 풀을 먹네."

가. 값을 매길 수 없을 정도로 소중한 기념품이 될 저 머리카락을 얼마나 풀어헤쳐 보고 싶어 했던가.

그러나 그때 문 두드리는 소리가 나더니 아이들이 우르르 문가로 몰려 나갔다. 그 바람에 상기된 뺨으로 소란을 피우던 아이들 가운데 있던 소녀는 얼굴에 웃음을 띤 채 문가로 떠밀려 갔다. 소녀가 아빠를 맞을 준비를 하는 순간 크리스마스 선물과 장난감을 한 아름 든 짐꾼을 앞세우고 아빠가 집으로 들어섰다. 이어서 아이들은 고함을 지르고 밀고 당기며 속수무책인 짐꾼에게 총공격을 해댔다! 의자를 사다리처럼 밟고 올라가 짐꾼의 주머니를 향해 돌진하는가 하면 갈색 선물 꾸러미를 빼앗고 넥타이를 잡아당기고 목에 매달리고 등을 때리고 좋아 죽겠다는 듯 다리를 걷어차기까지 했다! 선물 꾸러미를 하나씩 손에 넣을 때마다 터지는 기쁨과 놀라움에 찬 탄성이라니! 아기가 소꿉놀이 프라이팬을 입에 넣었다는 끔찍스러운 소식이 들리더니 이어서 나무 접시에 붙어 있던 가짜 칠면조를 벌써 삼켜버린 것 같다는 더욱 끔찍한 보고기 들려왔다! 하지만 그것이 오보였음이 밝혀졌을 때 터져 나온 안도감이란! 또 그 기쁨과 감사와 희열이란! 그런 것들을 모두 어떻게 말로 표현할 수 있으랴. 이윽고 아이들이 하나둘 거실을 빠져나가면서 흥분의 열기도 조금씩 거실을 빠져나갔다. 아이들은 한꺼번에 계단을 올라 위층으로 간 뒤, 침실로 갔고 그렇게 해서 분위기도 잠잠해졌다. 이제야 스크루지는 좀 더 찬찬히 살펴보았다. 이 집의 주인은 아내와 다정하게 몸을 기대어 오는 딸과 함께 난롯가에 앉아 있었다. 저렇게 예쁘고 앞날이 희망찬 여자 아이가 자신을 아빠라고 부를 수도 있었는데, 그랬으면 황량한 겨울 같은 자신의 인생에 봄날이 있을지도 모른다는 생각을 하자 스크루지의 시야가 점점 흐릿해졌다.
"여보, 오늘 오후에 당신의 옛 친구를 봤소."
남편이 미소 띤 얼굴로 아내를 돌아보며 말했다.
"누구요?"
"맞혀 봐요!"
"내가 어떻게 알아요? 아하, 내가 모를까 봐요?"
그녀는 남편이 웃자 따라 웃으면서 금방 말을 이었다.
"스크루지 씨군요."
"그렇다오. 오늘 그 사람 사무실 창가를 지나갔는데 문을 닫지도 않고 촛불을 켜놓았더군. 그래서 볼 수 있었지. 동업자가 죽을 날을 받아놓고 있다더니 정말 혼자 앉아 있더군. 정말로 세상에 혼자인 것 같았어."
"유령 님! 제발 저를 여기에서 데리고 가주세요."
스크루지가 띄엄띄엄 말했다.
"내가 말했듯이 이건 과거의 그림자일 뿐이다. 과거가 그랬으니 그렇게 보이는 것일 뿐 나를 탓하지 말아라!"
유령이 말했다.
"제발 데려가 주십시오! 더 이상 못 보겠어요!"
스크루지가 외쳤다.
스크루지는 고개를 돌려 유령을 바라보았다. 유령이 스크루지를 내려다보았다. 기괴하게도 유령의 얼굴에는 지금까지 스크루지가 보았던 모든 얼굴들이 파편처럼 들러붙어 있었다.
"날 놔줘! 날 데려가 달란 말이야! 더 이상 내 곁에 얼씬거리지 마!"
이렇게 옥신각신하는 사이에(만일 그것을 싸움이라고 부를 수 있다면) 유령은 눈에 보이는 대응을 전혀 하지 않았고 적수가

아무리 안간힘을 쓰며 공격해도 끄덕하지 않았다. 스크루지는 유령이 머리에서 내뿜는 빛이 높이 타오르는 것을 보았다. 순간 유령의 힘이 그 불 끄는 모자와 관련이 있을지도 모른다는 생각이 스쳐서 불시에 모자를 유령의 머리에 눌러 씌웠다.

그러자 유령은 모자 아래에서 갑자기 줄어들더니 모자에 완전히 뒤덮인 꼴이 되었다. 스크루지는 있는 힘껏 모자를 내리눌렀지만 모자 아래에서 흘러나와 땅 위로 쉴 새 없이 번지는 빛을 가릴 수는 없었다.

스크루지는 완전히 녹초가 되어 밀려드는 나른함에 굴복했다. 그리고 어느새 그는 침실에 와 있었다. 그는 마지막까지 모자를 짓누르던 손의 힘을 풀고, 휘청휘청 침대로 걸어가자마자 깊은 잠에 빠져 들고 말았다.

3절
두 번째 유령

 방이 떠나가라 코를 골다 잠에서 깨어난 스크루지는 생각을 정리하려고 침대에 앉았다. 말리의 유령이 또다시 한 시에 종을 치면 하고 운운했던 말을 떠올릴 시간도 없었다. 스크루지는 자신이 아슬아슬하게 시간에 맞춰 정신을 차렸다는 생각을 했다. 이제 곧 제이컵 말리의 특별 주선으로 파견되는 두 번째 전령사와 만날 시각이었다. 그러나 이번에 나올 유령은 이느 쪽 커튼을 열고 나타날까 생각하자 등골이 오싹해져서 직접 모든 커튼을 하나하나 단단히 친 다음 다시 침대에 누워 주위를 두리번거리며 살폈다. 그는 유령이 나타나는 순간 기겁하거나 긴장하고 싶지 않았다.
 소위 화통하고 소탈한 신사들은 자신에게 익숙한 한두 가지 수단을 가지고 우쭐대며, 폭넓은 능력을 과시하려고 동전 던지기부터 도박, 살인에 이르기까지(이 양극단 사이에는 어지간히 넓고 많은 것들이 포함된다.) 무엇이든 잘한다고 떠벌리며 세상 물정에 밝은 척한다. 그러나 스크루지는 그처럼 대담하게 모험을 감행할 수 있는 인물도 아니니, 나로서는 스크루지가 온갖 기묘한 존재의 출현을 각오하고 있으며 아이에서부터 코뿔소에 이르기까지 그 어떤 것이 나타나도 놀라지 않을 테니 믿어 달라고 말할 생각이 없다.

그러나 무엇이 나타나든 준비가 되어 있던 스크루지도 아무 것도 나타나지 않는 것에 대한 준비는 결코 되어 있지 않았다. 그래서 시계 종이 1시를 알렸는데도 아무 흔적조차 나타나지 않자 와들와들 떨기 시작했다. 오 분, 십 분, 십오 분이 지나도 아무것도 보이지 않았다. 시계가 1시를 알린 때부터 줄곧 침대에 누워 있었다. 불그스레한 램프 불빛의 가운데 부분이 침대를 비추었다. 그것은 한낱 불빛에 불과했지만 스크루지에게는 열 명의 유령보다 더욱 불길하게 느껴졌다. 이것이 무엇을 의미하는지, 이제 어떻게 대처해야 하는지 막막했고, 불현듯 누군가의 위로도 받지 못한 채 자연발화*의 흥미로운 사례의 하나가 되지 않을까 하는 걱정도 들었다. 그러다 마침내, 그야말로 '드디어' 정상적으로 사고할 수 있게 되어——여러분이나 나 같으면 처음부터 그런 생각을 했을 테지만 사람이 궁지에 몰리면 상황이 어떻게 돌아가는지, 어떻게 제대로 처신해야 하는지 생각이 안 나는 법이다.——그 기괴한 빛의 원천과 비밀이 옆방에 있을지도 모른다고 생각했고, 좀 더 자세히 보니 정말로 그곳에서 빛이 흘러나오는 것 같았다. 이런 생각에 사로잡히자 스크루지는 조심스레 침대에서 일어나 슬리퍼를 질질 끌고 문가로 갔다.

스크루지가 자물쇠에 손을 대는 순간, 이상한 목소리가 그의 이름을 부르며 들어오라고 말했다. 스크루지는 고분고분 시키

---

*19세기에 널리 퍼져 있던 미신. 인체는 화학 성분들로 이루어져서 자연 발생적인 화재로 죽을 수도 있다고 믿었다.

는 대로 했다.

그 방은 스크루지의 방이었다. 거기에 대해서는 한 치의 의심도 없었다. 하지만 놀랍게도 완전히 뒤바뀐 모습이었다. 벽과 천장에는 살아 있는 식물들이 매달려 있어서 영락없이 숲에 들어와 있는 느낌이었다. 줄기마다 싱싱한 열매들이 반짝거렸다. 호랑가시나무, 겨우살이나무, 담쟁이덩굴의 싱싱한 이파리들은 빛에 반사되어 마치 조그만 거울이 곳곳에 흩어져 있는 것 같았다. 스크루지 평생, 또 말리 생전에 여러 해 겨울을 나는 동안 화석이 되다시피 한 벽난로에는 강한 불꽃이 굴뚝 위로 치솟고 있었다. 바닥에는 거위, 소고기, 닭고기, 돼지고기, 거대한 고기 뒷다리, 통돼지 구이, 화환처럼 생긴 줄줄이 소시지, 민스 파이, 플럼 푸딩, 굴이 든 나무통, 빨갛게 익은 군밤, 체리처럼 빨간 사과, 즙 많은 오렌지, 달콤한 배, 엄청나게 큰 주현절 케이크* 따위가 왕좌처럼 높이 쌓였고 펄펄 끓는 펀치에서 뿜어져 나오는 달콤한 김이 방 안에 서려 있었다. 소파에는 호탕해 보이는 거인이 거나하게 취한 모습으로 편안하게 앉아 있었다. 스크루지가 문틈으로 안을 들여다보자 거인은 풍요의 상징인 뿔 모양의 횃불을 높이 쳐들어 스크루지를 비췄다.

"들어오너라! 들어와서 나를 더 가까이 보라."

유령이 소리쳤다.

스크루지는 머뭇머뭇 안으로 들어가 유령 앞에서 고개를 조아렸다. 그는 예전의 고집 센 스크루지가 아니었다. 유령의 눈은 맑고 인자했지만 스크루지는 눈을 마주치기 싫었다.

"나는 현재의 크리스마스 유령이다. 고개를 들어 나를 보아

---

* 크리스마스 축일의 마지막 날인 1월 6일에 먹는 아주 커다란 케이크.

Scrooge's third Visitor.

라."

유령이 말했다.

스크루지는 고분고분하게 하라는 대로 했다. 유령은 가장자리에 털을 단 긴 초록 망토 같은 것을 걸치고 있었다. 어찌나 헐렁하게 내려뜨렸는지 넓은 가슴이 그대로 드러나 보였는데, 마치 일부러 가리거나 감출 필요가 없다고 생각하는 듯했다. 주름이 넉넉하게 잡힌 아랫도리 밑에 드러난 발은 맨발이었고 머리에는 고드름이 드문드문 달린 반짝거리는 호랑가시나무 화관 외에는 아무것도 쓰지 않고 있었다. 구불거리는 짙은 밤색의 긴 머리카락은, 다정한 얼굴과 반짝이는 눈, 활짝 편 손, 쾌활한 목소리와 거침없는 행동, 호쾌한 분위기만큼이나 자유분방하게 흘러내렸다. 허리띠에 찬 고풍스러운 칼집에는 칼은 없고 녹만 잔뜩 슬어 있었다.

"나처럼 생긴 유령은 한 번도 본 적이 없을 테지!"

유령이 쾌활하게 말했다.

"예, 한 번도."

스크루지가 대답했다.

"우리 가족 중에 젊은 축에 속하는 녀석들을 만나본 적도 없느냐? 무슨 말인고 하면 요 몇 년 사이에 태어난 내 형님들 말이다. 나는 그들보다 젊은 편이지."

유령이 물었다.

"글쎄요, 그런 적이 없는 것 같은데요."

스크루지가 말했다.

"안타깝게도 만나본 적이 없네요. 형제 분이 많으신가요, 유령 님?"

"천팔백 명이 넘지."

"먹여 살리려면 힘깨나 들겠군."

스크루지가 중얼거렸다.

현재의 크리스마스 유령이 자리에서 일어났다.

"유령 님 가시는 곳으로 저를 인도해 주십시오. 간밤에는 어쩔 수 없이 따라다녔지만 지금 생각해 보니 배운 게 있었습니다. 오늘 밤 제게 무언가 가르치실 거라면 부디 그곳에서 가르침을 얻게 해주십시오."

스크루지가 공손하게 말했다.

"내 옷을 잡게."

스크루지는 그가 말한 대로 옷자락을 단단히 잡았다.

호랑가시나무, 겨우살이나무, 빨간 열매, 담쟁이덩굴, 칠면조, 거위, 날짐승, 닭고기, 삶은 돼지고기, 소고기, 통돼지 구이, 줄줄이 소시지, 굴, 파이, 푸딩, 과일, 펀치, 모두가 순식간에 사라졌다. 빨갛게 타오르던 횃불도 밤이라는 시간도 사라지고 스크루지와 유령은 크리스마스 아침 시내 거리에 서 있었다. 살을 에듯 추운 날씨였다. 집 앞 거리와 지붕에서 사람들이 얼어붙은 눈을 치우는 소리는 거칠기는 하지만 활기 넘치고 듣기 좋은 음악 같았다. 소년들은 지붕에 쌓인 눈이 쿵 하고 길 아래로 떨어질 때마다 일어나는 눈보라를 보며 즐거운 함성을 질렀다. 지붕에 소복하게 내린 하얀 눈과 길바닥에 쌓여 조금 더러워진 눈에 비해, 집 정면은 칙칙하고 창문은 더 검어 보였다. 미처 다 치우지 못하고 남은 길바닥의 눈 위로는 무거운 수레와 마차가 지나가며 깊은 바큇자국이 생겼지만, 큰길이 샛길로 갈라지는 지점에 이르러서는 수없이 많은 자국이 얽히고설켜 눈 녹은 물과 누런 진흙이 뒤범벅되는 바람에 흔적조차 사라졌다. 하늘은 잔뜩 찌푸려 있고, 가까운 길들도 반은 물 반은 얼음인 안개가 자욱하게 끼어 질식할 것처럼 보였다. 안개의 무거운 알갱이들은, 마치 영국의 굴뚝이란 굴뚝은 죄다 불을 때기로 합의하고 성이 찰 때까지 재를 뿜어내기로 한 듯 수없이 흩날리는 검댕이 가루와 범벅이 되어 마구 아래로 떨어졌다. 날씨나 도시나 그다지 즐거워할 만한 것은 없었지만, 제아무리 청명한 공기와 눈부신 햇살을 자랑하는 여름도 만들어낼 수 없는 활기찬 분위기가 거리에 흘러넘쳤다.

지붕에 쌓인 눈을 삽으로 퍼내는 사람들은 즐거움과 기쁨에 넘쳐 보였다. 그들은 지붕 난간에서 서로 소리쳐 이름을 부르거나 이따금 장난스럽게 눈을 뭉쳐 던져 맞히고는 —말로 부리는 익살보다 이런 순박한 눈싸움이 더 재밌었다.— 신나게 웃고, 빗맞아도 깔깔거리며 웃었다. 닭이나 칠면조를 파는 푸줏간은 아직 가게 문을 반쯤 열어놓았고 과일들은 제철을 뽐내듯 윤기가 흘렀다. 쾌활한 배불뚝이 노신사의 조끼처럼 둥그렇고 수북하게 쌓인 알밤 바구니들은 대문 앞에 놓여 있다가 더러는 성이 난 듯 길가로 굴러 떨어졌다. 알이 굵고 색이 좋은 게 스페인 수도사들처럼 번들거리는 불그스름한 스페인 양파는 선반에 올려진 채 엉큼한 눈으로 지나는 아가씨들에게 윙크하거나 천장에 걸린 겨우살이를 점잖게 흘끗거렸다. 사과와 배는 전성기의 피라미드처럼 높이 쌓여 있고, 탐스러운 포도송이는 가게 주인의 자비심 덕택에 눈에 잘 띄는 고리에 주렁주렁 매달려 행인들의 입가에 침이 고이게 했다. 또 수북이 쌓인 이끼 낀 갈색 개암의 향기는 지난날 낙엽이 두껍게 쌓여 발목까지 빠지는 숲 속을 휘청거리며 산책하던 기억을 떠올리게 했다. 빽빽이 진열된 즙 많은 노란 오렌지와 레몬들 사이로 얼굴을 내민 똥똥하고 거무스름한 노퍽*산(産) 사과는 간절하게

'나를 종이 봉지에 담아 집으로 가져가서 저녁 식사 후 후식으로 먹어주세요.' 라고 애원하는 것 같았다. 이렇게 엄선된 과일들 틈에 놓인 어항 속의 금색, 은색 잉어들**은 둔감하고 굼뜬 종족의 일원이긴 하지만 특별한 일이 생길 거라는 걸 아는 듯, 자신들의 작은 세상 속에서 느릿느릿 차분하게 그러나 기분 좋게 입을 뻐끔대며 빙빙 돌고 있었다.

참, 식료품 장수! 식료품 장수! 식료품 가게는 덧문을 하나 아니면 둘만 열어놓았지만 덧문 틈새로 안이 들여다보였다. 저울이 유쾌한 소리를 내며 선반에서 내려오면, 감개에서 노끈이 드르르 풀려나와 날렵하게 물건을 둘렀다. 통조림 깡통은 곡예하듯 위아래로 덜커덕거리고, 차와 커피가 뒤섞인 향기는 코를 즐겁게 했으며, 그 귀한 건포도도 소복이 쌓여 있고 아몬드는 더할 나위 없이 하얗고 계피는 길고 곧았으며, 그 밖의 향신료들도 무척이나 향기로웠다. 설탕에 절인 과일들은 설탕이 녹아 찐득거리도록 묻혀 놓아서 아무리 시큰둥한 구경꾼이라도 정신이 아찔해지고 나중에는 초조해졌다. 무화과는 촉촉하고 부드러웠고, 화려한 장식 상자에 담긴 빨간 프랑스산 자두는 적당히 새콤했으며, 그 밖에 모든 상품이 크리스마스 분위기가 한껏 나도록 장식되어 보기만 해도 먹음직스러웠다. 한편 손님들은 크리스마스에 대한 기대에 부풀어 허둥대고, 열의에 넘쳐 조바심을 내느라 문가에서 서로 몸을 부딪치거나, 버들가지로 엮은 시장바구니를 세게 부딪치기도 했고, 값을 치른 물건을 계산대에 두고 갔다 허겁지겁 가지러 되돌아오면서 번번이 저지르는 그런 실수를 기분 좋게 웃어넘겼다. 식료품 장수와 점

---
* 영국 동부의 주.
** 19세기에는 식료품점에서 흔히 어항에 든 잉어를 팔았다.

원들이 어찌나 솔직하고 활기찬지 앞치마를 뒤로 여미는 데 쓰는 윤기 나는 하트 모양 단추는 마치 사람들에게 보고 싶으면 보라고 외치는 듯했고, 갈까마귀들이 크리스마스 만찬 삼아 마음껏 쪼아 먹도록 바깥에 걸어둔 심장 같기도 했다.

그러나 얼마 안 있어서 교회 첨탑이 사람들을 교회와 성당으로 불러 모으자, 사람들은 가장 좋은 옷으로 차려입고 즐거운 얼굴로 거리로 몰려나왔다. 그와 동시에 샛길과 골목길, 이름 모를 모퉁이에서는 수없이 많은 사람들이 저녁거리를 들고 나타나 빵집으로 몰려갔다. 이 가난한 사람들의 모습이 유난히 유령의 관심을 끌었는지 스크루지와 빵집 문가에 서 있던 유령은 저녁거리를 들고 온 사람들이 지나갈 때마다 횃불 뚜껑을 열고 그 안에 있는 향신료를 뿌려주었다. 횃불은 매우 특이했다. 저녁거리를 들고 온 사람들이 서로 밀치는 바람에 언성이 높아진 일이 한두 번 있었는데 유령이 횃불로 그들에게 물을 몇 방울 뿌리자 즉시 유쾌한 기분이 되살아났다. 그러면서 그들은 "크리스마스에 싸우는 건 부끄러운 짓이지, 맞아! 하나님도 유쾌하게 지내길 바라실 거야! 그럼, 그렇고말고."라고 중얼거렸다.

종소리가 그칠 때쯤 빵집들은 문을 닫았다. 빵집 오븐마다 얼룩덜룩하게 말라붙은 자국들은 식탁에 차려질 온갖 음식들과 정성이 담뿍 들어간 조리 과정을 흐뭇하게 보여 주는 듯했고, 화덕에 깔아놓은 자갈은 음식이 익을 때 함께 구워진 듯 김이 모락모락 피어올랐다.

"유령 님이 횃불에서 뿌린 물에 특별한 향신료라도 들었나요?"

스크루지가 물었다.

"물론이지. 나만의 특별한 향료지."

"오늘 저녁에 먹는 아무 음식에나 다 어울리는 향신료인가요?"

"정성껏 만든 음식에는 아무 데다 어울리지. 특히 가난한 사람들의 음식에 가장 어울리지."

"왜 가난한 사람에게 가장 어울립니까?"

"그거야 가난한 사람들에게 가장 필요하니까."

"유령 님, 우리를 둘러싼 세상의 무수한 존재들 중 왜 하필 유령 님께서 사람들이 순수한 즐거움을 맛볼 기회를 빼앗으려는지 모르겠습니다."

잠깐 생각에 잠겼던 스크루지가 말을 이었다.

"내가?"

"유령 님은 사람들이 주일에 맛있는 저녁을 만들어 먹지 못하게 하시지 않습니까?* 그날이 유일하게 음식다운 음식을 만들어 먹을 수 있는 날인데요, 안 그렇습니까?"

"내가?"

"일요일마다 이런 가게가 문을 닫았는지 검사하러 다니지 않습니까? 그게 그거지요."

스크루지가 물었다.

"내가 검사하러 다닌다고?"

유령이 소리쳤다.

"제가 틀렸다면 용서해 주십시오. 하지만 일요일에 가게 문을 닫는 것은 유령 님의 이름으로 지켜왔습니다. 유령 님이 아니라면 적어도 유령 님 가족 중 한 분의 이름으로요."

---

* 1832년부터 1837년 사이에 주일엄수법안이 제정됨. 일요일에는 빵집이 문을 열지 못하게 했으며, 하층민의 여가 생활도 제한했다.

"너희 인간들 중에는 우리를 잘 안다고 주장하면서 우리 이름으로 욕망과 자만, 악의와 증오, 질투, 맹신, 이기심을 충족시키는 자들이 있지. 하지만 우리는 물론 우리 친척, 친척의 친척을 통틀어 봐도 그런 자들이 이 세상에 살았던가 싶을 정도로 우리와는 전혀 상관없는 사람들이다. 그자들이 한 짓을 가지고 욕해야지 애꿎은 우리를 원망해선 안 된다."

스크루지는 그러겠다고 약속했다. 그리고 지금껏 그랬던 것처럼 사람들 눈에 보이지 않게 시내 근교로 갔다. 유령은 거인 같은 덩치에도 어디든 쉽게 몸을 맞춰 들어가는 특이한 능력이 있었다.(스크루지는 이미 빵집에서 목격했다.) 게다가 야트막한 지붕 아래에서도, 천장이 높은 홀에서나 가능할 법한 초자연적인 존재와 같은 위엄 있는 자세로 서 있을 수 있었다.

이런 초능력을 과시하는 게 유령의 취미인지 아니면 가난한 사람들에게 친절하고 관대하며 따뜻한 동정심을 베푸는 게 천성이어서 그런지 잘 모르지만, 유령은 스크루지를 데리고 곧장 스크루지의 서기의 집으로 갔다, 스크루지는 유령의 옷자락을 붙잡고 갔다. 유령은 현관 문지방에서 걸음을 멈추고 웃음 띤 얼굴로 횃불을 뿌려 밥 크래칫의 가정에 축복을 내려주었다. 생각해 보라. 밥 혼자서 일주일에 고작해야 15밥, 그러니까 토요일마다 주머니에 달랑 자기 이름* 열다섯 장을 넣는 것이다! 그런 밥의 네 칸짜리 집에 현재의 크리스마스 유령이 축복을 내려주다니!

크래칫 부인은 두 번이나 천을 뒤집어 새로 꿰매고, 싸구려지만 6펜스짜리치고는 그런대로 봐줄 만한 리본을 과감하게

---

* '밥'은 1실링을 가리키는 런던 사투리.

단 낡은 드레스를 입고 서 있었다. 부인은 둘째 딸 벌린더 크래칫과 함께 식탁보를 깔고 있었다. 벌린더 역시 과감하게 리본을 달고 있었다. 장남인 피터는 포크를 들고 감자를 넣은 냄비 안을 찔러보고 있었다. 감자를 찌를 때마다 기괴하게 생긴 셔츠 깃의 끝이 자꾸 입을 찔러댔지만(원래 밥의 셔츠였는데 특별한 날을 맞이하여 집안의 대를 이어갈 장남에게 물려준 것이다.) 스스로 멋진 옷을 입었다고 뿌듯해하며 멋쟁이들이 많이 오는 공원에서 자신의 셔츠를 자랑하고 싶었다. 이때 크래칫의 어린 남매가 집으로 뛰어 들어오며 빵가게 밖에서 맡았던 그 거위 구이 냄새가 자기네 집에서 난다는 것을 알고는 좋아서 환호성을 질렀다. 어린 남매는 샐비어*와 양파를 먹게 된다는 호사스러운 생각에 젖어 식탁 주위를 빙빙 돌며 춤을 추다가 피터를 발견하곤 멋있다며 잔뜩 추어올렸다. 한편 피터는(깃이 거의 목을 조이다시피 했지만 우쭐대는 모습은 아니었다.) 감자 삶는 물이 부글부글 끓기 시작해서 냄비 뚜껑을 시끄럽게 두드려대면서 꺼내어 껍질을 벗겨 달라고 아우성칠 때까지 화덕 옆에서 후후 바람을 불어댔다.

"도대체 네 훌륭한 아빠는 어디에서 뭐하신다니? 네 동생 꼬맹이 팀도 그렇고. 마서는 작년 크리스마스엔 삼십 분 전에 와 있더니!"

크래칫 부인이 말했다.

"엄마, 마서는 여기 있어요."

그 말이 떨어지기 무섭게 마서가 나타나며 소리쳤다.

"엄마, 마서 누나 왔어요! 누나, 우리 거위 구이가 대단해!"

---

* 향료로 쓰이는 차조깃 과의 식물.

어린 남매가 소리쳤다.

"아이고, 우리 딸, 숨 좀 돌리렴. 그런데 왜 이렇게 늦었니!"

크래칫 부인이 딸에게 연신 입을 맞춘 뒤 호들갑을 떨며 딸의 숄과 모자까지 벗겨 주었다.

"어젯밤까지 할 일이 많았어요. 오늘 아침까지 모두 정리하고 오느라 늦었어요, 엄마."

"그랬구나. 이렇게 왔으니 이제 됐다. 난로 앞에 앉아서 몸 좀 녹이렴. 아이고 내 딸."

"안 돼요. 아빠가 오시고 있단 말이에요. 숨어, 마서 누나, 얼른 숨어!"

동에서 번쩍, 서에서 번쩍 끼어들던 어린 남매가 소리쳤다.

마서가 숨고 나자 왜소한 몸집의 아빠 밥이 밑에 달린 술 장식을 빼고도 최소 1미터는 되어 보이는 목도리를 내려뜨리고 집 안으로 들어섰다. 낡아서 올이 다 드러나 보이는 겉옷은 크리스마스랍시고 말끔하게 깁고 손질한 모습이었다. 어깨에는 꼬맹이 팀을 목말을 태우고 있었다. 아, 기없은 팀, 손에는 작은 목발을 들고 다리에는 의족을 끼우고 있었다.

"한데 마서는 어디 있지?"

밥 크래칫이 주위를 두리번거리며 물었다.

"안 왔어요."

크래칫 부인이 말했다.

"안 왔어?"

밥은 한껏 들떴던 기분이 푹 가라앉은 목소리로 물었다. 그는 성탄 예배를 끝내고 아들 팀의 힘 좋은 경주마 노릇을 하며 곧장 집으로 달려온 터였다.

"크리스마스인데 집에 안 오다니!"

마서는 아무리 장난이라 해도 아빠가 실망하는 모습을 더 이상 보고 있을 수 없었다. 그래서 계획보다 빨리 옷장 뒤에서 나와 와락 아빠 품에 안겼다. 어린 두 남매는 꼬맹이 팀을 재촉해 세탁장으로 데리고 갔다. 큰 구리 냄비에서 끓는 푸딩의 노랫소리를 듣게 해주고 싶었던 것이다.

"그래 팀은 어땠어요?"

감쪽같이 속아 넘어간 남편을 놀리던 크래칫 부인이 물었다. 밥은 큰딸을 꼭 껴안고 있었다.

"정말 착했소. 아니 그보다 더. 암만해도 혼자 지내는 시간이 많다 보니 점점 생각이 깊어지나 봐요. 가끔 듣기에 아주 엉뚱한 말을 하질 않나……. 그 아이가 집으로 돌아오면서 내게 이런 말을 하더라고. 교회에서 사람들이 자기를 보았으면 좋겠다고. 절름발이인 자기를 보면 사람들이 불구의 거지를 걷게 하고 장님의 눈을 뜨게 한 예수님을 떠올리게 될 테니 그보다 좋은 일이 어디 있겠느냐고 말이야."

이 말을 하는 밥의 음성이 떨렸다. 이어서 꼬맹이 팀이 점점 더 튼튼해지고 올바른 사람으로 자랄 거라는 말을 하면서는 더욱 떨렸다.

그때 팀의 조그만 목발이 마룻바닥을 쿵쿵 울리는 소리가 들렸고, 다른 말을 잇기 전에 꼬맹이 팀이 형과 누나의 부축을 받아 벽난로 앞에 놓인 제 의자로 돌아왔다. 밥은 소매를 걷어붙이고—불쌍한 양반, 안 그래도 추레한 소매가 더 추레해 보이게 말이다.—뜨거운 물이 담긴 주전자에 진과 레몬을 넣어 휘휘 저은 다음 벽난로 화덕에 올려놓고 끓이기 시작했다. 장남 피터와 약방의 감초 같은 어린 남매는 거위 고기를 가지러 갔다가 이내 구운 거위 고기를 들고 의기양양하게 돌아왔다.

그들이 법석 떠는 것을 보면 여러분은 거위가 세상에서 가장 진귀한 새라도 되는 것처럼 생각할지도 모른다. 흑고니*라도 이 깃털 달린 짐승에 비할 수 없었다. 이 집안에서 거위는 그토록 특별한 존재였다. 크래칫 부인은 (미리 준비해 둔 작은 냄비의) 육수를 부글부글 끓였다. 장남 피터는 믿기 힘들 정도로 힘차게 감자를 으깼다. 벌린더는 사과 소스에 설탕을 뿌렸다. 마서는 데워놓은 접시를 행주로 닦았다. 밥은 꼬맹이 팀을 식탁에서 자기 옆자리에 앉혔다. 어린 두 남매는 자기들의 의자는 물론이고 다른 식구들의 의자도 모두 챙긴 다음 자리에 앉아 행여 차례가 오기도 전에 거위 고기를 달라고 말할까 봐 숟가락으로 입을 누르고 있었다. 마침내 식탁에 접시가 놓이자 식구들은 감사 기도를 올렸다. 모두가 숨을 죽이고 기다리는 가운데 크래칫 부인이 칼을 들어 거위 고기의 가슴 부위를 찌를 준비를 했다. 마침내 칼이 가슴에 꽂히고 그 안에서 오랫동안 기다렸던 속이 쏟아져 나오자 식탁에선 조그맣게 기쁨의 탄성이 흘러나왔다. 심지어 꼬맹이 팀도 제 형과 누나를 따라 나이프 손잡이를 잡고 식탁을 두드려대며 조그맣게 야호 하고 환호성을 질렀다.

이런 거위 요리는 처음이었다. 밥은 이렇게 맛있는 거위 요리가 있다니 믿을 수 없다고 했다. 부드러운 살코기와 고소한 향기, 크기에 비해 저렴한 가격에 모두가 찬사를 보냈다. 사과 소스와 으깬 감자까지 곁들이니 가족들에겐 더없이 흡족한 만찬이었다. 실제로 크래칫 부인이 (접시에 쌓인 얼마 안 되는 뼛조각을 보면서) 온 식구가 먹었는데도 거위 한 마리 다 먹어치

---

* 고대 로마의 풍자 시인 유베날리스의 시구절을 암시한다. "이 세상에 흑고니 같은 새는 거의 볼 수 없다."

우지 못했느냐고 흐뭇하게 말했을 정도였다! 하지만 모두가 배불리 먹었고, 특히 어린 남매는 샐비어와 양파가 눈썹에 들러붙은 것도 모를 정도로 열심히 먹었다. 벌린더가 접시를 새로 바꾸자 크래칫 부인은 슬며시 자리에서 일어나 혼자――누가 볼까 초조해하면서――방을 나가 푸딩을 가지고 왔다.

제대로 익지 않았으면 어쩌지? 꺼내다가 부서지기라도 하면 어쩌지? 모두들 거위 요리에 빠져 있는 동안 누가 뒷마당 담을 넘어 들어와 훔쳐 간 건 아니겠지? 그러면 어린 남매 녀석들이 사색이 될 텐데……. 온갖 끔찍한 생각이 다 들었다.

와! 이 엄청난 김 좀 보라고! 구리 냄비에서 푸딩이 나왔다. 마치 빨래할 때 나는 것 같은 냄새! 그렇다, 빨래 냄새였다. 식당과 맞붙어 있는 빵가게 옆집의 세탁부한테서 나는 냄새! 그것이 바로 푸딩 냄새였다. 삼십 초도 안 되어 크래칫 부인이 발갛게 상기된 얼굴로 자랑스럽게 웃으며 대포알처럼 단단하고 탱탱해 보이는 알록달록한 푸딩을 들고 들어왔다. 푸딩 둘레에는 4분의 1쿼턴* 정도의 브랜디가 훨훨 불타고 있고 위에는 크리스마스 장식으로 호랑가시나무를 꽂아놓았다.

와, 맛있어 보이는 푸딩이군! 밥 크래칫은 이렇게 감탄한 뒤 역시 차분한 목소리로, 결혼한 이후 크래칫 부인이 만든 푸딩 중에 최고라고 말했다. 크래칫 부인은 이제야 무거웠던 마음이 가벼워졌다고 말하며 밀가루의 양을 제대로 맞췄는지 몰라 사실 가슴을 졸였다고 털어놓았다. 모두가 푸딩에 대해 한마디씩 칭찬했으며, 그 많은 가족이 먹기에 양이 너무 적다고 푸념하거나 생각하는 사람은 없었다. 그렇게 했다가는 영락없이 이교

---

* 영국에서 사용하던 부피 단위로 1쿼턴은 2.2731리터에 해당함.

도 취급을 받았으리라. 크래칫네 식구들은 누구든 그런 얘기를 넌지시 비치기만 해도 스스로 부끄러워서 얼굴을 붉혔을 것이다.

마침내 만찬이 끝나고 식탁을 치우자 식구들은 벽난로의 재를 쓸어내고 불길을 돋우었다. 그런 다음 주전자에 만들어둔 레몬 술을 맛보며 완벽하다고 칭찬하고, 식탁에 사과와 오렌지를 올려놓고 난로에는 밤을 한 삽 가득 넣었다. 이윽고 식구들은 모두 난롯가에 동그랗게 둘러앉았다. 밥 크래칫이 말하는 '동그랗게'는 물론 반원으로 둘러앉는 것을 의미했다. 밥 크래칫의 팔꿈치 옆쪽에는 이 집에 있는 유리잔이란 유리잔은 죄다 나와 있었다. 고작해야 밑이 평평한 큰 잔 두 개와 손잡이 없는 커스터드 컵 하나였지만 말이다.

하지만 이 컵들은 주전자에서 따른 뜨거운 술을 황금 술잔이 부럽지 않게 무리 없이 담아냈다. 밥은 활짝 웃는 낯으로 술잔을 돌렸고, 그사이에 난로 속의 밤들은 탁탁 터지는 소리를 내며 구워졌다. 이윽고 밥이 술잔을 들어 올리며 외쳤다.

"사랑하는 나의 가족 모두, 메리 크리스마스! 하나님의 은총이 가득하기를!"

온 식구들도 함께 따라서 외쳤다.

"우리 가족 모두에게 하나님의 은총이 가득하길!"

꼬맹이 팀이 마지막으로 외쳤다.

팀은 작은 자기 의자에 앉아 아빠 옆에 찰싹 붙어 있었다. 밥은 그 아이를 몹시 사랑해서 영원히 곁에 붙잡아 두고 싶은 듯, 누군가 빼앗아 갈까 두렵기라도 한 듯 팀의 작고 연약한 손을 꼭 쥐었다.

"유령 님, 꼬맹이 팀이 살 수 있겠지요? 제게 말씀해 주세요."

스크루지가 전에는 알지도 못했던 관심을 보이며 말했다.

"저기에 빈 의자가 하나 보이는구나. 저 초라한 벽난로 옆쪽 구석에 말이다. 그 옆에는 주인 없는 목발이 소중히 놓여 있고. 만일 미래가 이 환영들을 바꾸지 않으면 저 아이는 죽게 될 거야."

유령이 대답했다.

"안 돼요, 그건 안 됩니다요. 오, 제발, 자비로우신 유령 님, 저 아이가 죽지 않을 거라고 말해 주세요."

"미래가 이 환영들을 바꾸지 않으면, 우리 종족 중 누구도 저 아이를 여기에서 볼 수 없다. 그런데 그게 어떻다는 말이냐? 어차피 죽을 목숨이라면 죽는 게 낫지. 쓸데없이 남아도는 인구도 줄이고."

스크루지는 유령이 자기가 했던 말을 똑같이 인용하는 것을 듣고 고개를 숙인 채 슬픔과 후회를 억누르려고 했다.

"어리석은 인간. 만일 네 가슴속에 돌이 아닌 심장이 들어 있다면 무엇이 남아돌고 어디에서 남아도는지 알기 전에는 그런 사악한 말일랑 삼가야 하는 법이다. 누가 살고 누가 죽을 것인지 네가 결정하려 하느냐? 하늘에서 보면 이 가난한 사내의 아이 같은 수백만 명보다 네 한 놈이 더 쓸모없고 살 가치가 없어 보일 수도 있다. 오, 맙소사! 나뭇잎의 벌레가 배고픈 자기 형제들더러 쓸데없이 살아 있다고 말하는 꼴을 듣고 있다니!"

스크루지는 유령의 질책에 시선을 내리깔고 고개를 숙였다. 하지만 어디에선가 자기 이름을 부르는 소리를 듣고는 얼른 고개를 들었다.

"스크루지 영감님을 위해! 이렇게 멋진 만찬을 들게 해준 스크루지 영감님을 위해 건배!"

밥이 외쳤다.

"멋진 만찬을 들게 해줬다고요? 그 영감님이 이 자리에 있으면 좋겠네요. 욕이나 실컷 먹어 주게. 그 영감 입맛에 맞았으면 좋겠네."

크래칫 부인이 얼굴이 빨개져서 소리쳤다.

"여보! 아이들이 들어. 오늘은 크리스마스야."

밥이 말했다.

"크리스마스인 건 틀림없나 보네요. 그 밉살스럽고 인색하고 냉혹하고 피도 눈물도 없는 영감의 건강을 위해 축배를 들자고 하니. 밥, 당신은 그 영감을 잘 알잖아요. 당신보다 더 잘 아는 사람도 없을 거예요, 가엾은 양반."

"여보, 오늘은 크리스마스잖소."

밥이 다시 부드럽게 대꾸했다.

"알았어요. 당신을 위해, 그리고 크리스마스니까 그 영감님을 위해 축배를 들게요. 그 영감님이 좋아서가 아니라고요. 자, 그럼 스크루지 영감님의 장수를 위해! 즐거운 크리스마스와 새해를 위해! 뭐, 당연히 잘 먹고 잘살 테지만!"

크래칫 부인을 따라 아이들도 스크루지 영감을 위해 건배를 했다. 오늘 만찬에서 마지못해 한 일은 이 축배가 처음이었다. 꼬맹이 팀도 마지막으로 건배했지만 아무 의미도 없이 건성으로 한 것이었다. 스크루지는 크래칫 가족에게 두렵고도 싫은 존재였다. 그의 이름을 입에 올리는 것만으로도 파티 분위기에 어두운 그림자가 졌고 그 그림자가 사라지기까지 꼬박 오 분이 걸렸다.

그림자가 걷히자 가족들은 고약한 스크루지 영감에 대한 의무는 다했다는 안도감에 전보다 열 배는 더욱 즐거워졌다. 밥 크래칫은 식구들에게 자신이 피터를 위해 눈여겨본 일자리가 있는데 잘만 되면 일주일에 5실링 6펜스는 충분히 벌 수 있을 거라고 털어놓았다. 어린 크래칫 남매는 오빠가 가게에서 일하는 모습을 그려보며 깔깔거렸다. 피터는 그 많은 돈을 받게 되면 어떻게 써야 할지 궁리하는 듯 셔츠 깃 사이로 난로를 골똘히 바라보았다. 그러자 모자 공장에서 견습공으로 일하는 마서가 자신이 하는 일의 종류며, 한 번에 몇 시간이나 쉬지 않고 일하는지, 내일은 집에서 휴일을 보낼 수 있으므로 내일 아침 늦게까지 실컷 자고 푹 쉬고 싶다는 말을 했다. 또 며칠 전에 백작 부인과 영주가 가게에 왔는데, 영주는 키가 피터만 하더라고 말했다. 그 말을 들은 피터가 칼라를 어찌나 높이 치켜세웠는지 여러분이 그 자리에 있었으면 피터의 머리를 볼 수 없었을 것이다. 그러는 동안 군밤과 주전자가 식구들 사이를 몇 바퀴 돌았고 이윽고 꼬맹이 팀은 눈밭에서 길을 잃은 소년에 관한 노래를 불렀다. 가녀린 목소리였지만 정말 잘 불렀다.

결코 특별한 거라곤 없는 가족이었다. 그들은 잘생긴 사람들도 아니고 옷을 잘 차려입은 것도 아니었다. 신발은 하나같이 방수가 되지 않는 것이었고 옷들도 허름하기 짝이 없었다. 피터는 전당포 내부라면 제 집만큼이나 훤히 알고 있었다. 그러나 그들은 행복했고 감사했고 서로에 대해 만족해했으며 함께하는 시간을 즐거워했다. 그들의 모습은 점점 흐릿해졌지만 유령의 횃불이 뿌려준 빛 방울 속에서 더욱 행복해 보였다. 스크루지는 그들 중에서도 특히 꼬맹이 팀에게서 끝까지 눈길을 거두지 못했다.

어느새 날이 어두워지고 함박눈이 펑펑 내렸다. 스크루지가 유령과 함께 거리를 지나면서 본 부엌이며 거실, 많은 방에서

크리스마스캐럴 145

새어 나오는 불빛은 정말 환상적이었다. 집 안에서 너울거리는 불꽃은 따뜻한 저녁 식사가 준비되고 있음을 말해 주었다. 난로 앞에서는 접시가 따뜻하게 골고루 데워지고 추위와 어둠을 막아주는 짙은 빨간색 커튼이 언제나 드리워져 있으리라. 어떤 집에서는 아이들이 결혼한 누이나 형, 사촌, 삼촌과 숙모를 가장 먼저 맞겠다고 눈 오는 밖으로 앞 다투어 달려 나왔다. 어떤 집에서는 가리개로 가린 창문가에 도란도란 모여 앉은 손님들의 그림자가 어른거렸고 저쪽 집에선 하나같이 모자를 쓰고 털장화를 신은 예쁘장한 아가씨들이 모여서 재잘대다가 이웃집으로 우르르 몰려갔다. 그 집 총각은 얼굴이 발갛게 달아오른 아가씨들이 몰려오는 모습을 보고——엉큼한 아가씨들, 총각이 어떻게 나올지 뻔히 알고 있었다.——어쩔 줄 몰라 했다.

정겨운 모임에 참석하기 위해 바쁘게 걸음을 재촉하는 사람들의 숫자만 보면, 사람들이 집에 도착해도 그들을 맞아줄 사람은 하나도 없을 것처럼 보였다. 하지만 집집마다 난롯가에 장작을 굴뚝 절반 높이까지 쌓아놓고 친구를 기다리고 있었다. 유령이 그런 집에 축복을 내려주면서 얼마나 기뻐했는지! 가슴을 한껏 드러낸 유령은 넓적한 손바닥을 쫙 편 채 손이 닿는 것마다 빛나고 선한 축복을 아낌없이 내려주며 둥둥 떠다녔다. 그날 저녁 어디에선가 멋진 시간을 보내려는지 한껏 차려입은 점등원은 어두운 거리 가로등에 불을 밝히며 달려가다 유령 옆을 지나며 큰 소리로 웃었다. 그 점등원은 그날이 크리스마스란 사실만 알 뿐 자기 옆에 동행인이 있다는 것은 상상도 못 했으리라!

유령은 말도 없이 스크루지를 어디론가 데려갔고, 둘은 이제 황량하고 인적 드문 황야에 서 있었다. 그곳에 널린 투박한 바위 덩어리들은 마치 거인의 무덤 같았고, 물은 고랑을 따라 어디든 가고 싶은 대로 흐르고,──얼음에 갇히지 않았으면 그렇게 했을 것이다.──이끼와 가시금작화, 제멋대로 자라는 무성한 잡초 말고는 아무것도 없었다. 불타는 듯 붉은 기운을 발산하며 서쪽으로 기울어지던 해는 잠깐 성난 눈으로 황야를 노려보다 눈살을 찌푸리며 아래, 더 아래, 더 아래를 바라보며 컴컴한 밤의 짙은 어둠 속으로 사라져버렸다.

"여기가 어딘가요?"

스크루지가 물었다.

"대지의 창자에서 일하는 광부들이 사는 곳이다. 하지만 그들은 나를 알고 있다. 보아라."

유령이 말했다.

어느 오두막 창문에서 빛이 새어 나왔다. 유령과 스크루지는 순식간에 그리로 갔다. 진흙과 돌을 이겨 만든 벽을 통과하자 불길이 활활 타오르는 난롯가에 둘러앉아 유쾌하게 웃고 떠드는 사람들이 보였다. 호호백발인 늙은 부부와 자녀, 그 자녀의 자녀들, 그리고 한 세대 아래 자손들까지 모두가 크리스마스에 어울리는 화려한 옷차림이었다. 노인은 불모지에 부는 매서운 바람 소리보다 결코 높지 않은 음성으로 자손들에게 크리스마스 노래를 불러주었고──그가 어렸을 때 부르던 아주 오래된 노래였다.──이따금 가족 모두가 합창했다. 아이들의 목청이 높아지면 노인도 큰 소리로 힘차게 불렀고, 아이들이 노래를 멈추면 노인의 목소리도 잦아들었다.

유령은 여기에 오래 머물지 않고, 스크루지에게 자신의 옷을 꼭 붙잡으라고 하고는 황무지 위를 날아갔다. 어디로 가는 걸까? 설마 바다로 가는 건 아니겠지? 아니, 바다로 날아갔다. 스크루지가 놀라서 뒤를 돌아다보니 육지 끝에 흉측한 바위 절벽이 보였다. 파도가 천둥처럼 으르렁거리며 포효하거나 자신이 파놓은 무시무시한 동굴 속에서 울부짖으며 맹렬한 기세로 육지를 집어삼키려고 할 때마다 스크루지는 귀가 먹먹해졌다.

해안에서 5킬로 정도 떨어진, 일 년 내내 거친 파도에 부딪히고 쓸리는 푹 꺼진 음침한 암초 위에는 등대 하나가 외롭게 서 있었다. 등대 아래쪽에는 엄청난 양의 해초가 들러붙어 있고 갈매기들은 ── 해초가 파도에 밀려오듯 갈매기는 바람에 실려 왔다. ── 자기들이 스치듯 날아다니는 파도만큼이나 등대를 자주 오르내렸다.

여기에서도 등대를 지키는 두 사내는 불을 피웠고, 그 불빛 한 줄기가 두꺼운 돌벽에 뚫린 작은 창문을 지나 사나운 바다 위로 흘러나왔다. 두 사내는 자신들이 앉아 있는 거친 탁자 위로 굳은살 박인 손을 서로 맞잡은 채 럼주를 담은 양철 컵을 옆에 두고 서로 성탄을 축하했다. 그 옆에선 낡은 뱃머리 장식물처럼 온갖 풍상을 겪어 흉디두성이 얼굴을 한 노인이 강풍과도 같은 힘찬 뱃노래를 부르고 있었다.

유령은 다시 요동치는 검푸른 바다 위를 빠르게 날아 ── 유령은 날고 날았다. ── 스크루지에게 말했던 대로 해안에서 멀리 떨어진 어떤 배 위로 내려갔다. 그들은 타륜을 잡은 키잡이와 뱃머리에서 망을 보는 보초, 경계를 선 선원 옆으로 다가갔다. 뱃사람들은 각자의 위치에서 시커먼 유령처럼 서 있었지만 저마다 캐럴을 흥얼거리거나 크리스마스에 대해 생각하거나 집으로 돌아가고픈 향수를 실어 옆에 있는 동료에게 크리스마스에 대한 추억을 나지막이 들려주었다. 깨어 있건 잠을 자건, 착하건 고약하건 갑판 위 사람들은 하나같이 여느 날보다도 더욱 다정한 말을 주고받으며 축제 분위기를 즐겼다. 그들은 멀리 떨어져 있는 가족의 안부를 궁금해했으며 가족들도 자신을 떠올리며 기뻐하리라는 것을 알았다.

스크루지는 바람의 울음을 들으며, 죽음만큼 심오한 비밀을 간직한 미지의 심연 위 적막한 어둠을 뚫고 날아가는 광경이 얼마나 장엄한가를 생각하는 것만으로도 놀라움을 금치 못했다. 뿐만 아니라 그러는 사이 호탕한 웃음소리가 들려온 것도 대단히 놀라운 일이었다. 하지만 더욱 놀라운 점은 그 목소리의 주인공이 자기 조카이며, 스크루지 자신이 밝고 아늑하며 눈부시게 빛나는 방 안에서 유령과 나란히 서서 조카를 바라보며 흡족하고 따뜻한 미소를 짓고 있다는 사실이었다.

"하, 하! 하, 하, 하!"

스크루지의 조카가 웃었다.

그럴 가능성은 거의 없겠지만 여러분이 스크루지의 조카보다 더 유쾌하게 웃는 사람을 알고 있다면 나도 그 사람이 누구인지 알고 싶다. 부디 나에게 소개해 달라. 나도 그 사람과 잘 알고 지내고 싶으니.

질병과 슬픔도 그렇지만 세상에 웃음과 즐거운 기분만큼 전염이 잘되는 것도 없으리라. 이 얼마나 공정하고 공평하며 숭고한 만물의 섭리인가! 스크루지의 조카가 옆구리를 움켜쥐고 머리를 흔들며 얼굴까지 요상하게 일그러뜨리며 웃자, 스크루지의 조카며느리도 남편만큼이나 배꼽이 빠지게 웃었다. 그뿐 아니라 그 자리에 모인 친구들도 뒤질세라 큰 소리로 요란하게 웃어댔다.

"하하하하하하!"

"글쎄, 크리스마스가 쓸데없는 거라고 말씀하시는 거야. 그렇게 믿고 계시더라고!"

스크루지의 조카가 말했다.

"정말 부끄러운 일이에요, 프레드."

스크루지의 조카며느리가 분개하는 투로 말했다. 저런 여자들에게 축복이 있길! 무엇이든 대충 넘어가는 법이 없는 여자들이다. 무엇에든 최선을 다하지.

조카며느리는 예뻤다. 특출한 미모였다. 옴폭 팬 보조개에 깜짝 놀란 토끼 같은 표정을 한 뛰어난 미인이었다. 입 맞추고 싶도록——웃는 순간 턱 주위의 작은 점들이 모여 또 다른 점처럼 보일 때면 정말 그랬다.——도톰하고 작은 입술, 어떤 이의 얼굴에서도 찾아보기 힘들 정도로 눈부시게 빛나는 눈동자. 한마디로 도발적인 매력이 넘치면서 더 바랄 게 없는 미인이었다. 정말로 완벽한!

"정말 재밌는 양반이야. 사실 그래. 그다지 상냥한 분은 아니지. 하지만 당신의 괴팍한 성격 때문에 스스로 벌을 받고 계시니 내가 굳이 나쁘게 얘기할 건 없지."

스크루지의 조카가 말했다.

"그분은 아주 부자죠. 프레드, 적어도 당신이 나한테 늘 한 얘기로는 말이에요."

조카며느리가 넌지시 말했다

"그러면 뭐 하겠어? 삼촌의 돈은 삼촌 자신에게 아무 쓸모도 없는걸. 돈을 가지고 좋은 일을 하는 것도 아니고 그 돈으로 편안하게 즐길 줄도 모르니. 꿈에서라도 돈을 가지고 우릴 도와주는 생각은 안 하셨을걸, 하하!"

스크루지의 조카가 말했다.

"난 그런 분이라면 참을 수 없어요."

조카며느리가 말했다. 그녀의 여동생들과 다른 여자들도 같은 생각이라며 거들었다.

"난 참을 수 있어! 난 삼촌이 안됐어. 아무리 미워하려고 해도 화가 안 나. 그분의 고약한 성미 때문에 고통받는 사람이 누구겠어? 언제나 당신 자신이지. 우리를 미워해야 한다는 생각을 머릿속에 단단히 집어넣으시곤 오늘 저녁 식사 때도 안 오겠다고 하시더군. 그래서 결과가 어떻게 됐지? 그렇다고 뭐 대단한 저녁 식사를 놓치신 건 아니지만."

스크루지의 조카가 말했다.

"아니, 난 그분이 아주 훌륭한 식사를 놓친 거라고 생각해요."

조카며느리가 남편의 말에 끼어들었다. 다른 사람들도 맞장구를 쳤다. 그들은 충분히 그 말의 옳고 그름을 판단할 수 있었다. 방금 저녁 식사를 마치고 모두 난롯가에 둘러앉아 등불을 밝히고 한가로이 탁자에 놓인 후식을 먹고 있던 터였기 때문이다.

"그렇게 말해 주니 다행이군. 사실 난 우리 젊은 주부들의 솜씨를 그다지 믿을 수가 없었거든. 토퍼, 자네는 어떻게 생각해?"

토퍼는 조카며느리의 여동생 한 명에게 눈독을 들이는 게 분명했다. 토퍼는, 총각이란 그런 문제를 두고 왈가왈부할 권리가 없는 딱한 사람이라고 대답했다. 그러자 장미꽃을 단 처제 말고 레이스 터커*를 가슴에 단 통통한 처제가 얼굴을 붉혔다.

"프레드, 하던 얘기나 계속해 봐요. 이이는 이야기를 제대로

---

* 가슴 위에 떼었다 붙였다 할 수 있는 레이스나 리넨 따위로 만든 장식.

끝내는 법이 없다니까요. 정말 엉뚱한 데가 있는 사람이에요."

조카며느리가 손뼉을 치며 말했다.

스크루지의 조카가 한바탕 웃음을 터뜨렸고 이어서 다른 사람들도 옳은 듯 따라 웃었다. 통통한 처제는 웃지 않으려고 향초*까지 써봤지만 결국 한 사람도 빠짐없이 배꼽을 잡고 웃었다.

"내 말은 단지 이거야. 삼촌이 우리를 미워하고 우리와 즐겁게 보내지 않으면 즐거운 순간을 놓치게 된다는 것이지. 물론 그런다고 삼촌이 손해를 보는 것은 아니지만 말이야. 어쨌든 곰팡내 나는 낡은 사무실이나 먼지투성이 집에서 자신만의 생각에 빠져 있는 것보다는 훨씬 즐겁게 보낼 수 있는 시간을 놓치고 있는 건 분명해. 나는 매년 삼촌이 좋아하든 좋아하지 않든 기회를 드렸어. 그런 삼촌이 가엾기 때문이지. 아마 돌아가실 때까지 크리스마스를 싫어하시겠지만, 내가 매년 찾아가서 공손하게 안부 인사를 하면——무턱대고 해보는 거지.——나중에는 당신도 모르게 크리스마스를 좋게 생각하시게 될 거야. 이렇게 해서 나중에 삼촌 사무실에서 일하는 가난한 서기에게 유산으로 50파운드쯤이라도 남겨 주게 된다면 그것으로 대단히 의미 있는 일이 아니겠어. 사실 어제만 해도 내가 삼촌의 마음을 조금 움직였던 것 같아."

이번에는 그가 스크루지를 흔들어놓았다는 말에 사람들이 웃었다. 하지만 너그러운 성격의 조카는 사람들이 왜 웃는지 별로 신경을 쓰지 않았고, 어쨌든 웃었다는 사실에 고무되어 더욱 즐거운 분위기를 만들기 위해 열심히 술병을 돌렸다.

---

* 장뇌 따위를 섞은 초로, 냄새를 맡으면 정신을 환기하는 효과를 얻을 수 있다.

차를 마시고 나서 사람들은 노래를 불렀다. 워낙 노래 부르기를 좋아하는 가족이라 무슨 노래를 불러야 하는지, 언제 무반주 합창곡이나 돌림노래를 불러야 하는지 잘 알았다. 특히 토퍼는 가수처럼 저음을 멋지게 소화하면서도 이마에 핏줄이 서거나 얼굴이 빨개지지도 않았다. 스크루지의 조카며느리는 하프를 훌륭하게 연주했다. 연주곡 중에는 아주 간단한 소품(이 분만 연습하면 휘파람으로 흥얼거릴 수 있을 정도로 별것 아닌 곡이었다.)도 섞여 있었는데, 과거의 크리스마스 유령이 보여 준 그 기숙학교로 오빠인 스크루지를 데리러 왔던 어린 여동생이 자주 부르던 노래였다. 그 선율이 흘러나오자 스크루지는 유령이 보여 주었던 장면들이 한꺼번에 떠오르면서 자꾸만 마음이 흔들렸다. 문득 몇 년 전부터라도 이 곡을 종종 들었더라면 제이컵 말리를 매장한 교회지기의 삽에 의지하지 않고도 자신의 힘으로 행복한 삶을 가꿀 수 있었을 텐데 하는 생각이 들었다.

사람들이 저녁 내내 노래만 부른 것은 아니었다. 잠시 후 그들은 나이를 잊고 놀이에 빠져 들었다. 이따금 동심의 세계로 돌아가는 것은 좋은 일이며, 그러기에 크리스마스보다 더 좋은 때는 없다. 어차피 크리스마스가 생기게 된 것도 아기 덕분이 아니던가. 잠깐! 동심으로 돌아가게 하는 그런 놀이 중에 첫손을 꼽으라면 장님 놀이라 할 수 있다. 암, 그렇고말고. 나는 토퍼가 정말로 눈을 가렸다고 믿지 않는다. 차라리 그의 부츠에 눈이 달렸다고 믿겠다. 그러니까 내 말은 그와 스크루지의 조카 사이에 뭔가 모의가 있었으며, 현재의 크리스마스 유령도 그 사실을 알고 있다는 뜻이다. 토퍼가 레이스 터커를 단 통통한 처제를 뒤쫓는 모습을 보면 인간의 본성이란 전혀 믿을 게 못 된다는 생각이 들었다. 토퍼는 난로 부지깽이를 넘어뜨리고 의자에 걸려 넘어지고 피아노에 부딪히고 커튼에 감기면서도 그녀가 가는 곳은 어디든 따라갔다. 토퍼는 통통한 처제가 있는 곳은 기가 막히게 잘 알았다. 다른 사람은 잡지 않았다. 만일 여러분이 일부러 그에게 다가가 몸을 부딪혀도 그는 여러분을 잡으려고 애쓰는 척하면서, 그 속을 뻔히 들여다보고 있는 여러분을 모욕하고는 즉시 몸을 돌려 통통한 처제가 있는 쪽으로 슬금슬금 다가갈 것이다. 그녀는 종종 공평하지 않다고 항의했지만 아닌 게 아니라 정말로 공평하지 않았다. 하지만 마침내 토퍼가 그 아가씨를 잡았을 때, 비단 옷자락을 사각거리며 재빨리 그의 옆을 피해 간 그녀를 빠져나갈 수 없는 구석으로 몰아넣고 나서 한 행동이란 밉살맞기 짝이 없었다. 그는 상대방이 누구인지 모르는 척 머리 장식을 더듬어보고, 그것도 모자라 더 확실히 알아낸다며 손가락에 낀 반지를 만지작거리고 목에 건 목걸이를 더듬었다. 엉큼한 짐승 같으니! 다른 사람이 술래가 되고 두 사람이 우연히 키튼 뒤에 함께 숨었을 때 그녀가 토퍼의 행동을 두고 한마디 했으리라는 것은 의심할 여지가 없었다.

스크루지의 조카며느리는 장님 놀이에 끼지 않고 아늑한 구석에 놓인 커다란 의자에 앉아 발판에 다리를 올려놓은 채 편히 쉬고 있었다. 유령과 스크루지는 그녀의 등 뒤에 바짝 다가서 있었다. 하지만 그녀 역시 이내 나이를 잊고 온갖 알파벳 글자에 열광하며 놀이에 빠져 들었다. 뿐만 아니라 '어떻게, 언제, 어디에서' 놀이에서도 단연 두각을 나타내어 남편이 내심 흐뭇해할 정도로 여동생들의 코를 납작하게 해주었다. 토퍼의 말대로라면 그 아가씨들 역시 머리라면 남에게 뒤지지 않았는데도 말이다. 그 자리에는 사람들이 남녀노소 할 것 없이 스무 명 남짓 모여 있었는데 한 사람도 빠짐없이 놀이에 참가했고 나중에는 스크루지까지 끼어들었다. 스크루지는 원래 관심 갖고 있던 일은 어떻게 돌아가는지 까맣게 잊고 자기 목소리가 사람들 귀에 들리지 않는데도, 이따금 큰 소리로 짐작한 답을 말하기도 하고 종종 맞히기도 했다. 바늘귀가 부러지지 않기로 유명한 저 화이트채플*의 바늘 중에서 가장 날카로운 바늘도 스크루지보다 더 날카롭지 못했고 그가 한 추측보다 더 예리하지 못했다.

유령은 놀이에 열심인 스크루지를 보는 게 여간 흐뭇하지 않았다. 그래서 어린아이처럼 손님들이 다 떠날 때까지 있게 해 달라고 조르는 스크루지를 인자하게 내려다보았다. 하지만 유령은 더 이상 그럴 수 없다고 말했다.

"새로운 놀이예요. 삼십 분이면 돼요, 유령 님. 이번 한 번만요."

스크루지가 애원했다.

그것은 '네, 아니요'라고 부르는 놀이였는데, 스크루지의 조카가 무언가를 머릿속에 떠올리면 나머지 사람들이 그게 무엇인지 알아맞히는 놀이였다. 사람들이 질문을 하면 그는 '네' 혹은 '아니요'라고만 대답할 수 있었다. 속사포처럼 질문이 쏟아졌다. 그가 생각하고 있는 것은 동물, 그중에서도 살아 있는 동물이되, 혐오스럽고 야만스러우며, 으르렁거리고 꿀꿀대며 이따금 말도 하며, 런던에 살고, 거리를 걸어 다니지만 구경거리는 아니며, 누군가에게 끌려 다니지 않고 동물원에 살지도

---

*런던 교외의 도시로 중세 시대 세공업의 중심지. 바늘 제작으로 유명해짐.

않으며, 장터에서 도살돼 팔리는 일은 없으며, 말도 아니고 나귀도, 암소도, 황소도, 호랑이, 개, 돼지도 아니고 고양이나 곰도 아니라는 사실이 밝혀졌다. 새로운 질문을 받을 때마다 조카는 번번이 웃음보를 터뜨렸다. 뭐가 그리 재밌는지 소파에서 일어나서 발을 동동 구르기도 했다. 나중에는 통통한 처제도 비슷한 지경이 되어 웃으며 소리쳤다.

"알았어요! 뭔지 알았어요, 형부! 그게 뭔지 알아요."

"뭔데?"

프레드가 물었다.

"형부의 삼촌, 스크루우우지 영감님!"

정답이었다. 사람들이 일반적으로 보여 준 공통된 반응은 감탄 그 자체였다. 비록 몇 명은 진작 "곰*인가요?"라고 물었을 때 프레드가 "네."라고 대답해야 했다고 항의했지만 말이다. 그들은 벌써부터 스크루지를 정답으로 염두에 두고 있었는데 프레드가 아니라고 대답하는 바람에 다른 쪽으로 생각했다는 것이다.

"정말이지 삼촌 덕분에 즐거운 시간을 보낸 것 같아. 그러니 그분의 건강을 위해 건배를 하지 않는 건 안 될 말이지. 마침 우리 손에 데운 포도주 잔도 쥐어져 있고. 내가 할게요. 스크루지 삼촌을 위해 건배!"

프레드가 말했다.

"그래요! 스크루지 영감님을 위해!"

모두 외쳤다.

"스크루지 영감님이 어떤 분이시든, 즐거운 크리스마스와

---

* 곰을 뜻하는 'bear'에는 '우락부락한 사람', '난폭한 사람' 이라는 뜻도 있다.

복된 새해를 맞으시길. 삼촌은 나한테서 이런 인사는 받지 않으려 하시겠지만, 그래도 스크루지 삼촌에게 축복이 가득하길!"

프레드가 외쳤다.

스크루지는 겉으로 드러내지는 않았지만 기분이 날아갈 듯 기뻤다. 유령이 시간을 준다면 자신을 알아보지 못하는 사람들에게 보답하기 위해 축배는 들지 못하더라도 감사의 말 한마디쯤 하고 싶었다. 하지만 조카의 입에서 마지막 말이 끝나기 무섭게 이 장면은 사라지고 그와 유령은 다시 여행길에 올랐다.

그들은 많은 것을 보고 멀리 여행했으며 수많은 집들을 방문했지만 언제나 결말은 행복했다. 유령이 곁에 서 있으면 병상에 누운 환자는 명랑한 기분을 되찾았고, 타향에서 지내는 사람들은 고향에 와 있는 듯 포근함을 느꼈고, 고난을 겪는 사람은 더욱 큰 희망을 품고 고통을 이겨냈으며, 가난한 사람들은 마음이 부자가 되었다. 구빈원과 병원, 감옥과 같은 고통의 피난처에서는 부질없고 하찮은 권위를 과시하는 인간들이 문을 꽁꽁 닫아걸지 않았고, 유령을 내쫓지도 않았다. 유령은 그곳을 떠나면서 축복을 내려주었고 스크루지에게는 교훈을 주었다.

이 모든 게 하룻밤 사이에 일어난 일이라면 참으로 긴 밤이라고 하지 않을 수 없었다. 스크루지는 하룻밤이라는 게 의심스러웠다. 크리스마스 명절 내내 일어난 일들이 유령과 함께 보낸 한정된 시간 안에 전부 응축되어 있었기 때문이다. 또 이상하게도 스크루지는 그대로인데 유령은 눈에 띄게 늙어가고 있었다. 스크루지는 이런 변화를 눈치 채고 있었지만 가만히 있다가 아이들의 주현절 파티장을 떠나 공터에 서 있을 때 유령의 머리가 반백이 다 된 것을 보고 물었다.

"유령 님의 수명은 그렇게 짧나요?"

스크루지가 물었다.

"이승에서의 내 수명은 아주 짧지. 오늘 밤에 끝나니까."

유령이 말했다.

"오늘 밤에요!"

"그렇다, 오늘 밤 자정이다. 들어라! 시간이 시시각각 다가오고 있다."

그때 11시 45분을 지나는 종소리가 울렸다.

"유령 님, 제가 물어봐선 안 되는 것을 물어보는 거라면 용서하십시오. 제 눈엔 이상해 보입니다. 유령 님의 옷자락 밖으로 보이는 게 유령 님의 발이 아닌 것 같습니다. 그게 발인가요, 아니면 발톱인가요?"

스크루지는 유령의 옷자락을 뚫어지게 바라보며 말했다.

"발톱이겠지. 살이 안 붙어 있는 것으로 봐선. 이걸 보아라."

유령이 슬픈 음성으로 대답했다.

유령은 옷자락 아래에서 아이 둘을 끄집어냈다. 비참하고 남루하고 놀랍고 소름 끼칠 정도로 처참한 몰골이었다. 아이들은 유령의 발치에서 무릎을 꿇고 옷자락에 매달렸다.

"여기를 보아라! 여기, 이 아래를 보라고!"

유령이 소리쳤다.

사내아이 하나와 여자 아이 하나였다. 얼굴은 누렇게 뜨고 비쩍 마른 데다 누더기를 걸치고 노려보는 눈길이 늑대처럼 섬뜩했다. 하지만 적개심 속에는 비굴함도 엿보였다. 저 아이들의 얼굴에 흘러넘쳐야 할 어린아이다운 순진함과 생기는 어디로 갔을까? 싱싱한 기운이 어루만져야 할 그곳을 세월의 풍상을 겪은 더럽고 쭈글쭈글한 손이 꼬집고 비틀고 갈기갈기 찢어 놓은 것만 같았다. 천사들이 차지해야 할 그곳을 악마들이 숨어들어서 으름장을 놓으며 노려보고 있었다. 신비하고 위대한 창조의 과정 중에 아무리 인간성을 변화시키고 타락시키고 왜곡하는 일이 있다 해도 이토록 끔찍하고 흉악하며 괴물이나 다름없는 인간을 만들어낼 수는 없으리라.

스크루지는 섬뜩해서 뒷걸음쳤다. 유령이 이렇게 자신에게 아이들을 보여 줬으니 어떻게든 귀여운 아이들이라고 칭찬하려 했지만 그런 엄청난 거짓말을 하느니 차라리 말들이 목에 걸려 나오지 못하는 편이 나을 것 같았다.

"유령 님의 아이들인가요?"

스크루지가 더 이상 말을 잇지 못했다.

"인간의 아이들이지. 나에게 매달려 제 아버지로부터 구해 달라고 하고 애원하고 있다. 사내아이의 이름은 '무지'이고 여자 아이의 이름은 '궁핍'이다. 이 두 아이를 경계하라. 그리고 이 두 아이와 비슷한 것들을 경계해라. 그러나 무엇보다 이 사내아이를 경계해야 한다. 내 눈에는 이 아이의 이마에 적힌 '파멸'이란 글자가 보인다. 그 글자가 지워지지 않는 한 이 아이를 경계해야 한다. 물리쳐야 한다!"

유령이 아이들을 내려다보며 말했다. 이윽고 유령은 도시를 향해 손을 뻗으며 외쳤다.

"인간들아, 너희에게 무지를 물리치라고 말해 주는 사람을 비난할 테면 비난해라. 너희들의 당파적인 목적*을 위해 무지를 용인한다면 무지는 더욱 심해질 뿐! 그리하여 종말의 날이

---

* 디킨스는 종교 교리를 둘러싼 당파적인 논쟁 때문에 공교육 개혁이 지연되는 것을 비판했다.

크리스마스 캐럴 159

찾아올 것이다!"

"아이들을 맡기거나 돌봐 줄 만한 곳이 없나요?"

스크루지가 물었다.

"감옥이 없느냐고? 아니면 구빈원이 없느냐고?"

유령은 스크루지가 지난번에 했던 말을 그에게 고스란히 되돌려 주었다.

그때 종소리가 12시를 알렸다.

스크루지가 두리번거리며 유령을 찾았지만 유령은 보이지 않았다. 마지막 종소리의 떨림이 멎는 순간 스크루지는 말리의 유령이 말했던 예언을 떠올렸다. 고개를 들자 흘러내리는 긴 옷에 두건을 쓰고 땅에 스멀스멀 퍼지는 안개처럼 자신을 향해 다가오는 엄숙한 유령이 보였다.

4절
마지막 유령

　유령은 천천히 장엄하게 소리 없이 다가왔다. 유령이 오자 스크루지는 무릎을 꿇었다. 이번 유령은 대기를 뚫고 올 때 음산함과 신비함을 내뿜는 것 같았다.
　유령은 머리며 얼굴, 몸뚱이 할 것 없이 시커먼 옷으로 감싸고 있어서 밖으로 뻗은 손 하나 말고는 아무것도 보이지 않았다. 만일 손마저 보이지 않는다면 어두운 밤과 유령의 모습을, 유령과 유령을 둘러싼 어둠을 분간해 내기란 여간 어렵지 않았을 것이다.
　스크루지는 유령이 가까이 다가왔을 때 그의 큰 키와 당당한 체격을 짐작할 수 있었고 그 신비한 존재에서 엄숙한 두려움마저 느꼈다. 하지만 유령이 말하지도 움직이지도 않았기 때문에 그 이상은 알 수가 없었다.
　"저는 지금 여태 오지 않으셨던 미래의 크리스마스 유령 앞에 서 있는 거군요."
　스크루지가 말했다. 유령은 아무 대꾸 없이 손으로 앞을 가리켰다. 스크루지가 말을 이었다.

"유령 님은 제게 아직 일어나지 않았지만 앞으로 일어날 일을 보여 주시려는 겁니다. 그렇죠, 유령 님?"

그 순간 유령이 고개를 끄덕이는 듯 옷 윗부분에 주름이 살짝 잡혔다. 그것이 스크루지가 얻어낸 유일한 대답이었다.

스크루지는 유령과 동행하는 일에 익숙해 있었지만, 유령이 침묵하는 모습은 두려웠고 다리까지 후들거려서 그를 따라 나설 채비를 하는 데 제대로 서 있기도 힘들었다. 그 모습을 본 유령은 걸음을 멈추고 그가 몸을 추스르도록 기다려주었다.

하지만 스크루지는 그런 유령이 점점 더 무서워졌다. 시커먼 장막 뒤에 유령의 눈이 자신을 노려보고 있을 거라고 생각하니 괜히 두렵고 소름이 끼쳤다. 그래서 최대한 고개를 빼고 살펴보았지만 유령의 손과 거대하고 시커먼 형체 외에는 아무것도 보이지 않았다.

스크루지가 소리쳤다.

"미래의 유령 님! 유령 님은 지금까지 본 어떤 유령보다도 두렵습니다요. 하지만 저를 이롭게 하기 위해 오셨다는 것을 알고 있고, 저 역시 과거의 제가 아닌 다른 사람으로 살고 싶기 때문에 기꺼이 유령 님과 동행할 준비가 되어 있습니다. 진심으로요. 그러니 저에게 아무 말이나 한마디라도 해주십시오."

유령은 아무 대꾸도 하지 않았다. 그저 손만 곧장 앞을 가리킬 뿐이었다.

"그럼 저를 인도해 주십시오. 어서 인도해 주십시오. 밤은 금방 흘러갑니다. 제게는 귀한 시간입니다. 저를 인도해 주십시오, 유령 님!"

유령은 스크루지에게 왔을 때처럼 말없이 움직였다. 유령의 옷이 드리운 그림자 속으로 들어가자, 그림자가 스크루지를 번쩍 들어 올려 어디론가 데려가는 것이 느껴졌다.
 도시 안으로 들어갔다기보다는 도시가 스크루지와 유령 주변에서 솟아올라 일거에 그 둘을 팔로 감싼 듯했다. 하지만 그들은 엄연히 도시 한복판의 상인들로 북적거리는 왕립거래소에 있었다. 상인들은 분주히 오르내리기도 하고 삼삼오오 짝을 지어 주머니의 돈을 짤랑거리며 이야기를 나누거나 손목시계를 들여다보며 진지한 표정으로 금색 인장을 만지작거렸다. 지금까지는 스크루지가 늘 봐왔던 모습이었다.
 유령은 몇 명밖에 모여 있지 않은 상인들 곁에서 걸음을 멈췄다. 스크루지는 유령의 손이 가리키는 곳으로 가서 상인들의 이야기에 귀를 기울였다.
 "아니, 나도 거기에 대해선 잘 모르네. 그가 죽었다는 얘기만 알고 있어."
 턱살이 출렁거리는 엄청나게 뚱뚱한 사내가 말했다.
 "아니, 언제 죽었다고 하던가?"
 다른 상인이 물었다.
 "어젯밤에 죽었다더군."
 "무슨 일로 죽었다던가? 평생 죽지 않을 줄 알았는데."
 또 다른 남자가 커다란 코담뱃갑에서 담배를 한 주먹 꺼내며 물었다.
 "사람 일은 신만이 알지."
 뚱뚱한 사내가 하품을 하며 말했다.
 "그 많은 돈은 어떻게 했답디까?"
 코끝에 달린 혹이 칠면조 수컷의 턱살처럼 늘어져 흔들리는 혈색 좋은 신사가 물었다.
 "그 얘긴 못 들었소만. 아마, 자기가 소속된 조합에 남겼겠죠. 아무튼 나한텐 한 푼도 안 남겼습디다. 그게 내가 아는 전부요."

턱살이 늘어진 뚱뚱한 남자가 다시 하품을 하며 말했다.

이런 농담에 모두들 한바탕 웃었다.

"장례식은 아주 저렴하게 치르겠구먼. 내가 아는 사람들 중에 가겠다는 사람은 하나도 없으니 말이야. 우리라도 자발적으로 조문단을 꾸려서 가야 하는 건 아냐?"

조금 전의 뚱뚱한 사내가 말했다.

"점심이 제공된다면야 못 갈 것도 없지요. 내가 조문단에 끼게 된다면 난 반드시 얻어먹을 겁니다."

콧부리에 혹이 난 신사가 말했다.

또 한바탕 웃음이 터져 나왔다.

"그러고 보니 내가 장례식에 가장 사심이 없는 사람 같군. 난 검은 장갑도 절대 얻어 끼지 않고* 점심도 얻어먹지 않을 거야. 하지만 누구 다른 사람이 가겠다고 하면 기꺼이 함께 가주지. 여태 생각해 봤는데 그래도 내가 가장 가깝게 지낸 사람이 아닌가 싶네. 우리는 길을 가다 만나면 걸음을 멈추고 안부라도 물었으니까. 자 그럼, 잘 가게."

뚱뚱한 사내가 말했다.

말하던 사람이나 듣던 사람들이 뿔뿔이 흩어져 다른 무리 속에 섞였다. 스크루지는 그들과 알고 지내는 사이인 터라 어찌 된 영문인지 알고 싶어 유령을 쳐다보았다.

유령이 스르르 거리를 미끄러져 갔다. 이윽고 어느 두 사람이 만나고 있는 장면을 손가락으로 가리켰다. 스크루지는 여기

---

* 중산층의 장례식에서는 문상객에게 검은 장갑을 제공하는 관습이 있었다.

크리스마스캐럴

에서 설명을 들을 수 있을까 싶어 다시 귀를 기울였다.

이 사람들도 스크루지가 아주 잘 아는 사람들이었다. 매우 부유하고 영향력도 막강한 사업가들이었다. 스크루지는 그들한테서 좋은 평판을 받는 것을 중요하게 여겼다. 물론 사업적인 측면에서, 어디까지나 사업적인 측면에서였다.

"잘 지내셨습니까?"

한 사람이 물었다.

"네, 사장님께서도 잘 지내시지요?"

다른 사람이 대답했다.

"간밤에 스크래치* 영감이 운명했다는군요."

"저도 들었습니다. 날씨가 꽤나 춥죠?"

"크리스마스에 제격인 날씨죠. 스케이트를 안 타시나 보군요, 그렇죠?"

"네, 안 탑니다. 전 다른 볼일이 있어서 그만 실례해야겠군요. 그럼, 안녕히 가시죠!"

다른 말은 없었다. 그들만의 만남이고 그들만의 대화이고 그들만의 작별이었다.

처음에 스크루지는 유령이 사소해 보이는 대화를 중요하게 여기는 것을 보고 내심 놀랐다. 하지만 거기에 숨은 의도가 있을 거라는 확신이 들자 도대체 무엇일지 곰곰이 생각해 보았다. 그 대화가 죽은 옛 동업자 제이컵의 죽음과 관련이 있을 가능성은 적었다. 그 일은 과거의 유령이 말한 것이고, 지금의 유령은 미래의 일을 관여하기 때문이었다. 그렇다고 당장은 자신과 관련된 사람들 중에 대화의 내용에 딱 들어맞는 사람이 떠

---

* 북유럽신화에 나오는 말로 '악마' 라는 뜻.

오르지도 않았다. 다만 그들이 누구 얘기를 하건 스크루지 자신이 개과천선할 수 있도록 교훈을 주려는 게 분명했기에 스크루지는 들은 말 한 마디 한 마디, 본 장면 하나하나를 단단히 기억해 두고, 특히 자신의 환영이 나타나면 잘 관찰해야겠다고 결심했다. 미래에 자신이 하게 될 행동이 지금 미처 알아채지 못하는 단서를 제공해 줄 테고 그러면 이런 수수께끼도 풀리지 않을까 하는 기대 때문이었다.

스크루지는 그 자리에서 자신의 환영을 찾아내려고 두리번거렸지만 평소 자신이 곧잘 서 있었던 구석 자리에는 다른 남자가 있었다. 그뿐만 아니라 시계는 평소 그가 그곳에 들르던 시간을 가리키고 있었지만 현관으로 쏟아져 들어오는 사람들 가운데 자신처럼 생긴 사람은 어디에도 없었다. 그러나 스크루지는 별로 놀라지 않았다. 줄곧 새로운 사람으로 다시 태어나겠다고 맹세해 온 터라, 지금 이 장면에서는 그런 다짐이 실행으로 옮겨진 모습을 보게 되는 게 아닌가 싶었고 또 그러기를 바랐기 때문이다.

스크루지 곁에는 유령이 손을 앞으로 뻗은 채 말없이 어둠 속에 서 있었다. 생각에 잠겨 있다 정신을 차린 스크루지는 손의 방향이 달라진 것을 눈치 채고는 자신이 선 위치에서 보아 유령의 날카로운 눈이 자신을 응시하고 있을 거라고 상상했다. 그러자 온몸이 떨리고 등줄기가 오싹해졌다.

그들은 번잡한 장면을 뒤로하고 시내의 으슥한 곳으로 갔다. 그곳의 위치도 그곳을 둘러싼 악명도 익히 들어 알고 있었지만 한 번도 와본 적은 없는 곳이었다. 길은 좁고 불결했고 상점과 주택은 허름했으며 사람들은 헐벗고 술에 찌들어 있지 않으면 남루하고 흉측한 모습이었다. 샛길과 굴다리는 시궁창이나 다름없었고 거기에서 나오는 더럽고 냄새 나는 하수는 구불구불한 거리로 흘러들었다. 게다가 가는 데마다 범죄와 매춘과 빈곤의 악취가 진동했다. 이 악명 높은 소굴 깊숙한 곳에 가게가 하나 있었는데, 그 가게는 낮은 지붕에 처마를 내어 달개를 달았고 출입구는 야트막하고 툭 튀어나와 있었다. 쇠붙이며 넝마, 빈 병, 뼈다귀, 비곗덩어리 따위를 사고파는 가게였다. 안으로 들어가자 녹슨 열쇠며, 못, 사슬, 경첩, 철판, 저울, 추 따위의 온갖 고철들이 바닥에 산더미처럼 쌓여 있었다. 볼품없는 넝마 더미와 썩은 비곗덩어리, 뼈 무더기 사이로는 별로 캐묻고 싶지 않은 비밀들이 숨어 자라나고 있었다. 낡은 벽돌로 만든 석탄 난로 옆 고물 더미 한가운데에는 일흔쯤 되어 보이는 머리가 희끗희끗한 건달 노인이 앉아 있었다. 그는 차가운 공기가 들어오지 못하도록 곰팡내 나는 잡다한 넝마 조각을 이어 만든 천막 안에 들어앉아 조용히 파이프 담배를 피우고 있었다.

스크루지와 유령이 막 노인에게 다가가려는 순간 묵지한 짐 보따리를 든 여자가 살금살금 가게 안으로 들어섰다. 그런데 여자가 미처 들어오기도 전에 다른 여자가 똑같은 짐을 들고 들어왔고, 그 여자 바로 뒤에 색 바랜 검은 옷을 입은 사내가 뒤따라 들어왔다. 사내는 두 여자를 보고 깜짝 놀랐고, 두 여자 역시 서로를 알아보고는 깜짝 놀라는 눈치였다. 그때 노인이 끼어들어 파이프를 문 채 어리둥절한 표정으로 쳐다보자 세 사람은 한꺼번에 웃음을 터뜨렸다.

"청소부가 일등이에요! 그다음은 세탁부, 장의사는 세 번째고! 조 영감님, 정말 기막힌 우연 아니에요? 이런 꿍꿍이가 없었으면 여기에서 만나지도 못했을 거 아니에요."

가장 먼저 들어온 여자가 소리쳤다.

"여기보다 더 좋은 데도 없거든. 자, 응접실로 들어가자고. 당신은 오래전부터 편하게 드나들던 곳이잖아. 다른 두 사람도 처음 오는 사람들은 아니고. 가게 문을 닫고 올 테니 기다려. 아이고! 왜 이렇게 삐걱대는 거야. 우리 가게에 이놈의 경첩만큼 녹슨 쇠붙이도 없을 거야. 그뿐인가, 내 가게에 있는 오래된 뼈다귀만큼 오래 묵은 뼈다귀도 없을 거야. 하하! 우린 모두 이 직업이 딱 어울려. 짝짜꿍도 잘 맞고. 자, 어서 응접실로 와. 어서 응접실로 오라고."

조 영감이 입에서 파이프를 떼며 말했다.

응접실이란 넝마 천막 뒤에 있는 공간을 뜻했다. 노인은 낡은 양탄자 누르개로 불길을 헤쳐 정리하고, 파이프 끝으로 뿌연 등잔불의 심지를 정리한 뒤(밤이었으므로) 다시 파이프를 입에 물었다.

노인이 이러는 사이에 조금 전에 말한 그 여자는 짐을 바닥에 집어던지고 거만하게 의자에 앉아 무릎 위로 팔짱을 끼고 노골적으로 무시하는 눈으로 다른 둘을 바라보았다.

"그래서 그게 뭐가 어떻다는 거야? 도대체 어떻다는 거지, 딜버 부인? 자기 먹을 건 자기가 챙겨야지. 그 작자도 항상 그랬다고."

여자가 말했다.

"그건 그래, 맞아. 그 영감보다 더 지독한 사람도 없을걸."

세탁부가 말했다.

"그래, 그렇다면 우리 중에 누가 더 똑똑할까? 불안해하면서 그렇게 겁먹은 것처럼 서 있지만 말라고, 이 여편네야. 우리가 지금 서로 약점을 잡으려는 건 아니잖아, 안 그래?"

"아니지, 암, 아니고말고."

딜버 부인과 사내가 동시에 말했다.

"우린 절대 안 그래."

"좋아, 그럼 됐어! 그건 됐고, 솔직히 이따위 물건 몇 개 잃어버렸다고 누가 망하기라도 한대? 죽은 노인네도 그렇게 생각할걸? 안 그래?"

여자가 말했다.

"암, 그렇고말고."

딜버 부인이 웃으며 말했다.

"그 고약한 구두쇠 양반이 죽고 나서도 제 물건이 고스란히 제자리에 있기를 원했다면, 왜 생전에 좀 더 잘하지 그랬어? 그랬다면 죽을 때 누구라도 와서 돌봐 주었지, 그렇게 혼자 죽게 내버려 두지는 않았을 거 아냐."

여자가 말했다.

"지금까지 들어본 말 중에 가장 맞는 말이네. 그 영감은 심판을 받은 거야."

딜버 부인이 말했다.

"난 좀 더 무거운 벌을 받길 바랐지. 아, 그랬어야 했는데. 그랬으면 내가 다른 걸 훔쳤을 테고 그럼 당신들도 다른 걸 골랐을 거 아냐. 조 영감님, 저 짐 꾸러미 좀 끌러봐요. 그리고 얼마나 값이 나가는지 알려 줘요. 속일 생각은 하지 말고. 내 걸 처음으로 해도 겁나지 않고 저 사람들이 봐도 상관없어요. 우리가 여기 오기 전에 어떤 짓을 했는지 서로 다 아는데, 뭘. 죄랄 것도 없지. 자, 어서 보따리를 끌러봐요."

여자가 거들었다.

하지만 여자의 동료들은 친절하게도 그러도록 내버려 두지 않았다. 색 바랜 검은 옷을 입은 사내가 매도 먼저 맞겠다는 듯 전리품을 들이밀었다. 그렇게 비싼 물건들은 아니었다. 도장 한두 개, 필통 하나, 소매 단추 한 쌍, 별로 비싸 보이지 않는 브로치 한 개, 그게 전부였다. 조 영감은 그것들을 따로따로 살펴보고 값을 매긴 다음 자신이 정한 값을 벽에다 분필로 적었고, 더 이상 나올 물건이 없자 그 값을 모두 더했다.

"자, 이건 당신 물건 값이야. 끓는 물에 나를 처박는다 해도 6펜스를 더 줄 수는 없네. 자, 그다음?"

조 영감이 말했다.

다음 차례는 딜버 부인이었다. 침대보와 수건 몇 장, 옷 한 벌, 구식 은제 찻숟가락 두 개, 설탕 집게 한 개, 신발 몇 켤레. 영감은 부인의 물건 값도 마찬가지로 벽에 적었다.

"숙녀 분들에겐 언제나 더 많이 쳐주지. 그게 내 약점이지. 그래서 늘 손해를 본다니까. 이건 당신 물건 값이야. 몇 푼 더 달라고 하거나 의심하면 내가 후하게 쳐준 걸 후회하고 반 크라운을 깎아버릴 테니 그런 줄 알아."

조 영감이 말했다.

"그럼, 이제 내 꾸러미를 끌러보시구려."

여자가 말했다.

조 영감은 꾸러미를 풀기 편하게 무릎을 꿇고 앉았다. 여러 번 꽁꽁 묶은 매듭을 풀자 묵직하고 거무튀튀한 뭉치가 나왔다.

"이게 뭐지? 침대 커튼이잖아?"

조 영감이 물었다.

"맞아요! 침대 커튼!"

여자는 웃으면서 팔짱 낀 몸을 앞으로 숙였다.

"설마 그 영감이 죽어서 누워 있는데 커튼도 모자라 고리까지 몽땅 떼어 왔다고 말하려는 건 아니겠지?"

조 영감이 물었다.

"당연히 그랬죠. 왜요, 그러면 안 돼요?"

여자가 대답했다.

"천성이 부자가 될 팔자야. 틀림없이 그럴 거야."

조 영감이 말했다.

"손만 뻗으면 무엇이든 가질 수 있는데 그따위 영감탱이 때문에 마다할 내가 아니죠, 암요, 조 영감. 담요에 기름 떨어지겠수."

여자가 차갑게 말했다.

"그 영감의 담요인가?"

"그렇지 않으면 누구 거겠수? 아닌 말로 그깟 담요 없다고 그 영감이 춥기나 하겠수?"

"전염병으로 죽은 건 아니어야 할 텐데! 안 그래?"

조 영감이 손길을 멈추고 올려다보며 말했다.

"그런 걱정은 붙들어 매셔요. 원래 그 영감이랑 어울리는 것도 싫어하지만 혹시 그 영감이 그렇게 죽었다면 내가 고작 이따위 것을 가져오려고 그 옆에 얼씬거렸겠수, 하 참! 눈알이 튀어나도록 그 셔츠 좀 잘 살펴봐요. 구멍 하나, 실밥 터진 것 하나 못 찾을 테니. 그 영감이 입었던 옷 중에 가장 좋은 거라우, 아주 비싼 거예요. 설령 내가 가져오지 않았더라도 벌써 없어졌을 거예요."

"없어지다니, 무슨 말이야?"

조 영감이 물었다.

"틀림없이 그 옷을 입고 땅속으로 들어갔을 테니까. 어떤 멍청이가 그 옷을 입혀 놨기에 내가 도로 벗겨 왔죠. 시체 싸는

데 옥양목이면 충분하지, 다른 좋은 게 뭐가 필요하냔 말이우. 죽은 사람에겐 옥양목이 제격이지. 그런다고 해서 죽은 사람이 더 추해 보일 것도 아니고."

여자가 웃으면서 말했다.

스크루지는 이 말을 듣고 소름이 끼쳤다. 노인의 희미한 등잔불에 의지해 자신들의 전리품 앞에 모여 앉아 있는 사람들의 모습을 보며 스크루지는 치미는 증오심과 역겨움을 간신히 눌렀다. 시체를 흥정하는 악마들이라 해도 이보다 더 혐오스럽지는 않으리라.

"호호!"

조 영감이 주머니에서 돈지갑을 꺼내 세 사람에게 줄 돈을 바닥에서 세는 동안 방금 말한 여자가 웃기 시작했다.

"이게 그 영감탱이의 최후군. 생전에 누구 한 명 곁에 오지 못하게 쫓아버리더니 죽어선 우리에게 돈을 벌게 해주네! 호호호!"

"유령 님, 알겠습니다. 알겠어요. 이 불행한 사내가 겪는 일을 제가 겪게 될 거라는 것, 제 인생이 저렇게 될 거라는 말씀이시군요. 자비로우신 하나님, 대체 이게 무슨 일입니까?"

스크루지가 몸을 부들부들 떨며 말했다.

스크루지는 놀라서 뒤로 움찔했다. 장면이 바뀌자 놀라 하마터면 침대에 부딪힐 뻔했던 것이다. 커튼도 없고 이불도 없는 침대에 무언가 놓여 있고 그 위에 달랑 낡은 홑이불 한 장만 덮여 있었다. 그것은 소리는 내지 않았지만 무시무시한 언어로 자신의 실체를 알리고 있었다.

방은 너무 어두웠다. 스크루지는 방이 어떻게 생겼는지 알고 싶은 은밀한 충동에 주위를 힐끗거렸지만 너무 어두워서 정확히 보이지 않았다. 밖에서 들어온 희미한 빛줄기 하나가 곧장 침대로 떨어지고 있었다. 침대 위에는 모든 것을 약탈당하고 빼앗긴 채 지켜주는 이도, 울어주는 이도, 돌봐 주는 이도 하나 없는 남자의 시신이 놓여 있었다.

스크루지는 유령을 힐끗 쳐다보았다. 유령의 손이 꼿꼿하게 머리 쪽을 가리켰다. 홑이불은 아무렇게나 덮여 있어서 스크루지가 손가락으로 까딱해서 살짝 들어 올리기만 해도 얼굴이 드러날 것 같았다. 간단해 보이는 데다 그러고 싶은 마음도 있어서 살짝 들어볼까 했지만 유령을 쫓아낼 힘이 없는 것만큼이나 이불을 당길 힘이 없었다.

아, 차디차고 엄격하고 두려운 죽음이여, 여기에 너의 제단을 차려 네가 수하처럼 부리는 공포로 장식하라. 그러나 사랑과 존경과 숭배를 받던 이의 머리카락 한 올도 너의 무시무시한 의도에 따라 바꾸어선 안 되며, 그의 어떤 모습도 추하게 만들어선 안 된다. 그의 손은 내려놓았을 때 그 무게 때문에 떨어지지 않으며 심장과 맥박은 멈추지 않느니라. 그의 손은 너그럽고 관대하고 진실했으며, 심장은 용감하고 따뜻하고 부드러웠고, 맥박은 인간의 것이었다. 쳐라, 환영이여, 쳐라! 그리하여 그 상처로부터 선행이 샘솟아 세상에 영생의 씨앗을 뿌리게 하라!

아무도 스크루지의 귀에 대고 이런 말을 속삭이진 않았지만 침대를 내려다보는 순간 그런 환청이 들리는 것 같았다. 스크루지는 생각했다. 만일 이 남자가 지금 일어날 수만 있다면 가장 먼저 어떤 생각을 할까? 탐욕을 부리고 야박하게 흥정을 벌이고 근심에 휩싸일까? 아니 이 부유한 남자가 이런 종말을 맞게 된 이유가 바로 그 때문이 아니던가!

시체는 어둡고, 텅 빈 집 안에 누워 있었다. 이런저런 일로 친절하게 대해 주어 고맙다거나 친절한 말 한마디의 기억으로 그를 보내주어야겠다고 말하는 남자나 여자, 어린아이 하나 없었다. 문을 긁어대는 고양이 소리와 난로 바닥에서 찍찍거리는 쥐 소리만 들렸다. 대체 죽음의 방에서 저놈들은 무엇을 원하며, 왜 저렇게 불안하고 초조해할까? 스크루지는 짐작조차 할 수 없었다.

"유령 님! 이곳은 무섭습니다. 여기를 떠나더라도 절대 이 교훈은 잊지 않겠습니다. 제 말을 믿어주시고, 어서 여길 떠나요!"

하지만 시체의 머리를 가리키고 있는 유령의 손가락은 미동도 하지 않았다.

"유령 님의 뜻을 알고 있습니다. 그리고 할 수만 있다면 뜻대로 따르겠습니다. 하지만 유령 님, 제겐 힘이 하나도 없습니다. 힘이 하나도 없어요."

다시 유령이 스크루지를 쳐다보는 듯했다.

"혹시 이 마을에 누구라도 이 남자의 죽음으로 마음이 움직인 사람이 있다면 그 사람을 제게 보여 주십시오, 부탁입니다."

스크루지가 무척이나 고통스럽게 말했다.

유령은 스크루지 앞에서 잠시 검은 옷자락을 날개처럼 펼쳤다 접었다. 그러자 햇살이 비추는 방에 엄마와 아이들의 모습이 나타났다.

여자는 누군가를 걱정하며 애타게 기다리는 듯 방 안을 왔다 갔다 하고 있었다. 조그만 소리에도 깜짝깜짝 놀라며 창밖을 내다보고, 시계를 흘끗거리며 바느질에 몰두하려 해도 손에 잡히지 않고 아이들이 노는 소리도 귀에 거슬리는 듯했다.

마침내 그렇게도 기다렸던 노크 소리가 들렸다. 여자는 곧장 문으로 달려가 남편을 맞았다. 젊었지만 근심에 찌들고 주눅 들어 살아온 탓에 초췌해 보이는 얼굴이었다. 하지만 지금 그 표정에는 놀랄 만한 변화가 일어나 있었다. 몹시 기쁘면서도 한편으로는 부끄러워서 애써 감추려고 하는 그런 표정이었다.

남편은 아내가 차려놓은 난롯가의 저녁 식탁에 가서 앉았다. 아내가 무슨 소식이 없느냐고(오랜 침묵 끝에 어렵게 물었다.) 조심스레 물었을 때 남편은 뭐라고 대답해야 할지 몰라 난처한 기색이었다.

"좋은 소식이에요?"

아내는 이렇게 물은 뒤 입을 떼기 어려워하는 남편을 도와주려고 다시 물었다.

"아니면 나쁜 소식이에요?"

"나쁜 소식이오."

남편이 대답했다.

"그럼 우린 가망이 없는 거군요!"

"그렇진 않소. 아직 희망은 있소, 캐럴라인."

여자가 기가 막히다는 투로 말했다.

"만에 하나 그 영감 마음이 누그러진다면 그럴 수도 있겠죠. 하지만 그건 기적이 일어나야 가능한 거라고요!"

"마음이 누그러지기엔 이미 늦었소. 영감님이 죽었거든."

남편이 말했다.

얼굴 표정이 진심을 말해 주는 것이라면 그 여자는 온화하고 참을성 있는 사람이라고 할 수 있을 것이다. 하지만 그녀는 남편의 얘기를 듣는 순간 마음속으로 잘됐다고 쾌재를 불렀고 나중에는 손뼉을 치고 기뻐하기까지 했다. 다음 순간 용서를 빌며 후회했지만 처음의 감정이야말로 그녀의 진심이었다.

"내가 일주일만 늦춰 달라고 말하려고 영감님을 찾아갔더니, 어제 말한 그 술 취한 여자가 나에게 뭐라 했는지 아오? 그냥 나를 따돌리려고 핑계를 대나 보다 생각했는데 그 말이 사실이었소. 영감님은 그때 몸이 몹시 아팠던 게 아니라 죽어가고 있었던 거요."

"그럼 우리의 빚은 누구에게 넘어가는 거죠?"

"나도 모르겠소. 하지만 그전에 어떻게든 돈을 마련해야지. 돈도 구하지 못했는데 영감의 채권을 이어받은 사람이 더 인심 사나운 사람이라면 정말로 운이 없는 게 되니 말이오. 어쨌든 오늘 밤은 마음 편히 잘 수 있겠소, 여보."

그랬다. 아무리 누르려고 해도 마음이 가벼워지는 것은 어쩔 수 없었다.

무슨 말인지 알아듣지도 못하면서 부모 곁에 몰려들어 조용히 경청하던 아이들의 표정도 덩달아 환해졌다. 그 노인의 죽음으로 식구들은 전보다 더욱 행복해졌다. 노인의 죽음과 관련해 유령이 스크루지에게 보여 줄 수 있는 사람들의 감정이라고는 기쁨뿐이었다.

"죽음과 관련해서 동정하거나 하는 모습이 있으면 보여 주십시오. 그렇지 않으면 우리가 조금 전에 떠나온 그 어두운 방이 영원히 제 기억 속에 남아 있을 겁니다."

스크루지가 말했다.

유령은 스크루지에게 낯익은 거리를 여러 군데 데리고 갔다. 함께 다니는 동안 스크루지는 여기저기에서 자신의 모습을 찾으려고 했지만 어디에도 보이지 않았다. 그들은 불쌍한 밥 크래칫의 집으로 들어갔다. 스크루지도 전에 본 집이었는데, 크래칫 부인과 아이들이 난롯가에 둘러 앉아 있었다.

조용했다. 쥐 죽은 듯이 조용했다. 언제나 재잘대는 크래칫네 꼬맹이들도 한쪽 구석에 동상처럼 꼼짝 않고 앉아, 책을 앞에 둔 피터만 쳐다보았다. 아내와 딸들은 바느질에 매달려 있었다. 하지만 그들도 이상하리만치 조용했다!

"예수께서 한 어린아이를 불러 그들 가운데 세우시고.*"

저 말을 어디에서 들었더라? 꿈속에서 들은 말은 아니었다. 스크루지와 유령이 문지방을 넘어오기 전부터 소년은 큰 소리로 책을 읽고 있었던 게 분명했다. 그런데 왜 계속 읽지 않는 걸까?

크래칫 부인이 바느질하던 옷감을 탁자에 내려놓고 손으로 얼굴을 감쌌다.

"옷 색깔 때문에 눈이 아프구나."

그녀가 말했다.

색깔 때문이라고! 오 맙소사, 불쌍한 꼬맹이 팀!

"이제 다시 괜찮아졌다. 촛불 옆에서 바느질을 했더니 시력이 약해진 것 같구나. 네 아빠가 돌아왔을 때 침침한 눈으로 맞고 싶지 않은데 말이야. 이런, 이제 곧 아빠 오실 시간이구나."

크래칫 부인이 말했다.

"벌써 지났어요. 요새 저녁마다 아버지의 발걸음이 느려진 것 같아요, 어머니."

피터가 책을 덮으며 대답했다.

그들은 다시 입을 다물었다. 그러나 마침내 크래칫 부인은 잠깐 한 번 머뭇거렸을 뿐 차분하고도 밝은 목소리로 말을 이

---

* 마태복음 18장 2절.

었다.

"내가 아는 아빠의 걸음은, 꼬맹이 팀을 목말 태우고 다닐 때면 아주 빠르셨지."

"맞아요. 자주 그러셨죠."

피터가 말했다.

"맞아요."

또 다른 아이가 맞장구를 쳤다. 그렇다, 모두가 알고 있었다.

"꼬맹이나 워낙 가벼운 데다 아빠는 꼬맹이를 무척이나 사랑했기 때문에 조금도 무겁게 느끼지 못하셨지, 전혀. 그런데 얘들아, 아빠 오셨나 보다!"

크래칫 부인은 서둘러 남편을 맞으러 나갔다. 목도리를 두른 ―불쌍한 밥, 그에게는 진짜 목도리가 필요했다.― 왜소한 밥이 들어왔다. 벽난로 앞 화덕에는 그를 위한 차가 준비되어 있었고 모두가 최선을 다해 아빠의 시중을 들려고 애썼다. 그때 어린 크래칫 남매가 아빠의 무릎에 올라앉아 조그만 뺨을 아빠의 뺨에 비벼댔다. 마치 '아빠, 상심하지 마세요. 슬퍼하지 마세요.' 라고 말하는 듯 말이다.

아이들 덕분에 기분이 나아진 밥은 식구들에게 쾌활하게 말을 건넸다. 탁자에 놓인 바느질감을 보고는 아내와 딸들의 바지런하고 빠른 바느질 솜씨를 칭찬했다. 이런 속도로 하다가는 일요일이 되기 훨씬 전에 끝내겠다고 말했다.

"일요일라고요! 그러고 보니 당신 오늘 갔다 왔군요."

그의 아내가 말했다.

"그래요, 여보. 당신도 갔다 왔으면 좋았을 텐데. 그곳이 얼마나 푸른지 당신이 봤으면 좋았을 텐데. 하지만 앞으로 자주 보게 될 거요. 내가 일요일에 가겠다고 약속했으니까. 불쌍한 녀석, 불쌍한 내 아들, 불쌍한 내 아들."
 밥이 울먹였다.
 그는 단번에 무너져버렸다. 북받치는 울음을 참을 수가 없었다. 참을 수만 있으면 그와 아들은 아마 지금보다 헤어지기가 훨씬 쉬우리라.
 크래칫은 방을 나가 위층으로 계단을 올라갔다. 그곳은 불이 환히 켜 있고 크리스마스 장식물이 달려 있었다. 아이 곁에 가깝게 놓아두었던 의자도 보이고 최근까지 누군가 그곳에 앉아 있었던 듯한 흔적이 보였다. 가엾은 밥은 의자에 앉아 잠깐 생각에 잠겼다 마음을 가라앉힌 뒤 아이의 작은 얼굴에 입을 맞추었다. 그는 자신에게 일어난 일을 받아들이고 다시 행복해진 마음으로 아래층으로 내려갔다.
 식구들은 난롯가에 둘러앉아 이야기를 나누었다. 엄마와 딸들은 아직도 바느질 중이었다. 밥은 식구들에게 스크루지 영감의 조카가 아주 친절한 사람이라고 말했다. 한 번 본 사이일 뿐인데 거리에서 만났을 때 자신을 보더니 무슨 걱정거리라도 있느냐고 물었다는 것이다.

"당신도 알다시피 그저 조금 안색이 나빴을 뿐인데 말이지. 그가 아주 다정다감한 신사라서 나는 사실대로 말했소. 그랬더니 '정말 안됐군요, 크래칫 씨. 부인께도 위로의 말씀을 전해주세요.'라고 말하는 거야. 그나저나 그 양반이 그 사실은 어떻게 알았는지 모르겠어."

"그 사실이 뭔데요, 여보?"

"당신이 훌륭한 아내라는 거 말이야."
 밥이 대답했다.

"그걸 모르는 사람이 있나요."

피터가 말했다.

"그래 말 한번 잘했다, 내 아들. 다른 사람들도 알았으면 좋겠구나. 어쨌든 그가 '훌륭한 부인께도 심심한 위로의 말을 전해 주십시오. 어떤 식으로든 제가 도와드릴 일이 있으면 돕고 싶습니다.' 라면서 명함을 주더군. '여기 제 주소가 나와 있습니다. 저를 찾아오세요.' 라면서 말이야. 그가 우리를 위해 뭔가 해줄 수 있어서가 아니라 그 친절한 마음 씀씀이가 얼마나 고마운지. 정말이지 우리 꼬맹이 팀을 잘 아는 것처럼 안타까워했어."

밥이 울먹이며 말했다.

"정말 좋은 분이네요."

크래칫 부인이 말했다.

"당신이 그를 직접 만나 얘기를 나눠보면 그런 생각이 더욱 확실해질 거야, 여보. 설령 그 양반이 우리 피터에게 더 좋은 일자리를 주선해 준다 해도 그리 놀랄 일은 아닐 거요."

밥이 말했다.

"피터, 잘 들어놓아라."

크래칫 부인이 말했다.

"그렇게 되면, 피터 오빠도 결혼해서 살림을 내겠네."

딸아이 하나가 소리쳤다.

"허튼소리 그만 해."

피터가 씩 웃으면서 말했다.

"허튼소리만은 아니다. 아직은 멀었지만 언젠가는 그렇게 될거야. 하지만 우리가 언젠가는 헤어지게 되더라도 가여운 꼬맹이 팀과 우리 가족이 경험한 이 첫 번째 작별은 절대 잊지 않을 거라고 믿는다."

밥이 말했다.
"절대 잊지 않아요, 아빠!"
모두들 입을 모아 대답했다.
"그래그래, 알고 있단다, 얘들아. 그 아이가 얼마나 참을성이 많고 온순했는지 기억한다면, 비록 그 아이가 어린 꼬맹이었다고 해도 우리는 쉽게 다투는 일도, 불쌍한 꼬맹이 팀을 잊어버리는 일도 없을 거야."
"절대 잊지 않을 거예요, 아빠."
아이들이 다시 한 번 소리쳤다.
"난 정말 행복하단다. 행복하고말고."
왜소한 밥이 말했다. 크래칫 부인이 남편에게 입을 맞추자 딸들과 어린 남매도 차례로 아빠에게 입을 맞췄다. 피터는 아빠와 악수를 나누었다. 꼬맹이 팀의 영혼이여, 너의 어린아이다운 순수함은 신이 내리셨도다!
"유령 님, 어쩐지 우리가 헤어질 순간이 가까워졌다는 생각이 드는군요. 그저 그런 생각이 들어요. 어떻게 될지는 모르지만요. 그러니 제게 말씀해 주십시오. 아까 본 시체가 누구인지를 말입니다."
스크루지가 물었다.
미래의 크리스마스 유령은 스크루지를 아까 상인들이 모여 있던 곳으로 데려갔다. 하지만 그때와는 시간대가 다른 것 같았다. 사실 이번 유령이 보여 준 장면들은 미래의 모습이라는 점만 빼면 순서는 뒤죽박죽인 듯했다. 어디에도 스크루지 자신의 모습은 보이지 않았다. 아닌 게 아니라 유령은 어느 한곳에 머무르지 않고 당장 가야 할 목적지를 향해 곧장 나아갔던 것이다. 스크루지는 도중에 잠깐만 멈춰달라고 애걸해야 했다.

"우리가 지금 서둘러 지나고 있는 이 골목에 오랫동안 제가 일해 온 사무실이 있어요. 그 건물이 보여요. 제발 미래에 제가 어떤 모습일지 보여 주세요."

유령은 멈춰 섰고 손으로 어딘가를 가리켰다.

"건물은 저긴데 왜 다른 쪽을 가리키십니까?"

스크루지가 소리쳤다. 그러나 냉정한 손가락은 꿈쩍도 하지 않았다.

스크루지는 서둘러 사무실 창문으로 가서 안을 들여다보았다. 그 안은 여전히 사무실이었지만 그의 사무실은 아니었다. 가구들도 다르고 의자에 앉은 사람도 자신이 아니었다. 유령의 손가락은 여전히 가리키던 방향을 향해 있었다.

스크루지는 다시 유령에게 되돌아왔다. 자신이 왜, 어디로 간 것인지 궁금했지만 철제문이 나올 때까지 묵묵히 유령을 뒤따랐다. 그러다 대문으로 들어가기 전에 걸음을 멈추고 주위를 두리번거렸다.

교회에 딸린 묘지였다. 그곳에는 그가 이제야 이름을 알게 된 비참한 사내가 땅속에 누워 있었다. 그곳은 참으로 대단했다. 집들이 벽처럼 에워싸고, 생명이 아닌 죽은 식물을 먹고 자란 잔디와 잡초가 무성한 곳, 너무도 많은 묘지들로 숨이 턱턱 막히고, 엄청난 식욕으로 기름이 질질 흐르는 곳이었다. 참으로 대단한 광경이었다.*

유령은 무덤들 한가운데 서서 그중에 한 곳을 손가락으로 가리켰다. 스크루지는 와들와들 떨며 그 무덤으로 걸어갔다. 유령의 모습은 지금까지와 별다를 게 없었지만, 스크루지는 그

---

* 디킨스는 당시 런던 시가 교회 묘지로 넘쳐나던 상황을 두고 탄식했다.

엄숙한 모습에서 또 다른 의미를 눈치 채곤 두려움에 떨었다.

"유령 님이 가리키는 저 묘지로 가기 전에 한 가지 물음에 대답해 주십시오. 지금 모든 환영들이 앞으로 일어날 일들인가요, 아니면 단지 일어날 수도 있는 일들의 환영인가요?"

스크루지가 물었다. 하지만 유령은 그저 옆에 있는 무덤을 가리키기만 할 뿐이었다.

"인생의 행로는 확실한 끝을 예견할 수 있고 꾸준히 따라가다 보면 분명히 그 종착지에 닿게 됩니다. 하지만 그 행로에서 벗어나면 종착지도 달라질 겁니다. 부디 유령 님이 제게 보여 주시는 것도 그럴 거라고 말씀해 주십시오."

스크루지가 애원했다. 유령은 여전히 미동도 하지 않았.

스크루지는 벌벌 떨면서 무덤 쪽으로 기어갔다. 그리고 손가락이 가리키는 대로 버려진 무덤의 묘비에 쓰인 이름을 읽었다. 거기에는 '에브니저 스크루지' 라고 적혀 있었다.

"그럼 그 침대에 누워 있던 자가 저란 말입니까?"

스크루지가 무릎을 꿇고 주저앉으며 소리쳤다.

무덤을 가리키던 손가락이 스크루지 쪽을 향하더니 이내 다시 무덤을 가리켰다.

"싫어요, 유령 님. 안 돼요, 제발 안 돼요!"

손가락은 여전히 그곳을 가리켰다.

"유령 님! 제발, 제 말 좀 들어주세요. 전 이제 과거의 제가 아닙니다! 유령 님을 만나지 않았으면 그렇게 되겠지만, 전 절대 그런 인간이 되지 않을 거란 말입니다! 저에게 희망이 없다면 왜 이런 걸 보여 주시는 거죠?"

스크루지는 유령의 옷자락을 단단히 움켜쥐며 외쳤다. 처음으로 유령의 손이 떨리는 듯했다.

The Last of the Spirits.

"자비로우신 유령 님! 유령 님이 곤경에 빠진 저를 불쌍히 여기시어 구해 주세요. 제가 새사람이 된다면 지금까지 제게 보여 주셨던 그 환영들이 바뀔 거라고 약속해 주세요!"

스크루지는 유령의 발치에 엎드리며 애원했다. 유령의 자비로운 손이 마구 떨렸다.

"이제 성심으로 크리스마스를 기리고, 일 년 내내 그 의미를 잊지 않겠습니다. 과거와 현재와 미래의 유령 님 뜻대로 살겠습니다. 세 분 유령 님을 언제나 마음속에 모시고 일러주신 교훈을 잊지 않겠습니다. 그러니 제발 이 묘비에 적힌 제 이름을 지워주겠다고 말씀해 주세요!"

스크루지는 괴로워하며 유령의 손을 잡았다. 유령은 손을 빼려 했지만 스크루지는 더욱 간절하게 꽉 쥐고 놓아주지 않았다. 하지만 스크루지보다 힘이 센 유령은 그를 밀쳐냈다.

스크루지가 자신의 운명이 바뀌게 해달라고 두 손 모아 마지막으로 기도하는 동안 유령의 두건과 옷이 서서히 바뀌었다. 유령의 옷은 점점 쪼그라들며 작아지더니 마침내 침대 기둥이 되어버렸다.

5절
이야기의 끝

그랬다! 침대 기둥은 스크루지의 침대 기둥이었다. 침대도 그의 것이고 방도 그의 것이었다. 하지만 무엇보다 기쁘고 다행스러웠던 점은 지금껏 저질러온 잘못을 바로잡을 시간이 아직 남아 있다는 사실이었다!

"앞으로는 과거와 현재, 미래의 세 분 유령 님의 뜻대로 살아가겠습니다! 세 분 유령 님을 잊지 않겠습니다. 이봐, 제이컵 말리! 내가 하나님과 크리스마스를 찬양하고 있네! 이렇게 무릎을 꿇고 말이야! 제이컵, 이렇게 무릎을 꿇고 말일세!"

스크루지는 침대 밖으로 나오며 거듭 중얼거렸다.

스크루지는 어찌나 흥분되고 선한 의지로 불타올랐는지 목소리가 갈라져서 혹시 누가 그를 부른다고 해도 대답하지 못했을 것이다. 게다가 간밤에 유령에게 애원하면서 격렬히 흐느낀 탓에 얼굴은 눈물범벅이었다.

"이런, 멀쩡하잖아. 찢어지지도 않았고, 고리도 모두 달려 있어. 여기에 걸려 있던 그대로야. 그래, 난 여기에 있고 미래의 환영들은 내쫓아 버리겠어. 그렇게 될 거야. 내가 알아, 그렇게 될 거야!"

스크루지가 팔로 침대 커튼을 휘감으며 소리쳤다.

그러는 동안 스크루지는 내내 옷을 가지고 허둥댔다. 뒤집어 입었다 거꾸로 입었다 하지를 않나, 옷을 찢어놓는가 하면 잘못 입기도 하고 별별 엉뚱한 짓을 다 했다.

"아, 뭘 해야 할지 모르겠어! 난 새털처럼 마음이 가볍고, 천사처럼 행복하고 아이처럼 즐거워. 술 취한 사내처럼 마음이 들떠. 여러분, 모두 메리 크리스마스! 새해 복 많이 받으시오! 어이, 여기도! 안녕하시오!"

스크루지는 웃다가 울다가 양말을 가지고 영락없는 라오콘* 흉내까지 내며 소리쳤다.

스크루지는 거실로 깡충깡충 뛰어가선 가쁜 숨을 몰아쉬며 그 자리에 섰다.

"참, 저기 귀리죽이 든 냄비가 있었지!"

스크루지는 다시 깡충깡충 뛰어 난롯가로 갔다.

"저건 제이컵 말리의 유령이 들어왔던 문이군! 서기 저 구석은 현재의 크리스마스 유령이 앉아 있던 곳이고! 저건 떠돌아다니는 유령들이 보였던 창문이고! 맞아, 틀림없어. 정말 일어났던 일이야. 하하하!"

수년 동안 웃는 연습을 하지 않았던 사람치고는 참으로 멋진 웃음이었다. 아주 기분 좋은 웃음, 호쾌한 웃음이었다. 오래오래 대를 이어갈 멋진 웃음의 원조 격이라고 할까!

"이거 오늘이 도대체 며칠인지 모르겠군! 내가 얼마나 유령님들이랑 함께 다닌 거지? 도대체 아무것도 모르겠어. 영락없

---

* 아폴로를 섬기는 트로이의 신관. 신의 노여움을 사서 두 아들과 함께 뱀에게 목 졸려 죽었다.

는 어린애가 됐어. 하지만 괜찮아, 상관없어. 차라리 아기였으면 좋겠는걸. 와! 야호! 어이, 안녕하시오!"

스크루지가 외쳤다.

스크루지는 지금껏 들어보지 못한 아주 힘찬 종소리를 듣고서야 황홀경에서 빠져나왔다. 댕그랑, 댕그랑, 딩그랑, 댕, 동! 댕그랑, 딩그랑, 댕, 동! 아, 참으로 영광스럽도다!

스크루지는 문가로 달려가서 창문을 열고 고개를 밖으로 내밀었다. 안개도 없었고, 가랑비도 오지 않았다. 청명하고 상쾌하고 정신이 번쩍 들게 할 만큼 추운 날씨였다. 몸속의 피가 요동칠 정도로 추운 날씨. 쏟아져 내리는 태양은 황금빛이고, 하늘은 눈부시게 파랬다. 달콤하고 싱그러운 날씨. 즐거운 종소리. 아, 참으로 영광스럽도다! 영광스럽도다!

"얘야, 오늘이 며칠이지?"

일요일 복장을 단정히 차려입고 어슬렁어슬렁 골목을 내려오는 소년을 보며 스크루지가 소리쳤다.

"네?"

소년은 어리둥절한 얼굴로 물었다.

"얘 꼬마야, 오늘이 며칠이냐고?"

스크루지가 물었다.

"오늘요? 크리스마스잖아요."

소년이 대답했다.

"크리스마스라고! 놓친 게 아니었어. 유령 님들은 하룻밤 사이에 그 모든 것을 보여 주신 거야. 하기야 무엇이든 마음만 먹으면 할 수 있는 분들이니. 암, 그렇고말고. 암, 그렇고말고. 얘야, 꼬마야!"

스크루지가 중얼거렸다.

"왜요?"

소년이 물었다.

"너 다음 골목 말고 그다음 골목 모퉁이에 있는 푸줏간 알지?"

"알고말고요."

"아주 똑똑하구나! 아주 똑똑해! 혹시 그 집에 걸려 있던 최상급 칠면조가 팔렸든? 작은 거 말고 아주 큰 거?"

"저만큼 커다란 칠면조 말씀인가요?"

"아이고, 정말 똑똑하구나! 너한테 물어보길 참 잘했구나! 그래, 그놈 말이다!"

"지금도 걸려 있던데요."

"그래? 그럼 그것 좀 사다 주련?"

스크루지가 말했다.

"에이, 농담이시죠?"

소년이 되물었다.

"아니, 농담이 아니다. 진심이다. 가서 그놈을 산 다음 우리 집으로 가져오라고 해주렴. 그럼 내가 그걸 어디로 배달할지 알려 줄 테니. 푸줏간 주인을 데리고 오면 너에게 1실링을 주마. 오 분 내에 데리고 오면 반 크라운을 더 얹어주지!"

소년은 총알처럼 뛰어갔다. 누군가 미리 방아쇠에 손가락을 걸고 있다 총을 쐈더라도 소년이 뛰어가는 속도의 절반에도 못 미쳤을 것이다.

"그걸 밥 크래칫에게 보내야지. 누가 보냈는지 모를 거야. 아마 꼬맹이 팀의 두 배는 될걸. 천하의 조 밀러*도 그걸 밥의

---

* 1739년에 출간된 『조 밀러의 농담』의 주인공.

집에 보낼 거라는 농담은 못 해봤을 거야."

스크루지가 손바닥을 비벼대며 중얼거렸다. 그는 터져 나오는 웃음을 참지 못했다.

주소를 적는 스크루지의 손이 마구 떨렸다. 스크루지는 어찌어찌해서 겨우 쓴 다음 아래층으로 내려가 현관문을 열고 푸줏간 주인이 오기를 기다렸다. 거기에 서서 푸줏간 주인이 도착하기를 기다리는데 문고리가 눈에 들어왔다. 스크루지는 문고리를 어루만지며 말했다.

"내 목숨이 붙어 있는 한 이놈한테도 잘해 줘야지. 전에는 거들떠보지도 않다시피 했지. 그런데 이제 보니 정말 정직하게 생겼는걸! 멋진 문고리야! 아, 칠면조가 왔군! 여! 안녕하시오! 메리 크리스마스!"

칠면조였다! 너무 뚱뚱해서 살아 있는 동안 결코 제 발로 서 있지 못했을 것 같은 새였다. 어쩌다 일어섰다가는 봉랍을 바를 때 사용하는 가느다란 막대기처럼 일 분도 안 돼 똑 부러졌을 테고.

"아이고, 캠던 타운까지 가지고 가긴 어렵겠는걸. 마차를 불러야겠군."

스크루지는 이 말을 하면서도 껄껄 웃었고, 칠면조 값을 치를 때도 껄껄, 마차 삯을 낼 때도 껄껄, 소년에게 심부름 값을 줄 때도 껄껄 웃었다. 어찌나 껄껄 웃었는지 나중에는 숨이 차서 의자에 털썩 주저앉았지만 그래도 웃음을 참을 수 없었고 나중에는 눈물까지 글썽거렸다.

스크루지는 손이 계속 떨리는 바람에 면도하기도 결코 쉽지 않았다. 면도는 여간 정신 집중이 필요한 일이 아니다. 면도를 하면서 춤을 춘다는 건 꿈도 꿀 수 없다. 그렇지만 스크루지는

크리스마스캐럴 191

설령 면도를 하다 코끝을 베었다 해도 반창고나 하나 붙이고 나서는 별로 대수롭지 않게 여겼을 것이다.

스크루지는 '가장 좋은 옷'으로 차려입고 마침내 거리로 나섰다. 현재의 크리스마스 유령과 함께 보았을 때처럼 거리는 쏟아져 나온 사람들로 북적거렸다. 스크루지는 뒷짐을 지고 걷다 만나는 사람 한 명 한 명에게 환한 웃음을 보냈다. 그는 한마디로 즐거워 죽겠다는 표정이어서, 만나는 이 중에 기분이 좋았던 사람 서넛은 "안녕하십니까! 즐거운 크리스마스 보내세요!"라고 인사를 건넸다. 스크루지는 두고두고 그때의 기억을 떠올리며 자기가 들어본 유쾌한 말 중에 그 인사가 가장 즐거웠다고 말하곤 했다.

얼마 걷지 않아 스크루지의 눈에 자기 쪽으로 걸어오는 뚱뚱한 신사가 들어왔다. 전날 사무실로 찾아와 "스크루지와 말리 씨 사무실이 맞습니까?"라고 물었던 그 신사였다. 스크루지는 그 노신사와 눈이 마주치면 어떤 눈으로 바라볼까 생각하며 가슴이 뜨끔했다. 하지만 자신 앞에 어떤 길이 놓여 있는지 알았기에 주저 없이 그 길로 나아갔다. 스크루지는 걸음을 재촉하여 노신사에게 다가가 그의 두 손을 부여잡았다.

"저, 선생님, 안녕하십니까? 어제는 성과가 좋으셨기를 바랍니다. 찾아주셔서 정말 감사했습니다. 즐거운 크리스마스 보내십시오!"

"혹시 스크루지 씨인가요?"

"그렇습니다. 제가 스크루지입니다. 혹시 제 이름을 듣고 불쾌하시지 않았을까 두렵군요. 용서를 바랍니다. 참, 그리고 부탁드릴 말씀이 있는데요……."

스크루지는 노신사의 귀에 대고 속삭였다.

"이럴 수가! 세상에, 스크루지 씨, 진심이십니까?"

노신사는 숨이 넘어갈 듯 외쳤다.

"예, 부탁드립니다. 한 푼도 빼지 않고 전부 드리겠습니다. 그 돈에는 그동안 내지 못한 몫까지 들어 있습니다. 믿으셔도 좋습니다. 제 부탁을 들어주시겠죠?"

"아이고, 스크루지 선생님. 이거 뭐라고 말씀드려야 할지 모르겠습니다. 그렇게 큰돈을……."

노신사가 스크루지의 손을 흔들며 말했다.

"아무 말씀 마십시오. 언제 한번 들러주십시오. 제게 들러주실 수 있으시죠?"

스크루지가 말했다.

"물론입니다!"

노신사가 소리쳤다. 노신사의 우렁찬 목소리로 보아 그가 스크루지를 방문할 것은 분명했다.

"고맙습니다. 이 은혜에 정말 감사드립니다. 정말 감사드립니다. 신의 은총이 가득하기를 빕니다!"

스크루지가 말했다.

스크루지는 교회에도 가고 거리도 걸어 다니고 바쁘게 오가는 사람들도 구경하고 어린아이의 머리를 쓰다듬기도 하고 걸인에게 이것저것 물어보고 다른 집 부엌을 들여다보거나 창문을 올려다보기도 하며, 이 모든 것들이 자신에게 즐거움을 줄 수 있다는 사실을 깨달았다. 그는 한낱 산책이 — 겨우 산책에 불과한 일이 — 이처럼 큰 행복감을 느끼게 해줄 거라곤 꿈에도 생각하지 못했다. 오후가 되자 그는 조카의 집으로 발걸음을 옮겼다.

그는 용기를 내어 계단을 올라가 문을 두드리기까지 조카의 집 앞을 열두 번도 더 왔다 갔다 했다. 하지만 결국에는 용기를 내어 해냈다.
"주인아저씨 집에 계시느냐?"
스크루지가 하녀에게 물었다. 상냥한 하녀였다! 아주 상냥한!
"예, 어르신."
"아이고, 상냥하기도 하지, 어디에 계시지?"
스크루지가 물었다.
"식당에 마님과 함께 계십니다. 괜찮으시다면 제가 위층으로 모시겠습니다."
"고맙구나. 주인 아저씨와 나는 아는 사이란다. 그러니 나 혼자 들어가겠다."
스크루지는 벌써 식당의 문고리를 잡고 있었다.
스크루지는 살짝 손잡이를 돌린 뒤 문 사이로 얼굴을 들이밀었다. 조카 부부는 식탁(그릇들이 줄 맞춰 길게 놓여 있었다.)을 바라보고 있었다. 젊은 주부들은 언제나 이런 것에 신경을 쓰고 모든 것이 제대로 되었는지 알고 싶어 한다.
"프레드!"
스크루지가 불렀다.
어머나, 간 떨어지겠네! 스크루지의 조카며느리가 얼마나 놀라던지! 스크루지는 조카며느리가 놀라 발판 귀퉁이에 주저앉아 있다는 사실을 깜빡 잊고 있었다. 알았으면 무슨 일이 있어도 이렇게까지 놀라게 하지는 않았을 텐데.
"세상에! 이게 누구신가요?"
프레드가 외쳤다.
"나다, 네 삼촌. 저녁 먹으러 왔다. 들어가도 되겠니, 프레

드?'

들어가도 되다니! 프레드가 삼촌의 팔이 빠지도록 흔들지 않은 것만 해도 다행이었다. 오 분도 안 돼 스크루지는 자기 집에 있는 것처럼 마음이 편안해졌다. 이보다 더 따뜻한 환대는 없으리라. 조카며느리는 환영으로 보았던 것과 똑같았다. 나중에 토퍼가 도착했는데, 그 역시 똑같았다. 통통한 처제도 똑같고, 모두가 똑같았다. 정말 멋진 파티에 즐거운 놀이, 모두 한마음이 되었다. 정말 행복했다!

다음 날 스크루지는 아침 일찍 사무실에 나갔다. 정말 이른 시간이었다. 스크루지는 자신이 먼저 사무실에 도착하면 늦게 오는 밥 크래칫의 덜미를 잡을 작정이었다! 그것이 애초에 마음속에 품었던 생각이었다.

그런데 정말 그렇게 됐다. 그랬다, 정말 그렇게 됐다. 시계가 9시를 울렸다. 하지만 밥은 나타나지 않았다. 십오 분이 지났다. 그래도 밥은 오지 않았다. 마침내 출근 시간을 십팔 분하고 삼십 초나 넘겨서야 그가 나타났다. 스크루지는 밥이 그의 골방으로 들어가는 것을 지켜보려고 문을 활짝 열어놓고 앉아 있었다.

밥은 문을 열기 전부터 모자를 벗고 목도리도 풀었다. 그리고 들어오자마자 얼른 걸상에 앉아 9시 이후 지나버린 시간을 벌충하려는 듯 부지런히 펜을 놀렸다.

"어이! 이렇게 늦게 오다니 도대체 무슨 배짱인가?"

스크루지가 익숙한 음성으로 퉁명스럽게 밥을 호출했다. 그는 최대한 화가 난 척했다.

"정말 죄송합니다. 출근 시간에 늦고 말았습니다."

밥이 말했다.

"그래? 그래, 나도 그렇게 생각하네. 자네 이리로 좀 오겠나?"

"일 년에 딱 한 번입니다. 다시는 이런 일이 없을 겁니다. 어제 너무 즐겁게 시간을 보냈나 봅니다."

밥이 골방에서 나오며 애원하듯 말했다.

"그래, 여보게, 내가 할 말이 있네. 난 더 이상 이런 식은 참을 수가 없네. 그래서 말인데, 자네 월급을 올려주려고 하네!"

스크루지는 의자에서 일어나 밥의 가슴을 쿡 찔렀고, 그 바람에 밥은 비틀거리며 자기 방으로 되돌아갔다.

밥은 벌벌 떨며 막대 자가 있는 곳으로 다가갔다. 그의 머릿속에는 막대 자로 스크루지를 때려눕힌 다음 밖으로 끌고 나가 길 가는 사람들에게 미친 사람을 가두는 구속복을 갖다 달라고 해야겠다는 생각이 스치고 있었다.

"메리 크리스마스, 밥!"

스크루지가 밥의 어깨를 두드리며 진지하게 말했다. 그것은 절대 실수가 아니었다.

"내가 그동안 하지 못했던 기도를 한꺼번에 할 테니 더욱 즐거운 크리스마스를 보내길 바라네! 난 자네의 월급을 올려주고 고생하는 식구들을 힘껏 도울 생각이네. 우리 오늘 오후에 김이 모락모락 나는 비숍* 한 잔씩 마시면서 자네 집안일을 의논해 보자고! 난롯불을 더 활활 지피게. 그리고 글자 하나 더 쓰기 전에 석탄부터 한 통 더 사오게. 자, 밥 크래칫!"

스크루지는 자신이 한 약속보다 더 많이 베풀었다. 자기가

---

* 포도주에 레몬, 설탕 따위를 섞은 따뜻한 음료.

한 말을 모두 실천에 옮겼을 뿐만 아니라 그 이상으로 더 베풀었던 것이다. 꼬맹이 팀(그 아이는 죽지 않았다.)에게는 양부가 되어주기까지 했다. 스크루지는 그가 사는 훌륭하고 오래된 도시뿐만 아니라 이 세상의 다른 훌륭하고 오래된 도시와 읍, 자치도시에서까지 좋은 친구이자 너그러운 주인, 선량한 시민으로 알려졌다. 어떤 사람들은 스크루지의 달라진 모습을 보고 웃기도 했지만, 스크루지는 그들이 웃든 말든 내버려 두었고 별로 개의치 않았다. 처음에 사람들의 비웃음을 당할 각오를 하지 않으면, 이 세상엔 영원히 아무 일도 일어나지 않는다는 사실을 알 만큼 현명했기 때문이다. 게다가 이런 비웃음은 눈을 감아버리면 그만이며, 사람들이 병을 앓아 별로 아름답지 않은 흉터가 남는 것보다는 차라리 비웃어서 눈가에 주름살이 생기는 편이 낫다고 생각했다. 어쨌든 자신의 마음이 웃고 있으면 그걸로 충분했다.

스크루지는 그 후로 더 이상 유령들을 만나지 않았고 '완벽한 금욕주의자'로 살았다. 그리고 살아 있는 사람들 가운데 크리스마스를 어떻게 보내야 하는지에 대한 말이 나올 때면 언제나 그의 이름이 언급되었다. 진심으로 바라노니 우리 모두도 스크루지처럼 불리길! 그리고 꼬맹이 팀의 말대로 우리 모두에게 신의 가호가 있기를!

크리스마스트리

오늘 저녁 나는 예쁜 독일인의 장난감이라는 크리스마스트리 주변에 아이들이 둘러앉아 즐거워하는 모습을 바라보고 있었다. 커다란 원탁 한가운데 놓인 트리는 아이들의 머리 위로 비죽 솟아 있었다. 트리는 수많은 작은 촛불로 환하게 빛나고 주변은 온통 화려한 장식물로 번쩍거렸다. 초록 이파리 뒤에 숨어 있는 장밋빛 뺨의 인형들, 헤아릴 수 없이 많은 잔가지에 달린 진짜 시계들.(바늘을 끼웠다 뺐다 할 수 있고 태엽을 감으면 영구히 사용할 수 있는 시계다.) 트리에는 요정들이 소꿉장난할 때 쓸 법한 광택 나는 프랑스식 의자와 침대, 옷장, 시계, 갖가지 부엌살림(울버햄턴에서 제작된 매우 정교한 양철 장난감이었다.)도 달려 있고, 명랑하고 넓적한 얼굴에 진짜 사람보다 훨씬 더 친근해 보이는 인형들도 달려 있고,(머리를 떼어내면 설탕에 절인 자두가 잔뜩 들어 있었다.) 바이올린과 북도 있고, 탬버린과 책, 공구 상자, 화장품 상자, 사탕 상자, 온갖 볼거리가 담긴 만물 상자, 그 밖에 수많은 물건이 든 상자들도 매달려 있었다. 또한 트리에는 어른들이 좋아하는 금은 장신구보다 훨씬 더 번쩍거리는 성숙한 처녀들을 위한 보석 상자도 달려 있었다. 갖은 바느질 도구를 담아둔 반짇고리도 있고 총과 칼, 깃발도 있고, 마법의 반지를 끼고 운세를 점치는 두꺼운 마분지 마녀도 서 있었다. 네모난 팽이, 노래가 나오는 팽이, 바늘 상자, 펜 끝을 닦는 헝겊 뭉치, 냄새를 맡으면 정신이 번쩍 드는 약병, 놀이에 사용하는 대화 카드, 부케 손잡이, 눈부신 금색 이파리를 붙인 진짜 과일들, 깜짝 놀랄 만한 것들을 채워넣은 모조 사과, 배, 밤도 달려 있었다. 내 앞에 앉은 예쁘장한 여자 아이는 기쁜 얼굴로 옆에 앉아 있는 역시나 예쁘장한 제 친구에게 "여긴 뭐든지 있어."라고 속삭였다. 마법의 과일처럼 나무에 주렁주렁 매달려 사방에서 비치는 빛을 받아 화려한 자태를 내뿜는──어떤 아이들은 다이아몬드 같은 눈으로 탁자보다 훨씬 높은 트리를 넋을 놓고 우러러보고, 어떤 아이들은 소심하게 가슴 졸이는 어머니나 숙모, 유모에 질질 끌려갔다.──이 각양각색의 잡동사니들은 어린 시절의 환상을 생생하게 되살려 주었다. 그것들을 보고 있으면 트리에 쓰인 나무들은 어디에서 어떻게 자란 것인지, 이 모든 물건들은 어떻게 생겨나 장식물이 된 것인지 생각하게 된다.

지금 나는 다시 집에 돌아와 이 집에서 홀로, 유일하게 깨어 있다. 나는 굳이 떨쳐 버릴 생각 없이 환상에 빠져 어린 시절로 되돌아간다. 그러다 문득 사람들이 어린 시절의 크리스마스트리를 떠올리면 무엇이 가장 먼저 기억날까 생각하기 시작한다.

에워싼 벽도 금방 닿을 듯한 천장도 없이 마음대로 자랄 수 있는 자유를 뺏긴 채, 방 한가운데 이름뿐인 나무가 한 그루 곧게 서 있다. 나는 그 나무 꼭대기에서 어렴풋이 빛나는 것을 올려다보면서──이 나무는 독특한 특징이 있음을 관찰할 수 있는데, 그것은 나무가 겉보기에 땅을 향해 자라는 것처럼 보인다는 점이다. ——아득한 유년 시절의 크리스마스 추억들을 더듬는다.

  처음에 내 눈에 들어온 것은 장난감들이다. 저기 위에 초록색 호랑가시나무와 빨간 열매 사이에 주머니에 손을 찔러 넣고 서 있는 오뚝이가 보인다. 오뚝이는 좀처럼 눕지 않으려 하고, 바닥에 내려놓으면 뚱뚱한 몸이 굴러가지 않도록 제 딴에는 안간힘을 쓰다가, 마침내 잠잠해지면 가재 같은 눈으로 나를 가만히 응시했다. 그럴 때면 나는 웃음이 터져 나오려고 했지만 마음속으로는 오뚝이가 불안하기 짝이 없었다. 오뚝이 바로 옆에는 무시무시한 깜짝 상자가 있는데 그 안에서 머리가 흉측하고, 빨간 천으로 된 입을 쩍 벌린 채 검은 옷차림을 한 악마의 사자(使者)가 튀어나왔다. 그것은 아무리 해도 얌전히 눌러앉아 있지 않을 뿐만 아니라 어느 한쪽에 잠자코 놓여 있지도 않았다. 생각지도 않았던 때에 갑자기 몹시 과장된 몸짓으로 커다란 깜짝 상자에서 불쑥 튀어나오기 때문이었다. 꼬리 끝에 왁스를 바른 개구리도 마찬가지였다. 그 개구리가 어디로 튈지는 아무도 몰랐고, 촛물로 날아올랐다가 초록색 바탕에 빨간 점이 박힌 그 얼룩덜룩한 등이 누군가의 손에 닿으면 기겁을 했다. 같은 나뭇가지에 놓인 남색 비단 치마를 입은 종이 인형 아가씨는 춤추는 자세로 촛대에 기대어 서 있었는데, 앞의 것들보다 훨씬 얌전해 보였고 아름다웠다. 하지만 좀 더 크게 만들어진 종이 인형 총각에 대해선 그렇게 말할 수 없을 것 같다. 줄에 매달려 벽에 기대어 있곤 하던 그 총각 인형은 코끝으로 엉큼한 표정을 지어 보였고, 다리를 끌어올려 제 목에 두를 때면(그는 자주 그렇게 했다.) 무시무시하고 등골이 오싹해서 절대 단둘이 있고 싶지 않은 존재였다.

그 무시무시한 가면이 처음 나를 본 게 언제였지? 그 가면을 쓴 사람은 대체 누구며, 나는 왜 그 가면을 처음 본 순간을 평생 잊지 못할 정도로 무서워했을까? 가면 자체는 섬뜩한 표정이 아니다. 오히려 우스워 보이려고 그렇게 만든 것 같은데 그때는 왜 그 무표정한 얼굴이 무서웠을까? 분명한 사실은 가면이 그것을 쓴 사람의 얼굴을 가리기 때문에 무서웠던 것은 아니라는 점이다. 앞치마도 가면처럼 몸을 가리지 않는가. 앞치마도 입지 않는 편이 좋았지만 앞치마는 가면만큼 정말 못 견딜 정도는 아니었다. 가면이 전혀 움직이지 않게 고정되어 있기 때문이었을까? 인형의 얼굴도 고정되어 있지만 그것을 무서워한 적은 없었다. 혹시 살아 있는 얼굴이 아무런 변화도 움직임도 없어 보인다는 점이 두근거리는 내 마음에 생뚱맞은 연상을 불러일으킨 탓은 아니었을까? 또는 모든 사람들의 얼굴이 똑같은 모습으로 바뀌고 전혀 움직이지 못하게 될지도 모른다는 두려움 때문은 아니었을까? 그 두려움은 무엇으로도 잠재울 수 없었다. 손잡이를 돌리면 구슬픈 음악을 연주하는 북 치는 소년도, 벙어리 악단에 맞춰 상자를 걸어 나와 뻣뻣하게 행진하는 병정들도, 두 아이에게 줄 파이를 자르는 철사와 갈색 종이로 만든 할머니도(이 할머니 인형은 내게 오래도록 변함없이 위안을 주었다.) 소용이 없었다. 가면을 보여 주며 종이로 만들어졌다는 것을 알려 주거나, 아니면 어딘가에 단단히 넣어두어 다른 누군가가 쓰고 나타날 리가 없다고 안심시켜 주어도 만족스럽지 않았다. 그저 표정 없는 얼굴에 대한 기억, 어딘가에 정말 그런 사람이 있을지도 모른다는 생각 때문에 식은땀을 흘리며 밤중에 깨어나 "가면이 와요! 나한테 가면이 와요!" 하고 소리쳤다.

  나는 그 시절, 짐 바구니를 진(정말 그랬다!) 사랑스러운 늙은 당나귀가 무엇으로 만들어졌는지 전혀 궁금하지 않았다. 당나귀의 가죽은 만져보면 진짜였던 것으로 기억한다. 게다가 둥근 붉은 반점이 온몸을 뒤덮은 멋진 검정말이 (나는 말 등에 올라타기도 했다.) 어떻게 해서 그 낯선 곳으로 오게 되었는지 궁금해한 적도 없었으며, 그런 말은 뉴마켓*에서는 쉽게 볼 수 없다는 사실도 떠올려본 적이 없다. 그 말 옆에 있던 칙칙한 색깔의 말 네 마리는 치즈를 실은 마차를 끌기도 하고, 피아노 아래 외양간에 풀어놓기도 했는데 꼬리는 모피 목도리 자투리로 만들고, 갈기도 그 털로 만든 듯했다. 그 말들은 다리 대신 쐐기처럼 생긴 막대로 세워놓았는데 처음 크리스마스 선물로 우리집에 왔을 때는 그렇지 않았다. 그때만 해도 모든 게 온전했다. 마구도 요즘 보는 것처럼 몸에다 볼썽사납게 못질을 해서 고정시켜 놓지 않았다. 딸랑딸랑 방울 소리 같은 음악이 나오는 음악상자는 새 깃대로 만든 이쑤시개와 철사로 제작한 것이었다. 언제나 셔츠 차림으로 나무 틀 한쪽을 기어 올라갔다 다른 쪽으로 곤두박질쳐 내려오는 왜소한 곡예사는 성격은 좋지만 마음은 약할 거라고 생각했다. 곡예사 옆에 있는 야곱의 사다리**는 조그만 네모 모양의 빨간색 나무판자를 잇대어 만든 것이었는데, 그 판자들이 하나씩 덜거덕거리며 펼쳐질 때마다 다른 그림이 나타났다. 여기에 작은 방울들까지 딸랑딸랑 울리면 아이들은 탄성을 터뜨렸다.

  아! 인형의 집! 나는 집주인은 아니지만 그곳을 자주 방문했

---

* 17세기 초반 이래로 말 경주 대회로 유명했던 마을.
** 성서에서 야곱이 꿈에서 보았다는 사다리 이름을 딴 아이들 장난감의 일종.

다. 진짜 유리창이 달린 석조로 된 정면에 계단도 있고 요즘 보는 것보다 훨씬 푸른 색깔의 발코니까지 (다만 급수대는 제 딴에는 신경을 썼지만 어설프게 흉내만 냈다.) 진짜처럼 생긴 그 저택을 보노라면 국회의사당을 볼 때보다도 몇 갑절 감탄이 나온다. 이따금 그 집 앞쪽의 문과 창문을 한꺼번에 열어두었지만 (솔직히 말하면 계단이 정말로 있다는 것을 자랑하기 위해서였다.) 곧 다시 닫아두었다. 문이 열려 있을 땐 안쪽 깊숙한 곳에 방이 세 개 보였다. 우아한 가구로 꾸민 거실과 침실이 있고, 무엇보다 볼 만한 곳은 부엌이었다. 희귀한 불쏘시개도 있고 앙증맞은 각종 조리 도구와(빨갛게 달궈진 프라이팬도 있었다!) 언제나 생선 두 마리를 튀기려고 준비하는 주석으로 만든 요리사 인형의 옆모습도 보였다. 식탁에는 햄이나 칠면조 따위를 실물처럼 정교하게 만들어 나무 접시에 아교로 붙이고 파릇한 풀로(이끼였던 것으로 기억한다!) 장식해 푸짐하게 한 상을 차려놓았다. 하지만 그것은 바머사이드의 잔칫상*과 마찬가지가 아닌가! 그나저나 요즘의 '절제 협회'들은 그 시절 내가 만들었던 그런 차라도 대접해 줄 수 있을까? 나는 저기 저 조그만 파란 도자기에다 진짜 술도 담고(기억에 조그만 나무 술통에서 따랐던 것 같은데, 성냥 맛이 나는 술이었다.) 차나 음료를 담기도 했다. 설탕 집게가 매가리 없이 서로 엇갈리면서 펀치**의 팔처럼 제구실을 못한다고 해도 그게 무슨 대수인가? 한번은 식중독에 걸린 아이처럼 비명을 지르며 어떤 귀족 집안의 아이를

---

* 바머사이드는 『아라비안나이트』에 나오는 부자로 진미라고 하면서 빈 그릇만 내놓는다.
** 꼭두각시의 이름. 펀치의 팔은 막대기로 된 데다 따로 놀아서, 다른 꼭두각시들이 그의 팔 밑에 있다가는 얻어맞기 일쑤다.

마구 때린 적이 있었다. 그건 차를 마시면서 몹시 뜨거운 찻잔에 무심코 두었던 작은 찻숟가락을 같이 삼켰기 때문이었지, 맹세코 술을 마셔서 이성을 잃은 탓은 아니었다.

가뜩이나 땅 고르는 미니어처 기계라든지 장난감 원예 도구 따위로 축 늘어진 나뭇가지에 매달아 놓은 책들은 또 얼마나 묵직한지! 처음에는 얇았던 책이 여러 권 합쳐진 데다 화려한 빨간색이나 초록색의 매끄러운 표지까지 씌워져 있었다. '궁수(archer)의 A가 개구리를 쏘았네.'* 이런 구절로 시작되는 검은 글자들은 또 얼마나 두꺼운지! 그는 물론 궁수였다. 하지만 그는 애플파이(apple-pie)기도 했다. 그렇다! 그는 생전에 아주 많은 것들로 바뀌었다. 왜냐하면 A니까. X만 빼고 그의 친구들은 대개가 그랬다. X는 변화를 주고 싶어도 마땅한 어휘가 부족했다. 내가 아는 어휘라고는 크세르크세스(Xerxes)**나 크산티페(Xantippe)***가 고작이었다. 마찬가지로 Y도 요트(Yacht) 아니면 주목 나무(Yew tree)뿐이었고, Z는 거의 언제나 얼룩말(Zebra) 아니면 광대(Zany)밖에 알지 못했다. 하지만 이제는 크리스마스트리 자체가 바뀌어 콩나무가 되었다. 잭이 거인의 동굴로 가기 위해 타고 올라갔던 그 거대한 콩나무 말이다! 지금 머리가 둘인 무시무시한 거인들이 어깨에 몽둥이를 메고 저녁 거리로 기사와 아가씨들의 머리채를 휘어잡아 질질 끌면서 잔뜩 뒤엉킨 나뭇가지를 헤치며 가고 있다. 예리한 검을 차고 천리 길도 단숨에 가는 신발을 신은 용감무쌍한 잭! 그를 가만히 올려다보니 어릴 적 생각이 다시 떠오른다. 그리고 내 마음속

---
* 알파벳을 배우는 어린이들을 위해 고안해 낸 당시의 동요.
** 고대 페르시아의 왕.
*** 소크라테스의 아내. 악처로 유명하다.

에선 언쟁이 벌어진다. 기록으로 남겨진 업적을 이룩한 사람이 똑똑하고 훌륭한 천재 잭 한 사람뿐일까, 아니면 잭 말고 또 누가 있을까? 물론 나는 없을 거라고 믿고 싶다.

크리스마스에는 빨간 외투가 제격이다. 그런 외투를 입고 빨간 두건을 쓴 여자 아이가 어느 크리스마스이브에 나를 찾아온다.(크리스마스트리는 꼬마가 바구니를 들고 헤쳐 나가는 숲이 되어준다.) 그러고는 감쪽같이 변장을 하고 할머니를 잡아먹은 늑대가 얼마나 잔인하고 교활한 놈인지, 할머니를 잡아먹었는데 간에 기별도 안 갔는지 이빨에 대해 끔찍한 농담을 지껄이더니 자신까지 삼키더라는 얘기를 들려준다. 사실 소녀는 나의 첫사랑이었다. 나는 빨간 두건을 쓴 소녀와 결혼할 수 있다면 천상의 행복을 맛보게 될 거라고 믿었다. 하지만 그렇게 되지 않았다. 나에게는 저기 노아의 방주 모형에 있는 늑대를 감시하고, 식탁으로 밥을 먹으러 갈 때는 늑대를 괴물과 같은 등급으로 강등시켜 맨 뒷줄에 세우는 일밖에 할 게 없었다. 아, 멋진 노아의 방주여! 노아의 방주를 욕조에 넣어보았더니 물에 띄우기에는 적합하지 않은 것으로 판명이 났다. 그래서 동물들을 지붕으로 몰아넣은 다음 완전히 승선시키기 전에 방주를 흔들어서 동물들의 다리가 항해에 잘 적응할지 시험해 볼 필요가 있었다. 그러자 철제 빗장이 헐겁게 걸려 있던 탓에 동물들은 십중팔구 문밖으로 굴러 떨어졌지만 그 안에서 반발하듯 꼼짝 않는 녀석들이 있었다! 코끼리보다 몸집이 한두 치수 작은 당당한 파리를 생각해 보라. 무당벌레, 나비는 또 어떻고. 그것들은 모두 훌륭한 재주를 갖고 있었다! 발이 아주 작은 거위의 경우는 어땠는지 아는가. 거위는 균형을 못 잡고 뒤뚱거리다 앞으로 넘어지면서 다른 동물들까지 넘어뜨렸다. 파이프에 담배를 채워넣듯 동물들을 몰아넣었던 노아와 그의 가족들은 얼마나 어리석었던가! 표범은 언 발톱을 녹이려고 오므리고, 몸집이 더 큰 동물들의 꼬리는 닳아빠진 끈 조각으로 전락하게 된 꼴이라니!

쉿! 다시 숲이다. 크리스마스트리 속에 누군가 있다. 로빈 후드도 아니고 발렌타인도 아니고 노란 난쟁이도 아니다.(나는 그동안은 노란 난쟁이*와 마더 번치**의 놀라운 이야기에 대해서는 따로 언급한 적이 없다.) 그는 바로 터번을 쓰고 초승달 모양의 칼을 든 동방의 왕이다. 이런! 동방의 왕이 두 명이다. 다른 한 명은 먼저 본 왕의 어깨 너머에 있다! 크리스마스트리 발치의 풀밭에는 석탄처럼 시커먼 거인이 아가씨의 무릎을 베고 드러누워 잠들어 있다. 그들 근처에는 번쩍거리는 자물쇠가 네 개나 채워진 유리 상자가 있다. 거인은 잠에서 깨어나면 아가씨를 그 안에 가둘 것이다. 내 시선은 지금 거인의 허리춤에 달린 열쇠 네 개를 향하고 있다. 아가씨가 트리 속의 두 왕에게 신호를 보내자 그들은 조용조용 트리를 내려온다. 이것은 저 위대한 『아라비안 나이트』에 나오는 한 장면이다.

아, 지금 이 순간 평범한 것들이 비범해 보이면서 내 마음을 사로잡는다. 램프란 램프는 모두 환상적이다. 반지는 어느 것이나 불가사의한 힘을 가진 부적이다. 평범한 화분에도 보석이 잔뜩 들어 있고, 그 위를 흙이 살짝 덮고 있다. 트리는 알리바바가 몸을 숨기는 데 더할 나위 없이 훌륭한 곳이다. 다이아몬드 계곡으로 던져진 비프스테이크에는 종종 보석이 박혀 있고 독수리들이 날아와 보석을 둥지로 물어가곤 한다. 그러면 상인

---

* 프랑스의 오누아 백작 부인이 쓴 동화에 나오는 악당.
** 16세기 런던의 유명한 이야기꾼.

들은 고함을 질러 독수리들을 내쫓는다. 저기 저 타르트는 부소라 고관의 아들이 만든 것으로, 그는 다마스쿠스 성문에 속바지 차림으로 버려진 후에 빵 장수가 된다. 신기료장수는 모두 무스타파들인데, 네 조각으로 동강 난 시체를 감쪽같이 꿰매는 재주가 뛰어나 두 눈이 가려진 채 어디론가 끌려간다. 돌에 달린 쇠고리는 어느 것이나 마법사와 조그만 램프와 마법이 기다리고 있는 동굴 입구에 달린 쇠고리다. 바위 문이 열리고 동굴이 나타나기 전에 지축이 흔들리리라. 저 대추야자는 한 상인이 실수로 열매를 떨어지게 하는 바람에 마법사 지니의 보이지 않는 아들의 눈을 맞혀 죽게 했다가 곤욕을 치렀다는 이야기에 나오는 그 불운한 대추야자와 같은 것이리라. 저 올리브는 길을 가던 신의의 사령관이 우연히 어떤 꼬마가 모의재판을 여는 것을 (꼬마는 친구를 속인 나쁜 올리브 상인을 형벌에 처했다.) 엿듣게 되는 이야기에 나오는 그 싱싱한 올리브 바구니에서 나온 것이다. 사과는 금화 세 닢을 주고 술탄의 정원사한테서 산 그 사과 세 개나 덩치 큰 흑인 노예가 꼬마에게서 훔친 사과와 같은 것이다. 모든 개는 사람이 변해서 된 개, 그러니까 빵집 선반에 뛰어 올라가서는 더러운 돈에 앞발을 올려놓은 그 개를 연상시킨다. 쌀알을 보면 밤마다 묘지에서 시체를 파먹는다는 잔인한 여인이 쌀알을 귀이개로 콕콕 찍어 먹는 모습이 떠오른다. 나의 목마는(그렇다! 제 혈통을 증명하려는 듯 콧구멍이 안에서 바깥으로 완전히 뒤집어졌다!) 페르시아 왕자가 아버지의 왕궁에서 타고 놀던 목마처럼 목덜미에 손잡이가 있어서 등에 타고 날아갈 수 있다.

그렇다, 나는 크리스마스트리 위쪽 나뭇가지의 장식물 하나하나에서 요정 같은 최고의 이야기꾼을 본다! 춥고 어둑한 겨울날 동틀 무렵 잠에서 깨어나 서리 앉은 뿌연 유리창으로 흰눈이 내리는 바깥을 바라보는데 디나르자드의 목소리가 들린다. '언니, 언니, 아직 깨어 있으면 흑섬에 사는 젊은 왕 이야기를 마저 들려줘요.' 그러자 세에라자드는 대답한다. '동생아, 술탄이신 나의 주인이 나를 하룻밤만 더 살려 주신다면 그 이야기도 마저 들려주고 그보다 더 놀라운 이야기도 들려줄 수 있을 텐데……' 그리하여 자비로운 술탄이 처형을 미루도록 명령하자 우리 셋은 다시 안도의 한숨을 내쉰다.

이제 나는 트리 꼭대기 나뭇잎 사이에 숨어 있는 터무니없는 악몽을 보기 시작한다. 그 악몽은 칠면조, 푸딩 혹은 민스 파이 꿈일 때도 있고, 외딴섬의 로빈슨 크루소나 원숭이들과 함께 사는 필립 쿼를*, 바로 선생과 샌퍼드와 머턴**, 마더 번치 또는 가면이 뒤죽박죽된 환상일 때도 있다. 어쩌면 상상력과 지나친 변조가 낳은 미숙한 사고의 결과일지도 모른다. 왜 그토록 공포에 떨었는지 이유는 너무 불확실해서 잘 모르겠지만 어쨌든 무서워했던 것은 틀림없다. 단 한 가지 알 수 있는 건 일정한 형체가 없는 것이 한없이 늘어서 있는 것을 무서워했다는 사실이다. 그것은 장난감 병정을 지탱하는 데 쓰는 엄청나게 큰 지그재그 집게 위에 세워진 채 내 눈을 향해 천천히 다가왔다가 끝도 없이 멀어졌다. 눈앞에 가까이 다가올수록 등골은 더욱 오싹해진다. 이런 생각을 하다 보니 영원히 동이 트지 않을 것처럼 느껴졌던 긴긴 겨울밤이 기억난다. 사소한 잘못으로 야단을 맞은 뒤 일찌감치 잠자리에 들었다 두어 시간 만에 깼을 때

---

* 1839년 피터 롱그빌이 쓴 『로빈슨 크루소』와 유사한 작품의 주인공.
** 토머스 데이가 쓴 소설 『샌퍼드와 머턴』에 나오는 인물들. 바로 선생이 농부의 아들 샌퍼드를 이용해서 부잣집 아들 머턴의 버릇을 고친다는 이야기.

마치 이틀 밤을 잔 것처럼 느껴졌던 기억, 아침이 영원히 오지 않을 것 같았던 납덩이같은 절망감, 가슴을 짓누르던 죄책감의 무게.

나는 지금 거대한 초록색 장막을 배경으로 바닥에 일렬로 줄지어 있는 작은 불빛을 황홀하게 쳐다보고 있다. 방금 종이 울리고(내 귀에는 다른 종들과 달리 마법의 종소리처럼 들렸다.) 웅성거림 속에서 음악이 흘러나오며 향기로운 오렌지 향*과 기름 냄새가 풍긴다. 곧이어 마법의 종이 연주를 그치라고 명령하자 웅장한 초록색 커튼이 장엄하게 올라가고 연극이 시작된다! 봉디 숲에서 처참히 살해당한 주인의 죽음을 복수한 몽타르지의 충직한 개**, 딸기코에 우스꽝스러운 작은 모자를 쓴 익살스럽고 쾌활한 농부. 그 연극을 본 이후로 나는 그를 내 친구로 마음속에 간직했다.(오랜 세월이 흐른 탓에 그가 식당 종업원이었는지 마을 여관의 마부였는지 잘 기억이 안 나지만 말이다.) 그 개에게 '개 같지 않은 개'라고 붙인 표현은 정말로 놀라웠다. 그런 절묘하고도 우스꽝스러운 표현은 연극에 나왔던 그 어떤 농담보다도 훌륭했고 기억 속에 언제까지나 생생하게 각인될 것이다. 나는 또한 가련한 제인 쇼어***가 어쩌다 흰옷을 입고 갈색 머리카락을 풀어 헤친 채 굶주린 배를 안고 거리를 헤맸는지, 조지 번웰****이 어쩌다 존경해 마지않던 훌륭한 삼촌을 살해하고 뼈저린 참회를 하게 되었는지 알게 되고는 쓰디쓴 눈물

---

* 오렌지는 극장에서 방향제로 사용했다.
** 프랑스의 극작가 픽세레쿠르의 「몽타르지의 충직한 개」는 영어로 각색되어 1814년 런던에서 초연되었다.
*** 에드워드 4세의 정부로 마녀로 몰려 공개적으로 고해를 함. 디킨스는 여기에서 니콜라스 로웨의 연극 「제인 쇼어」에 나오는 고해 장면을 묘사하고 있다.
**** 조지 릴로의 희곡 「런던의 상인」(1731년)의 주인공.

을 흘린다. 자, 어서 와서 나를 위로해 주렴, 무언극이여, 화려한 무언극이여! 회반죽 더미에서 튀어나온 광대들은 별자리처럼 반짝이는 샹들리에를 향해 깡충 뛰어오르고, 온몸을 금박으로 뒤덮은 할리퀸들은 놀란 금붕어처럼 번쩍거리는 몸을 뒤튼다. 늙은 광대 팬털룬은(그를 보며 기억 속의 내 할아버지를 떠올린다고 해도 불손하다고 하지 말기를!) 주머니에 빨갛게 달아오른 쇠꼬챙이를 넣으며 "여기, 누가 온다!"라고 소리치거나, "네가 그러는 거 다 봤어!"라며 광대 클라운에게 도둑질 누명을 씌우기도 하고, 무엇이든 뚝딱 원하는 것으로 바꿔버리기도 한다. 그렇지만 '아무것도 달라진 건 없다. 다만 생각이 그것을 그렇게 만들 뿐이다.'* 또한 나는 난생처음 경험했던 쓸쓸함을 떠올린다. 다음 날 아침이 되어도 감각이 없고, 단조롭지만 안정된 일상으로 돌아가지 못하고 죽음의 세계로 돌아갈 것 같았을 때, 떠나온 밝은 대기 속에서 영원히 살고 싶었을 때, 이발소 표시등 모양의 지팡이를 든 천상의 요정을 사랑하게 되어 영원히 죽지 않고 그녀와 함께 살고 싶었을 때 느꼈던 그 감정. 아, 눈으로 크리스마스트리의 나뭇가지 사이를 하염없이 찾아 헤맬 때면 그 요정은 온갖 형상으로 내게 돌아오곤 하지만 언제나 그렇듯 내 곁에 머문 적은 없었다!

이번엔 즐거움이 샘솟는 인형 극장이다. 무대 전면은 낯이 익고 좌석에는 깃털 달린 드레스를 입은 아가씨들이 있다! 무대에는 고무로 형체를 만들어 수채 물감으로 색을 입히고 풀과 아교로 붙여 만든 인형들이 「방앗간 주인과 부하들」이라든지 「엘리자베스」, 「시베리아 탈출」 같은 인형극을 펼치고 있다.

---

*햄릿 2막 2장에 나오는 대사.

으레 일어나는 몇몇 실수와 잘못, 예를 들면 존경하는 켈머(존경받는 방앗간 주인이나, 사실은 강도단의 우두머리다.)의 무대 위치가 이상하다든지, 등장인물의 다리가 점차 힘이 빠진다든지, 신나는 장면에서 너무 높이 뛰어올라 얼굴이 가려진다든지 하는 일이 벌어진다. 하지만 온갖 꿈을 꿀 수 있는 환상 가득한 세상이 있기에 나는 저 크리스마스트리 아래쪽에서 어두컴컴하고 불결하지만 여전히 매력적인 진짜 극장을 본다.(진귀한 꽃으로 만든 싱싱한 꽃다발 대신 갖가지 상상의 장면으로 꾸며져 있기는 하지만 말이다.)

 잠깐, 들어보라! 성가대가 부르는 새벽 노랫소리가 어린아이 같은 꿈을 깨운다! 크리스마스트리를 보면 옛 기억을 떠올리듯이 크리스마스캐럴을 들으면 어떤 상상을 하게 될까? 성가대 사람들이 여러 다른 상상 속 장면보다 먼저 찾아와, 그것들과는 멀리 떨어진 채 내 작은 침대 주위에 모여 있다. 천사는 들판에 무리 지어 있는 목동들에게 말을 건네고 여행자들은 고개를 들어 별 하나를 찾는다. 아기는 구유에 누워 있고 어떤 아이는 넓은 사원에서 용맹한 남자들에게 말을 하고 있다. 온화하고 아름다운 얼굴의 어떤 남자는 죽은 소녀를 경건하게 들어 올린다. 다시 도시의 성문 근처에선 들것에 누워 있는 과부의 아들을 살려 내고, 군중들은 그 남자가 앉아 있는 방에서 뚫린 지붕으로 환자가 밧줄에 묶여 내려오는 광경을 지켜보고 있다. 또한 그 사람은 폭풍우 속에서 물 위를 걸어 배로 가고, 바닷가에서 수많은 사람들에게 가르침을 주고, 무릎에 한 아이를 앉히고 다른 아이들에게 둘러싸여 있으며, 장님은 눈을 뜨게 하고, 벙어리는 말하게 하며, 귀머거리는 듣게 하고, 병든 자는 건강하게 하고, 유약한 자는 힘을 얻게 하고, 무지한 자에게는 지식을 준다. 그가 십자가에 못 박혀 무장한 병사의 감시 속에 죽어갈 때 짙은 어둠이 밀려오고 천지는 진동하며, 오직 한 사람의 목소리만 들려온다. "그들을 용서하라, 그들은 자신이 한 짓을 모르니라."

트리 아래쪽 다 자란 나뭇가지에는 크리스마스를 기억나게 하는 것들이 빽빽하다. 굳게 입을 다문 교과서들, 침묵을 지키고 있는 오비디우스와 베르길리우스*, 한때는 아무짝에도 쓸모 없는 답을 구하고 또 구했지만 그동안 거들떠보지도 않았던 수학 책, 칼자국이 나고 홈이 파이고 잉크 묻은 책상과 걸상을 가장자리로 밀어내어 만든 연극 무대와 그곳에 더 이상 오르지 않는 테렌스와 플라우투스**의 희곡집. 사람들이 수없이 밟고 지나갔을 풀 냄새와 저녁 공기를 뒤흔들던 부드러운 함성이 배어 있는 크리켓 장비와 공 따위는 한쪽 벽에 아무렇게나 쌓여 있다. 트리는 여전히 싱싱하고 마음을 들뜨게 한다. 만일 내가 크리스마스에 더 이상 고향에 오지 않으면, 세상이 끝나지 않는 한 여기에는 언제나 소년, 소녀가 있으리라.(오, 하나님, 감사합니다!) 그렇다, 그들은 저기, 저 나의 트리 가지 위에서 즐겁게 춤추고 뛰어논다. 그들에게 신의 은총이 함께하기를! 나 또한 즐거운 마음으로 춤추고 뛰어논다!

나는 크리스마스에 고향 집에 온다. 우리 모두 그러할 것이다. 아니 그래야 한다. 우리는 모두 이 짧은 휴가(길면 길수록 좋다.)를 보내기 위해 번듯한 기숙사를 떠나 집으로 온다. 아니 와야만 한다. 산술 석판을 가지고 열심히 공부하던 곳을 떠나

---

* 로마의 시인. 오비디우스와 베르길리우스의 작품은 19세기 영국 학생들의 필수 과목이었다.

** 테렌스와 플라우투스 모두 로마 시대의 희극 작가이다.

휴식을 취하러 온다. 방문으로 말할 것 같으면 의지만 있다면 가지 못할 곳이 어디 있겠는가. 우리가 가려고 했을 때 가지 못한 곳이 있었는가. 우리의 환상은 크리스마스트리에서 시작된다!

겨울 풍경 속으로 떠나보자. 트리에는 겨울 풍경이 얼마나 많은가! 옅은 안개가 낮게 깔린 공터를 지나 늪지와 짙은 안개를 뚫고, 별도 거의 보이지 않는 동굴처럼 컴컴한 숲을 통과해 언덕을 오른다. 그리하여 넓은 고지대에 이르면 주변이 갑자기 조용해지고, 큰길이 나오면 마침내 발길을 멈춘다. 깊고 경건한 대문의 종소리가 얼어붙은 대기를 뒤흔들고, 경첩 달린 대문은 삐거덕거리며 앞뒤로 흔들린다. 저택으로 다가갈수록 창문에 어른거리는 불빛은 점점 커지고 맞은편에 늘어선 나무들은 길을 내주려는 듯 양편으로 갈라지며 엄숙하게 뒤로 쓰러지는 것처럼 보인다. 하루에도 몇 번씩 놀란 산토끼는 눈 쌓인 잔디밭을 가로질러 뛰어다닌다. 저 멀리 단단하게 얼어붙은 땅 위를 딸각거리며 뛰어다닌 사슴 떼의 발소리도 잠시 침묵을 깨뜨린다. 지금쯤 고비 잎사귀 아래에는 무언가를 주시하는 눈동자들이 빛나고 있으리라. 혹시 그 모습을 우리가 보게 된다면 나뭇잎 위에 언 이슬방울로 착각할 수도 있지만 그것들은 전혀 움직이지 않고 고요하다. 어쨌든 앞으로 다가갈수록 불빛은 점점 커지고 앞에 있는 나무들은 뒤로 쓰러진다. 이윽고 집에 도착하자 되돌아가지 못하게 하려는 듯 몸을 일으켜 우리의 등뒤를 에워싼다.

그곳에는 아마 구수한 군밤 냄새가 나고, 늘 우리 마음을 편안하게 해주는 것들이 있을 것이다. 우리는 지금 크리스마스 난롯가에 둘러앉아 겨울 이야기(유령 이야기라든가 좀 더 부끄러운 이야기)를 하는 중이기 때문이다. 우리는 난로에 가까이 다가앉을 때가 아니면 좀처럼 몸을 움직이지도 않는다. 어쨌든 그건 아무래도 좋다. 우리가 집에 도착했을때 우리 눈앞에 보인 것은 웬 고택이었다. 커다란 굴뚝이 여럿 있고 벽난로의 오래된 받침대 위에선 장작이 타고 있으며, 참나무로 된 벽에는 섬뜩한 초상화(그중에는 무시무시한 전설을 간직한 것도 있다.)가 못마땅한 표정으로 내려다보았다. 중년의 귀족인 우리는 다른 손님들과 함께 저택의 주인 부부로부터 풍성한 만찬을 대접받고 침실로 올라왔다. 마침 크리스마스라 집에는 손님들이 북적거린다. 우리 침실은 몹시 고풍스럽다. 방에는 색실로 짠 발이 걸려 있다. 우리는 난로 위에 걸린 푸른 옷을 입은 기사의 초상화가 마음에 들지 않는다. 천장에는 거대하고 시커먼 들보가 있고, 발 옆에는 검은색의 커다란 인물 조각상 두 개가 받치고 있는 으리으리한 검은 침대가 있다. 그 조각상들은 우리를 접대하려고 특별히 파크 가(街) 교회 묘지에 있는 무덤 두 곳에서 각각 튀어나온 것처럼 보인다. 하지만 우리는 미신을 믿는 사람들이 아니므로 신경 쓰지 않는다. 암, 그렇고말고! 우리는 하인들을 내보낸 뒤 문을 잠그고 잠옷 바람으로 난로 앞에 앉아 이런저런 생각에 잠긴다. 그러다가 침대로 간다. 그러나 잠을 이루지 못한다. 몸을 이리저리 뒤척여 보지만 잠을 이루지 못한다. 타다 남은 불이 방 안에 무시무시한 그림자를 드리운다. 쳐다보지 않으려고 해도 이불 밖으로 고개를 내밀 때마다 시커먼 인물 조각상 두 개와 푸른 옷을 입은 기사(험악한 인상의 기사다.)의 초상화가 눈에 띈다. 게다가 깜빡이는 불빛 때문에 앞으로 다가왔다 물러갔다 하는 것처럼 보인다. 우리는 절대 미신을 믿는 귀족은 아니지만 마음이 썩 편하지는 않다. 그렇다! 솔직히 말해 우리는 서서히 불안해진다. 시간이 갈수록 더해 가는 불안. 급기야 우리는 말한다. "어린애 같지만 더 이상 못 참겠어. 몸이 아픈 척하고 누군가를 불러야겠어!" 그런데 우리가 사람을 부르려는 찰나 어찌된 영문인지 분명 잠갔던 문이 열리면서 시체처럼 창백한 얼굴에 금발을 늘어뜨린 젊은 여자가 들어온다. 여자는 미끄러지듯 난롯가로 가더니 우리가 앉았던 의자에 앉아 두 손을 꼭 쥔다. 그제야 그녀의 옷이 젖었음을 알아차린다. 하지만 우리는 혓바닥이 입천장에 달라붙었는지 한마디도 하지 못하고 그저 여자의 행색만 찬찬히 살필 뿐이다. 그녀의 옷은 젖어 있고 긴 머리카락에는 젖은 흙이 묻어 있다. 입고 있는 옷은 이백 년 전에 유행하던 옷이고 허리띠에는 녹슨 열쇠 꾸러미가 달려 있다. 그렇다! 그녀는 저기 앉아 있고, 우리의 상태로 말할 것 같으면 까무러칠 힘도 없다. 이윽고 여자가 의자에서 일어나더니 녹슨 열쇠를 가지고 방에 있는 자물쇠란 자물쇠는 모두 열어보려 하지만 어느 것도 맞지 않다. 여자는 푸른 옷의 기사 초상화를 물끄러미 바라보다 나지막하면서도 오싹한 목소리로 말한다. "수사슴은 알고 있지!" 그런 다음 다시 두 손을 비틀어 짜며 침대를 지나 문밖으로 나간다. 우리는 얼른 가운을 걸치고 총을 꺼내 들고(우리는 항상 총을 소지하고 다닌다.) 따라나서지만 문이 잠겨 있는 것을 발견한다. 얼른 열쇠를 찾아 문을 열고 어두컴컴한 복도로 나가 보지만 개미 한 마리 보이지 않는다. 우리는 이리저리 돌아다니며 하인을 찾지만 찾지 못한다. 그렇게 동이 틀 때까지 복도를 배회하다 외딴 우리 방으로 돌아와 잠이 들었는데 하인들이 깨우는 소리에 눈을 떠보니 햇살이 눈부시게 빛나고 있다. 간단히 아침을 챙겨 먹는데 다른 일행이 우리에게 안색이 나빠

보인다고 말한다. 우리는 아침을 먹고 나서 주인과 함께 집 안팎을 구석구석 살피고, 마침내 주인을 푸른 옷을 입은 기사의 초상화가 있는 곳으로 데려간다. 그러고 나자 모든 것이 밝혀진다. 초상화 속의 기사는 집에서 부리던 어린 하녀에게 못된 짓을 저질렀다. 아름답기로 소문이 자자했던 하녀는 그 일이 있은 후 스스로 연못에 뛰어들어 목숨을 끊었고, 시신은 한참 뒤에 수사슴이 연못 물을 먹지 않으려 하는 바람에 발견이 되었다. 그 후로 그녀는 한밤중에 집 안을 돌아다니며(특히 푸른 옷의 기사가 자는 방에만 출몰했다.) 녹슨 열쇠로 옛날 자물쇠를 열려고 한다는 소문이 돌았다. 우리는 주인에게 우리가 본 광경을 죄다 털어놓았다. 이야기를 들은 주인은 얼굴이 금세 어두워지며 제발 아무에게도 발설하지 말아달라고 간청했고 우리는 그렇게 했다. 하지만 지금까지 말한 것은 모두 사실이고 우리는 죽기 전에(우리는 지금 이 세상 사람이 아니다.) 믿을 만한 사람들에게만 그 말을 들려주었다.

복도는 소리가 울리고 침실은 음침하기 짝이 없는 방들이 끝없이 이어진다. 자물쇠를 채워둔 지 여러 해 되는 외딴 방을 돌아다니다 보면 수많은 유령들과 마주치지만(이 기회에 꼭 말해둘 필요가 있을 것 같다.) 종류와 등급으로 구분하면 몇 가지 안 된다. 유령들은 독창성이 부족해서 늘 다른 유령들이 다니는 길만 '걸어 다닌다'. 따라서 특정한 복도의 특정한 방, 가령 사악한 왕이나 남작, 기사나 신사 들이 총으로 자살하고 흘린 피가 완전히 씻기지 않고 남아 있는 마루의 특정한 판자 위만 지나다닌다. 지금의 주인이 그랬듯이 여러분이라도 그걸 보면 핏자국을 박박 긁어내거나, 그의 아버지가 그랬던 것처럼 쓱쓱 대패질을 하거나, 그의 할아버지가 그랬던 것처럼 솔로 북북

문지르거나, 그의 증조할아버지가 그랬던 것처럼 독한 산성 액을 끼얹을 것이다. 하지만 피는 더 진해지지도 않지만 더 옅어지지도 않고, 더 심해지지도 않지만 더 약해지지도 않은 채 언제나 흔적이 남아 있다. 그런 집에 출몰하는 유령이 만약 문에 들러붙어 있으면 그 문은 절대 열리지 않거나 절대 닫히지 않는다. 또 물레나 도끼, 발자국, 울음소리나 한숨 소리, 말발굽 또는 덜거덕거리는 쇠사슬에서 유령이 출몰하는 소리가 들린다. 그렇지 않으면 가장이 임종하려고 할 때 망루의 시계가 종을 열세 번 친다든지 마구간의 커다란 대문 앞에 검은 마차가 기다리고 있는 환영이 누군가의 눈에만 보이기도 한다. 또 이런 경우도 있다. 메리 부인이 스코틀랜드 북부에 있는 황량한 대저택을 방문했다. 부인은 긴 여행에 지쳐 일찍감치 잠자리에 들었는데 다음 날 아침 식탁에서 무심코 이런 말을 꺼냈다. "정말 이상하군요. 어젯밤 이 외딴곳에서 그렇게 늦은 시간에 파티가 열렸는데, 왜 나한테는 알리지 않았나요? 아직 잠들기 전이었는데······." 그러자 사람들은 영문을 몰라 메리 부인에게 무슨 말이냐고 되물었다. 메리 부인이 대답했다. "어젯밤 내내 마차들이 내 방 창문 아래 테라스 주위를 빙빙 돌았잖아요!" 그러자 집주인의 낯빛이 창백해졌고 그의 아내도 마찬가지였다. 찰스 맥두들은 메리 부인에게 그만 말하라고 눈짓했고, 웬일인지 다른 사람들도 말이 없었다. 아침 식사가 끝나자 찰스 맥두들은 메리 부인에게 다가와 테라스에 마차가 어슬렁거리면 집안사람 중에 누군가 죽게 되는 것이 집안 대대로 내려오는 믿음이라고 귀띔해 주었다. 그리고 두 달 후 저택의 안주인이 죽음으로써 그 믿음이 증명되었다. 왕궁 시녀였던 메리 부인은 이 이야기를 늙은 샬롯 왕비*에게 종종 들려주었다. 그걸 어떻게 아느냐고? 늙은 왕**이 늘 "허, 정말이냐? 왜, 도대체 왜? 유령, 유령이라고? 말도 안 돼, 어떻게 그런 일이! 그런 일은 있을 수 없어!"란 말을 입에 달고 살았다고 한다. 왕은 잠자리에 들 때까지 절대 그 이야기를 그만두지 못하게 했다.

또 이런 이야기도 있다. 이름만 대면 알 만한 사람의 한 친구는 대학 시절 절친하게 지냈던 사람이 있었다. 그 두 사람은 육체에서 분리된 영혼이 이승에 돌아올 수만 있다면, 둘 중 먼저 죽는 사람이 남은 사람 앞에 나타나기로 약속했다. 세월이 흐르는 동안 두 사람은 약속을 잊었다. 그리고 각자의 인생을 살다가 점점 멀어져서 서로 다른 인생길을 가게 되었다. 그리고 오랜 세월이 흘러 잉글랜드 북부에 살던 친구가 어느 날 요크셔 무어스의 여인숙에서 하룻밤 묵게 되었다. 밤이 되어 그는 침실에서 달빛이 쏟아지는 창밖을 내다보았다. 그런데 창가 옆 화장대에 기대어 서서 그를 뚫어지게 바라보는 사람이 있었다. 바로 대학 시절 친구였다! 엄숙한 모습의 유령은 작은 목소리로 속삭였지만 똑똑히 들리도록 이렇게 말했다. "가까이 다가오지 말게. 나는 죽은 몸이야. 약속을 지키기 위해 여기에 왔네. 다른 세상에서 왔어. 하지만 부디 이 사실은 비밀로 해주게!" 그러고 나서 유령은 점차 창백해지면서 흐늘흐늘 녹더니 달빛 속으로 사라져버렸다.

또 이런 이야기도 있다. 우리 마을에는 인근에도 널리 알려진 엘리자베스풍의 그림 같은 저택이 있다. 그 저택의 주인에게는 딸이 하나 있었다. 혹시 그녀에 대해 들어봤는가? 못 들어봤다고! 어쨌든 그녀는 어느 여름날 땅거미가 질 무렵 밖으로

---

* 조지 3세의 왕비.
** 조지 3세를 가리킴. 말년에 정신장애를 일으켜 '미치광이 왕'으로 알려짐.

산책을 나갔다. 당시 갓 열일곱 살이 된 아름다운 소녀였던 그녀는 정원의 꽃을 따려다 질겁하고는 아버지에게 달려갔다. "아버지, 방금 전에 저와 똑같이 생긴 여자 애를 봤어요." 아버지는 딸을 안아주며 헛것을 본 거라고 위로했지만 딸은 믿지 않았다. "아니에요, 큰길에서 나를 만났다니까요. 핏기 하나 없는 얼굴로 시든 꽃을 따고 있었어요. 고개를 돌려 날 쳐다봤는데 손에 꽃을 들고 있었어요." 그런데 그날 밤 소녀는 죽었다. 그 후 소녀의 이야기에 이런저런 상상이 덧붙여지기 시작했고 지금도 끝나지 않았다. 사람들은 오늘날까지도 그 집의 벽 어딘가에 소녀의 얼굴이 나타난다고 믿고 있다.

이런 이야기도 들어보겠는가? 내 형수의 삼촌뻘 되는 사람이 어느 날 해 질 무렵 말을 타고 집으로 가고 있었다. 그런데 집 근처 나무가 우거진 오솔길을 달리는데 웬 사내가 좁은 길을 가로막고 서 있는 게 아닌가. 그는 '저 외투 차림의 사내가 왜 저기 서 있는 걸까. 혹시 나한테 말을 태워달라고 하려는 걸까?' 하고 생각했다. 하지만 외투 차림의 사내는 전혀 미동도 하지 않았다. 꼼짝도 않고 서 있는 모습이 이상하게 느껴섰시만 그는 속도를 늦추며 사내 앞으로 다가갔다. 그런데 아주 가까이 다가가 말 등자가 그 사내의 곁을 스치는 순간 말이 놀란 듯 뒷걸음쳤고 사내는 기이하게도 이 세상 사람 같지 않은 몸짓으로 제방으로 미끄러지더니 사라져버렸다.(발을 전혀 사용하지 않고 스르르 뒤로 미끄러져 갔다.) 그는 그때서야 깨닫고 "세상에! 저건 봄베이에 사는 사촌 해리잖아!"라고 소리쳤다. 그는 발로 박차를 가했다. 갑자기 식은땀이 솟았다. 조금 전에 본 이상한 모습을 의아해하면서 자기 집 앞마당으로 말을 내달렸다. 그런데 집에 도착해 보니 아까 보았던 사촌과 똑같은 사람이 보였다. 프랑스풍의 긴 거실 창문이 밖으로 열려 있었는데 그 사내가 창문을 막 지나가고 있었던 것이다. 그는 하인에게 말의 굴레를 던지며 서둘러 그 사람을 쫓아 안으로 들어갔다. 거실에는 여동생이 혼자 앉아 있었다. "앨리스, 해리 사촌은 어디 있지?" "오빠의 사촌 해리요?" "그래, 봄베이에 사는 해리 말이야. 조금 전에 길에서 만났는데, 집에 와보니 여기로 들어오더구나." 하지만 집 안에서 그를 본 사람은 아무도 없었다. 나중에 밝혀진 일인데 바로 그 시간 사촌 해리는 인도에서 세상을 떠났다.

다음은 아흔아홉 살로 생을 마감할 때까지 정신이 말짱했던 노처녀 이야기이다. 그녀는 마지막 순간까지, 사실은 그 고아 소년을 목격하기 전까지만 해도 정신이 맑았다. 그 고아 이야기는 종종 잘못 전해지기도 했지만 이 이야기는 사실이다. 왜냐하면 우리 집안과 관련이 있기 때문이다. 사실 그녀는 우리 집안사람이다. 그녀가 마흔 살쯤 되었을 때, 그때도 여전히 보기 드문 미인이었는데(그녀는 젊어서 애인과 사별하고 여러 남자에게서 청혼을 받았지만 끝까지 결혼하지 않았다.) 켄트의 모처에 머물 기회가 있었다. 인도에서 사업을 하는 그녀의 오빠가 최근에 새로 구입한 집이었다. 그 집은 한때 어떤 고아 소년의 후견인이 맡아서 관리하던 집이었는데, 후견인이 스스로 다음 상속자가 되어 어린 소년을 가혹하고 잔인한 방법으로 살해했다. 그녀는 그 사실에 대해 아무것도 몰랐다. 그런데 그녀가 묵었던 침실이 바로 후견인이 소년을 가둬두던 방이었다. 물론 어디에도 그런 흔적은 없었다. 방에는 그저 옷장 하나만 달랑 있었을 뿐이다. 그녀는 침실로 갔고 그날 밤에는 아무 일도 일어나지 않았는데, 이튿날 하녀가 들어오자 그녀가 아무렇지도 않게 묻는 것이었다. "밤새 저 옷장에서 밖을 내다보던 그 불쌍한 아이가 누구예요?" 하녀는 큰 소리로 비명을 지르며 방을 뛰쳐나갔다. 그녀는 놀랐지만 마음을 다스리는 능력이 뛰어난 여자였다. 그녀는 옷을 입고 아래층으로 내려와 오빠에게 조용히 말했다. "오빠, 불쌍해 보이는 어떤 아이 때문에 밤새 잠을 설쳤어요. 그 애가 옷장에서 자꾸만 밖을 힐끗거리는데 난 도저히 문을 열 수가 없었어요. 여기엔 뭔가 사연이 있어요." 오빠가 말했다. "그럴 리 없다. 샬럿, 사실 이 집에 내려오는 전설이 있단다. 고아 소년에 관한 전설이지. 그런데 그 소년이 어떻게 하더냐?" 그녀가 말했다. "문을 조용히 열더니 밖을 내다봤어요. 이따금 방으로 한두 걸음 걸어 나왔고요. 그래서 내가 말을 걸어보려고 소년을 불렀더니 흠칫 놀라며 다시 옷장으로 기어 들어가서 문을 닫아걸었어요." "샬럿, 옷장은 이 집의 어느 곳과도 통할 수 없게 되어 있단다. 게다가 옷장은 못질이 되어 있고." 오빠가 말했다. 그 말은 부인할 수 없는 사실이었다. 그날 오전 내내 목수 둘이 옷장 문을 열고 안팎을 조사했지만 아무것도 발견하지 못했다. 당시 그녀는 고아 소년을 본 데서 그친 것만으로 다행이라 여겼다. 그러나 이 섬뜩하고 비극적인 이야기는 거기에서 끝나지 않았다. 그 후 오빠의 세 아들이 차례로 고아 소년을 목격했는데, 모두 어린 나이에 불귀의 객이 되고 만 것이다. 세 아이들은 각각 병에 걸리기 열두 시간 전에 온몸이 불덩이가 되어 집으로 돌아와선 어머니에게 자신들이 어떤 벌판에 있는 참나무 밑에서 이상한 소년과 놀았다고 이야기했다. 예쁘장하면서도 몹시 비참해 보이는 소년은 잔뜩 겁먹은 몸짓으로 신호를 보냈다! 그렇게 자식을 하나둘 잃는 동안에 부모는 그 아이가 고아 소년이라고 확신하게 되었고 소년이 놀이 친구로 선택한 아이는 죽게 된다는 사실을 깨닫게 되었다.
　레지온은 독일에 있는 성의 이름이다. 우리는 그곳에 앉아 유령을 기다린다. 성 안의 방도 구경하고 열렬한 환대도 받았다. 그곳에서 우리는 탁탁 불꽃 튀는 소리에 놀라 휑한 벽을 두리번거리고 그림자들을 흘끔거린다. 성에서 허드렛일을 하는 마을 여관 주인과 예쁜 딸이 벽난로에 새 장작을 넣고 소박한 식탁에 식은 토끼 구이라든지, 빵과 포도, 라인 지방의 숙성한 와인 한 잔 따위로 만찬을 차려놓고 돌아가 버리면 문득 쓸쓸함을 느낀다. 사람들이 하나둘 자기 방으로 돌아갈 때면 방문 닫는 소리가 음울한 천둥소리처럼 들린다. 그러다 밤이 되면 몇 시간 안 돼 온갖 초자연적이고 신기한 이야기를 알게 된다. 레지온은 그 성에 자주 드나드는 독일 학생 단체의 이름이기도 하다. 그 학생들이 있건 말건 난롯가에 더 가까이 다가앉으려는데 구석에 있던 학생 하나가 눈을 동그랗게 뜨고 두리번대더니 점찍어 둔 걸상으로 쏜살같이 달려간다. 그때 우연히 문이 활짝 열린다. 엄청나게 많은 과일들이 주렁주렁 매달려 빛을 발하는 크리스마스트리, 트리 꼭대기에 달린 과일들은 어찌나 잘 익었는지 가지들이 아래로 축 늘어졌다!
　나중에는 크리스마스트리에 장난감이라든지 좋아하는 물건들이 걸리게 되었지만(대체로 가치도 순수함도 떨어지는 물건들이다.) 어린 시절 크리스마스 밤에 들었던 부드러운 노랫소리, 아련한 새벽 노래가 떠오르는 이미지는 영원히 바뀌지 않을 것이다! 크리스마스와 관련된 따뜻한 장면을 떠올림으로써 어린 시절의 해맑은 모습을 영원히 잃지 않게 하라! 크리스마스와 관련된 온갖 즐거운 추억과 이미지를 상상함으로써 가난한 집의 지붕에도 밝은 별이 빛나고 그리스도 세상의 별이 되기를!

잠깐, 이런, 저 시들어가는 크리스마스트리 아래쪽 나뭇가지가 아직도 어두워 보인다. 한 번만 더 보여 다오! 너의 나뭇가지에 휑하게 뚫린 곳이 생겼다는 것을 알고 있다. 그곳은 내가 사랑했던 눈동자가 밝게 빛나고 웃음 짓던 곳이다. 하지만 그 눈동자는 떠났다. 그보다 위쪽에 죽은 소녀를 안아 올리고, 과부의 아들을 들어 올리던 이는 보이는구나! 아, 선하신 분! 설령 내 눈에는 보이지 않는 늙음이 시들어가는 트리의 어딘가에 숨어 있다 하더라도, 아, 내 머리가 하얗게 세더라도 나는 트리의 모습에서 어린아이의 마음과 천진난만함과 믿음을 구하리라!

지금 크리스마스트리는 화려한 장식물로 꾸며지고 노래와 춤과 즐거움으로 넘쳐난다. 트리는 어느 집에서나 환영받는다. 천진난만함과 다정함은 영원하며, 나뭇가지 아래에 침울한 그림자는 보이지 않는다! 그리고 트리가 바닥으로 내려올 때 나는 나뭇잎 사이에서 속삭이는 소리를 듣는다. "이로써 사랑과 친절, 자비와 연민의 법칙을 기념하라. 이를 행하여 나를 기념하라*!"

---

* 누가복음 22장 19절. 예수가 최후의 만찬에서 하신 말씀.

늙어가는 우리에게 크리스마스란 무엇일까?

 그 시절에는 세상이 온통 마법의 종소리로 겹겹이 둘러싸이는 크리스마스가 되면 누구나 부러운 것도 아쉬운 것도 없었다. 크리스마스가 되면 집집마다 기쁨과 애정과 희망이 흘러넘치고, 모든 사람과 온갖 물건들이 난롯가에 옹기종기 모여들었으며, 우리의 어린 눈망울에는 작은 그림이 아른거렸다.
 우리의 생각이 편협한 한계를 훌쩍 뛰어넘던 그 시절에는 크리스마스도 빨리 찾아왔으리라. 우리의 완전한 행복을 위해 누군가를(그 시절에는 아주 사랑스럽고 아름다우며 더할 나위 없이 완벽하다고 믿었다.) 필요로 했으며 우리 또한 그 사람이 앉은 크리스마스 난롯가에 꼭 필요한 존재였던(혹은 우리만 그렇게 생각했더라도 그것만으로도 좋았다.) 시절, 우리의 삶이 온통 그 누군가의 이름으로 화환과 꽃 장식처럼 수놓였던 시절 말이다.
 그 시절의 크리스마스는 까마득히 높은 곳에서 눈부시게 빛나는 상상 속의 크리스마스였으니, 마치 여름날 비가 그친 후 무지개의 희미한 테두리를 보는 것처럼 아련하기만 하였다! 그 시절의 크리스마스에는 이루어질 수도 있었지만 끝내 이루어지지 않은 일들, 그러나 워낙 간절하게 원했기에 너무도 생생한 일들을 떠올리며 황홀한 즐거움을 맛보았다. 그리고 그때의 간절했던 희망은 현실처럼 생생해서 얼마나 실현되었는지 지금으로선 판단하기조차 어려운 지경이리라!

뭐라고! 그 후로는 크리스마스가 오지 않았다고? 젊은 시절 선택한 소중한 인연과 불가능하게만 보였던 결혼에 성공하고 달콤한 행복을 맛보던 중, 견원지간 같았던 두 집안으로부터 드디어 인정받은 후로는 그와 같은 진정한 크리스마스는 온 적이 없다고? 집안에서 인정받지 못했던 관계였을 땐 다소 냉랭했던 시동생이나 시누이가 우리를 진심으로 사랑하게 된 것이 언제인가? '초라하기 짝이 없는 수입'이 우리를 절망케 한 때가 언제인가? 의자에서 일어나 손님들 틈에 앉아 있던 연적에게 너그러운 마음으로 경의를 표해 감격시킨 후 우정과 용서를 교환하고, 그리스 로마 신화에 나오는 이야기만은 못하더라도 죽을 때까지 우정을 다져 나가자고 맹세한 후로는 그와 같은 진정한 크리스마스 만찬은 없었다고? 그 연적은 애초에 아내를 향한 애정을 포기하고 돈만 보고 결혼해서 잘나가는 고리대금업자가 되었다고? 그래서 이제 와서 생각해 보니 연적을 물리치고 귀한 보석을 차지하는 바람에 더 초라한 신세가 되었으며, 오히려 결혼하지 않았으면 더 나았을 거라고 결론 내렸단 말인가?

대단한 명성을 얻거나 어느 분야에서건 뛰어난 성과를 얻고 훌륭한 업적을 쌓아 성공을 거둔 것을 축하했던 크리스마스 이후로는, 명예를 얻고 이름을 널리 알려 가족들의 인정을 받고 기쁨의 눈물을 흘렸던 크리스마스 이후로는 다시는 그와 같은 크리스마스를 맞지 못했다고?

우리의 인생은 길을 가다 이런 거룩한 생일, 그러니까 크리스마스 같은 이정표가 있어야만 걸음을 멈추고, 지난날 이루어질 수도 있었지만 이루어지지 않은 일들을 돌아보게 되는 것일까? 지금까지 있다가 방금 떠난 것이라든지 언제나 변함없이 있는 것은 그토록 중요하고 진지하게 생각하면서 말이다. 만일 그렇다면, 또 그렇게 생각한다면 인생은 꿈꾸었던 것보다 별로 나은 것도 없으며, 우리가 그토록 추구했던 사랑과 인내도 부질없는 것이었다고 결론 내려야 하는 걸까?

천만에! 친애하는 독자 여러분. 크리스마스에는 추호도 그런 생각일랑 하지 마라. 우리의 마음을 최대한 크리스마스 기분으로 채워라. 다시 말해 적극적으로 자신에게 이롭게 이용하고 소중히 여기며 의무감이나 친절함, 자제심 따위는 기쁘게 벗어 던지는 것이다. 특히 마지막 덕목은 우리의 어린 시절 못다한 일들을 떠올려보면 도움이 되며, 아니 마땅히 그렇게 해야 한다. 이 세상에 눈에 잘 띄지 않는 것들조차 조심스럽게 다루라고 가르쳐주는 스승이 어린아이의 심성 말고 또 무엇이 있겠는가!

따라서 우리는 나이를 먹을수록 크리스마스와 관련된 생각들이라든지 크리스마스가 가르쳐주는 교훈들에 감사하고 그러한 것들을 더욱 확대해야 한다! 그런 것들을 하나하나 불러내고 반갑게 맞이하여 크리스마스 난롯가에 각각의 자리를 마련해 주어야 한다.

어서 오라, 옛 열망이여, 작렬하는 환상이 빚어낸 눈부시게 빛나는 창조물이여, 너의 자리는 호랑가시나무 아래다! 우리는 너를 잘 알고 있고 아직 너만큼 오래 살지는 않았다. 어서 오라, 옛 계획, 옛 사랑이여. 너는 비록 덧없을지라도, 우리 곁에서 쉼 없이 타오르는 불빛 한가운데 자리로 오라. 어서 오라, 마음에 생생한 모든 것들아, 그리고 너를 생생하게 만드는 열렬함이여, 오라! 오, 하나님 감사합니다! 우리는 이제 구름 속에 크리스마스라는 성을 쌓지 못하는 것일까? 우리의 생각이 꽃봉오리 같은 아이들 틈에서 나비처럼 나풀거리게 하라. 여기 증거를 보라! 이 소년 앞에는 낭만적인 지난날 우리 앞에 놓였던 것보다 훨씬 찬란한, 그러면서도 영예롭고 진실된 밝은 미래가 펼쳐져 있다. 반짝이는 곱슬머리가 물결치는 아이의 자그만 머리는 사방에 귀엽고 명랑한 매력을 뿜낸다. 시간의 손*이 닿는 곳에 우리가 처음 사랑했던 이의 곱슬머리를 잘라줄 낫이 없던 때처럼 말이다. 그 옆에 있는, 조용하지만 만족스러워하는(차분하지만 환하게 웃는 표정인) 소녀의 얼굴에는 '가정'이라는 글자가 선명하게 쐬어 있다. 별에서 빛이 나오듯 그 글자에선 빛이 뿜어져 나온다. 우리가 언제 어떻게 죽어 없어지더라도 우리보다 더 젊은 희망을 품은 사람들이 있고, 우리보다 더 깊이 감동할 수 있는 마음을 지닌 사람들이 있음을 우리는 잘 알고 있다. 다른 사람의 길은 어쩌면 그토록 순탄하고, 다른 사람의 행복은 어쩌면 그렇게 화려하게 꽃피고, 열매를 맺고 시들어가는지! 아니, 시들어가는 게 아니다. 또 다른 가정과 아이들이 생겨나(생겨나려면 오랜 세월 기다려야 하는 것도 아니다.) 자라고, 꽃을 피우고 결국 열매를 맺게 될 터이니!

오라, 무엇이든! 어서 오라. 과거에 존재했던 것이나 결코 존재하지 않았던 것이나 우리가 바랐던 것들 모두, 호랑가시나무 아래 너희 자리로 오라. 크리스마스 난롯가에 너희 자리를 잡

---

*그리스 로마 신화에 나오는 크로노스. 한 손에는 모래시계를, 한 손에는 낫을 들고 있는 것으로 묘사된다.

아라. 마음을 열고 앉아라! 저 그림자 속, 불꽃 위로 몰래 고개를 내민 적의 얼굴이 보이는가? 크리스마스 날이니 우리는 그를 용서한다! 그가 우리에게 입힌 상처도 평생 함께 가야 할 동반자임을 인정할 수 있다면 그도 여기에 와서 한 자리 차지하게 하라. 그렇지 않으면 안타깝지만 그대로 가게 내버려 두어라. 다만 절대 그를 해치지도 비난하지도 않을 거라고 안심시켜 주어야 한다.

이날에는 무엇이든 환영할 것이다!

누군가가 낮은 목소리로 말한다.

"잠깐만, 뭐든지? 다시 생각해 봐!"

"크리스마스에는 난롯가에 누가 오든지 막지 않을 거라고."

그러자 알 수 없는 목소리가 다시 묻는다.

"시든 이파리가 깔린 거대한 도시의 그림자도? 이 세상을 어둡게 만드는 그림자도? 죽음의 도시* 그림자도?"

그렇다. 하다못해 그런 것도 맞아들일 것이다. 해마다 크리스마스가 되면 우리는 고개를 돌려 그 도시를 바라볼 것이다. 그러면 그곳의 주인들은 말없이 우리가 사랑했던 사람들을 데려오리라. 이맘때면 우리는 죽음의 도시, 그 저주받은 이름으로 불리는 곳에서 온 사람들과 함께 모일 것이다. 그리하여 언젠가 약속한 대로 죽음이 목전에 왔을 때 우리는 죽음을 거부하지 않고 받아들일 것이다. 그 도시의 사람들은 다정한 사람이기에!

그렇다. 우리는 난롯가에 옹기종기 모여 있는 아이들 틈에서, 경건하게 내려오는 사랑스러운 아이들의 천사**를 보며 그

---

* 묘지를 의미하기도 한다.
** 어려서 죽은 디킨스의 딸 도라를 암시함.

아이들이 우리 곁을 떠난 순간이 기억나도 견딜 수 있다. 아이들은 웃고 떠들며, 이스라엘 민족의 조상이 그랬듯 자신들도 모르는 사이에 천사들을 기쁘게 맞이하지만 그 손님이 누구인지 모른다. 하지만 우리 눈에는 천사들이 보인다. 천사는 마음에 드는 어떤 아이를 꾀어 데려가려는 듯 아이의 목에 빛나는 팔을 휘감고 있다. 천상의 모습들 중에 인간인 듯한 몸이 불편한 불쌍한 소년*이 보인다. 소년의 몸에선 빛이 난다. 오래전 그 아이의 어머니는 죽어가면서 혼자 두고 가야 하는 아들 생각에 슬프게 흐느꼈다. 그토록 어린 아기였으니 죽은 어머니를 만나려면 숱한 세월을 기다려야 하건만 소년은 곧 어머니를 따라갔고 어머니의 품에 안겼다. 소년은 어머니의 손이 이끄는 곳으로 가고 있다.

씩씩한 소년이 있었다. 소년은 작렬하는 태양 아래 펄펄 끓는 모래밭에 넘어지면서도 이렇게 말했다. "마지막까지 사랑했던 가족들에게 내가 그들의 뺨에 한 번만이라도 입 맞추고 싶어 한다고 전해 주세요. 하지만 나는 행복하게 눈감았고, 해야 할 일을 모두 했어요!" 또 기록으로 남겨진 이런 죽음도 있다. "우리는 그의 시신을 깊은 곳에 매장하노니!**" 그리하여 그는 쓸쓸한 바다에 맡겨졌고 어딘가로 떠내려갔다. 또 어떤 사람은 울창한 숲 속 어두운 그늘에 누워 안식을 찾았고, 더 이상 깨어나지 못했다. 아, 그들은 크리스마스가 되면 사막에서 바다에서 숲에서 집으로 돌아오지 못하는 것일까!

기쁨으로 넘쳐야 할 크리스마스를 울음바다로 만들고 침묵

---

* 디킨스의 다리를 저는 조카 해리를 암시한다. 그가 사랑했던 여동생 패니 버닛의 아들로, 패니는 1838년에 죽고 해리는 그 이듬해에 죽었다.
** 기도서에 나오는 '익사한 자의 장례식에서 읽는 기도문'의 한 구절.

의 도시로 떠나간 사랑스러운 소녀*도 있었다.(소녀는 여인이라고 불러도 좋을 나이였지만 끝내 여인은 되지 못했다.) 기운이 다 빠져 들릴락 말락 한 목소리로 속삭이고 병마와의 싸움에 지쳐 영원히 잠들어 버린 그 소녀를 우리는 기억할까? 아, 지금 그 소녀를 보라! 아름답고 평온하며 조금도 늙지 않은 행복한 소녀의 모습을 보라! 야이로**의 딸은 소생했다가 다시 죽었으나, 그 소녀는 "영원히 소생하리라!"라고 말하는 예수님의 음성을 들었으니 더 큰 복을 받은 게 아니고 무엇이랴!

어릴 때부터 친하게 지낸 친구가 한 명 있었다. 젊은 시절 우리는 그 친구와 다가올 인생의 변화를 종종 그려보곤 했다. 우리가 나이가 들면 어떤 말을 하고 어떻게 걷고 어떤 생각을 하고 어떤 화제로 잡담을 할지 웃으며 상상도 했다. 그런데 운명은 한창나이의 친구를 죽은 자의 도시로 데려가 버렸다. 그 친구는 크리스마스가 되면 기억에서 떠오르지 않을까? 그와의 우정은 기억에서 지워진 것일까? 아니, 잃어버린 친구, 잃어버린 아이, 잃어버린 부모, 잃어버린 형제, 자매, 잃어버린 남편이나 아내, 우리는 당신들을 잊지 않을 것이다! 당신들은 우리의 크리스마스 추억 속에, 그리고 우리의 크리스마스 난롯가에서 소중한 자리를 차지할 것이다. 영원한 소망의 계절, 영원한 자비의 탄생일에 우리는 그들 모두를 환영할 것이다!

겨울 햇살이 시내와 마을로 쏟아져 내리고, 바다에는 물 위로 성스러운 길이 새로 열리듯 장밋빛 길이 만들어진다. 그리

---

* 디킨스의 아내 캐서린의 여동생 메리 호거스를 암시한다. 그녀는 열일곱 살 되던 해에 갑자기 디킨스의 집에서 죽었다. 디킨스는 평생 그녀에 대한 추억을 간직했다.
** 마가복음에 나오는 가버나움의 회당장. 딸이 예수에 의해 소생했다.

고 얼마 후 해가 넘어가고 밤이 찾아오면 멀리 불빛이 반짝이기 시작한다. 형체 없이 흐릿한 마을 너머 언덕, 마을 첨탑을 에워싼 적막한 나무들 사이에 돌로 깎아 만든 추억의 기념비들이 평범한 들꽃 가운데 놓여 있다. 잡초 사이에서 자란 들꽃들은 둔덕 주위에 자란 키 작은 가시덤불과 뒤엉켜 있다. 시내와 마을의 문과 창문은 추운 날씨 탓에 꽁꽁 닫혀 있지만 그 안에선 넉넉하게 쌓아둔 장작들이 타닥타닥 소리 내며 타오르고, 얼굴마다 즐거운 미소가 떠오르며 활기찬 목소리들이 음악처럼 흐른다. 온갖 거칠고 해로운 것들은 가정의 수호신이 지키는 신전에 들어오지 못하게 하고, 따뜻하며 용기와 위안을 주는 것들만 들어오게 하라! 위안과 평온을 주는 크리스마스에 관한 기억, 산 사람과 죽은 사람을 다시 만나게 해주는 아련한 추억, 콩 한 조각이라도 함께 나누려고 애써 온 수많은 이들의 베풂과 선행에 관한 것들만 말이다.

가난한 일곱 여행자

첫 번째 이야기

엄밀히 말하면 '가난한 여섯 여행자'였다. 그렇지만 빈둥거리긴 해도 나 또한 여행자 신세였고 바라던 대로 가난해 보였으니 나를 합치면 일곱 명이 된다. 이런 설명을 서둘러 하는 이유가 있다. 저 별나게 생긴 낡은 문에 대체 뭐라고 쓰여 있는 걸까?

향사* 리처드 왓츠의 유언에 따라
1579년 8월 22일 '가난한 여섯 여행자' 시설이 설립됨.
부랑자도 아니고 구호금 모금인**도 아닌 사람은
1인당 4펜스만 내면 하룻밤 숙박과 여흥도 제공됨.

---

* 보통 시골 신사를 일컫는다.
** 엘리자베스 시대에는 구호금을 모금할 수 있는 사람이 법으로 정해져 있었다. 그들은 자신을 위한 돈을 모금하지 못하게 되어 있었지만, 종종 부정직한 짓을 저질렀기 때문에 사회적인 평판이 나빴다.

'가난한 여섯 여행자' 시설은 켄트 주 로체스터의 작은 옛 도시에 위치해 있었고, 나는 일 년 중 좋은 날 중에서도 가장 좋은 날인 크리스마스이브에, 미심쩍긴 하지만 낡고 별나게 생긴 문 위에 새겨진 그 문구를 읽고 있었다. 안 그래도 그전에 근처에 있는 대성당 주변을 어슬렁거리면서 리처드 왓츠의 무덤도 보고, 뱃머리 장식처럼 금방이라도 튀어나올 듯한 고매한 리처드 원장의 흉상도 돌아본 터였다. 나는 시설을 혼자 찾아가느라 헤매기보다는, 성당 청소부에게 사례를 하고 길을 묻는 게 더 낫다고 생각했다. 덕분에 간단하게 지름길을 찾아 이 별나게 생긴 낡은 문에 이르렀고, 거기에 쓰인 글을 읽게 된 것이다.

"흠, 내가 구호금 모금인이 아닌 건 분명한데 부랑자인지 아닌지는 나도 잘 모르겠군!"

나는 문고리를 바라보며 중얼거렸다.

결국 내 양심에 물어본 결과 부랑자라고 할 만한 점이 두세 가지 있기는 했지만, 하는 짓이 골리앗보다는 엄지 톰*의 행동에 더 가깝다는 생각에 그리 나쁜 놈은 아니라고 결론 내렸다. 따라서 그런 자선 시설은 나 같은 사람을 위해 지어졌으며, 설립자인 존경하는 리처드 왓츠 씨가 나를 포함한 여러 사람들이 공동 유산 수령인이 되도록 남겨 준 거라고 생각했다. 따라서 나는 내 유산이라 할 이 시설을 자세히 살펴보기 위해 한참 뒤로 물러나 보았다.

그 집은 고색창연하면서도 고답적인 분위기가 나는 정갈한 하얀 집이었다. 벌써 세 번째 말하는 그 별나게 생긴 낡은 문(아치 형태의 문이었다.)에는 가로로 긴 격자창이 달려 있으

---

* 영국 민화에 나오는 엄지만 한 소년.

며, 박공지붕이 세 개였다. 그 밖에 로체스터의 한적한 하이스트리트 거리에는 낡은 들보와 받침목에 기묘한 얼굴을 조각해 놓은 박공집들이 많았다. 칙칙한 붉은 벽돌 건물은 정면에 인도 쪽으로 낡은 시계가 툭 튀어나와 있는데, 마치 '시간이란 자가 여기에서 장사를 하고 있소.' 라며 간판을 내건 듯했다. 사실 로체스터는 그 옛날 로마인과 색슨족, 노르만족 시대에는 시곗바늘이 활기차게 돌아갔다. 그러다 존 왕의 시대에 와서 성이 폐허가 되고(그때 그 성이 지은 지 몇 년이 되었는지는 자신 있게 말할 수 없다.) 수 세기 동안 버려지다시피 하며 온갖 풍상을 겪느라 벽에 시커먼 틈이 생겼는데 그 모습이 마치 까마귀와 갈까마귀가 눈알을 파먹은 것처럼 보였다.

나는 물려받은 이 시설의 상태나 입지 모두에 아주 흡족했다. 가슴 깊이 차오르는 뿌듯함을 느끼며 계속 그 건물을 살펴보다가 열려 있는 위층 격자창으로 아주 뚱뚱하지도 않고 아주 마르지도 않은 적당한 체격의 기품 있어 보이는 중년 부인을 발견했다. 부인은 호기심 어린 눈으로 나를 바라보고 있었다. 부인이 간단히 "혹시 집을 구경하고 싶으신 건가요?"라고 묻자, 나는 "실례가 안 된다면 그러고 싶습니다."라고 대답했다. 일 분도 안 돼 낡은 문이 열렸다. 나는 고개를 까딱하고 인사한 뒤 두 계단을 내려가 안으로 들어갔다.

"이곳은 여행자들이 난롯가에 앉아 4펜스를 내고 산 저녁거리로 요리를 해 먹는 곳이지요."

기품 있어 보이는 여인이 오른쪽 아랫방으로 안내하며 말했다.

"저녁을 먹고 나서 여흥은 즐기지 못하나요?"

내가 물었다. 대문 밖에 적힌 글귀가 머릿속을 맴돌았다. 나는 가락을 붙여 '숙박과 여흥, 1인당 4펜스.'라고 속으로 노래를 불렀다.

"손님들은 화로만 제공받게 됩니다."

부인이 말했다. 그녀는 상당히 친절하지만 듣기 좋은 빈말은 안 하는 성격 같았다.

"그리고 이 조리 도구도요. 그리고 여기 판자에 적은 것은 행동 수칙입니다. 손님들은 4펜스를 가지고 길 건너편에 있는 집사한테서 표를 사야 해요. 제가 입장을 허락하고 말고 하는 게 아니기 때문에 반드시 표부터 구입해야 돼요. 그런 다음 어떤 손님은 베이컨을 한 조각 사고, 어떤 손님은 청어를 한 마리 삽니다. 감자를 1파운드 살 수도 있고 그렇지 않을 수도 있고요. 어떤 때는 두세 명이 4펜스씩 모아 저녁거리를 함께 마련하기도 합니다. 다만 양식이 귀해서 비쌀 때는 4펜스를 내도 어느 것이든 충분히 얻을 수가 없어요."

"당연히 그렇겠죠."

내가 말했다. 나는 방을 둘러보다가 방 끝에 놓인 아늑한 벽난로라든지 나무틀을 댄 낮은 창문으로 얼핏 보이는 바깥 풍경, 머리 위의 들보 같은 것들을 보고는 감탄사를 연발했다.

"무척 안락하군요."

"천만에요. 불편하기 짝이 없죠."

기품 있어 보이는 그녀가 대답했다.

나는 그녀의 말이 듣기 좋았다. 말을 듣는 상대방이 인색하다고 생각하지 않게 하면서도 리처드 왓츠 씨의 뜻을 잘 지켜야 한다는 좋은 의도에서 나온 불안감이 묻어나는 말투였다. 하지만 방이 워낙 용도에 맞게 잘 꾸며져 있기에 나는 열심히 지나치게 겸손한 그녀의 태도에 항의했다.

"아닙니다, 부인. 틀림없이 겨울에는 따뜻하고 여름에는 서늘할 겁니다. 더구나 내 집처럼 편안해서 마음 놓고 쉴 수 있을 것 같습니다. 난롯가는 더없이 아늑해 보이고 추운 겨울밤 거리로 새어 나오는 따뜻한 불빛은 로체스터의 심장부를 완전히 녹이고도 남을 것 같습니다. 게다가 '가난한 여행자'의 편의 시설로 말할 것 같으면……."

"제 말은 그게 아니고, 저와 제 딸이 불편하다는 말이에요. 밤에 들어와 앉아 있을 방이 없으니까요."

부인이 말했다.

그 말은 사실이기는 했지만 현관문 맞은편에 비슷한 크기의 기묘하게 생긴 방이 하나 더 있었다. 두 방은 문으로 통하게 되어 있어서 나는 그리로 발걸음을 옮겼다. 나는 그 방을 누가 쓰는지 물었다.

"이 방은 회의실이에요. 신사 분들이 여기에 모이게 되죠."

부인이 말했다.

가만 보자. 아까 거리에서 세어보았을 때 일 층 창문을 제외하면 위층에는 분명 창문이 여섯 개였다. 나는 내심 계산이 틀렸나 의아한 마음에 당황해서 물었다.

"가난한 여섯 여행자들은 위층에서 자는 거 아닌가요?"

나의 새로운 친구라 할 부인은 고개를 저었다.

"그분들은 집 뒤편에 있는 기다란 작은 방 두 곳에서 나누어 주무십니다. 이 자선 시설이 설립된 후 줄곧 거기에 침대가 놓여 있죠. 지금 상황이 제겐 상당히 불편하답니다. 뒷마당을 약간 떼어 잠자러 가기 전에 앉아서 대화라도 나눌 수 있는 작은 방을 만들려고 해요."

"그러면 가난한 여섯 여행자들이 완전히 집 밖에 있게 되는 건가요?"

내가 물었다.

"완전히 집 밖에 나가 있게 되죠. 그 방법이 모두를 만족시킬 수 있고, 가장 편하니까요."

부인은 느긋하게 손등을 어루만지며 당당히 말했다.

나는 대성당 묘지에서 막 무덤에서 튀어나온 듯한 존경하는 리처드 왓츠의 조각상을 보고 약간 놀랐다. 그런데 문득 폭풍우가 몰아치는 밤이 되면, 그 조각상이 하이스트리트 거리를 가로질러 이곳에 와서 난동을 부릴지도 모른다는 생각이 들기 시작했다.

그렇지만 겉으로는 그런 내색을 하지 않고 계속해서 부인을 따라 집 뒤편의 좁은 방으로 갔다. 그리고 허름한 여관에 딸린 방처럼 생긴 비좁은 골방에서 그들을 발견했다. 그들은 꽤 말끔해 보였다. 그들을 바라보고 있으니 부인이 다가와 이 시설에서 받을 수 있는 인원이 정해져 있다 보니 연초부터 연말까지 매일 밤 방이 금방 차고 침대도 비는 날이 없다고 설명해 주었다. 내가 이런저런 질문을 하자 그녀는 대답 대신 '신사 분'의 위신에 맞게 회의실로 가서 얘기하자고 했다. 그리고 그곳에서 창문에 걸려 있는 자선원의 결산서를 보여 주었다. 나는 그것을 보고 이 시설을 운영하는 데 쓰는 리처드 왓츠 씨의 유산 대부분이 그가 임종할 당시에는 습지에 불과했다는 사실을 알게 되었다. 그런데 세월이 흐르는 동안에 그 땅은 개간이 되고 건물이 들어서면서 가치가 급등했다. 나는 또한 연간 수입의 약 30분의 1만 대문에 적어놓은 그 목적을 위해 쓰고 있다는 사실도 알게 되었다. 나머지는 재판, 수금, 신탁재산 관리인, 수수료, 그리고 '가난한 여섯 여행자'의 의의를 대대적으로 알리는 데 드는 기타 비용에 아낌없이 쓰고 있었다. 고대 영국 시절부터 이런 방식이 있었다는 말을 들은 적이 있으니 전혀 새로운 사실을 알게 된 것은 아니었다. 어떤 미국인 이야기에 나오는 커다란 굴처럼* 세상에는 어디나 그런 굴을 통째로 삼키려는 작자들이 있는 법이다.

"그런데 부인, 부탁이 있습니다. 누구든지 이 여행자들을 만나볼 수 있나요?"

나는 방금 떠오른 생각에 멍했던 얼굴이 환해지는 것을 느끼면서 말했다.

"글쎄요. 안 됩니다!"

부인이 미심쩍게 말했다.

"오늘 밤 말고요!"

"안 됩니다. 지금까지 그들을 만나게 해달라고 한 사람은 없었습니다. 아무도 그들을 만난 적이 없어요."

부인이 한층 강경하게 말했다.

나는 한번 마음을 먹으면 쉽게 주저앉는 성격이 아니기 때문에 어떻게든 마음씨 좋은 부인의 비위를 맞추려고 애썼다. 오늘은 크리스마스이브고, 크리스마스는 일 년에 단 하루며, 불행하게도 그건 사실이라고 하면서 말이다. 일 년 내내 크리스마스라면 이 세상은 완전히 달라질 것이라고도 했다. 또한 여행객들에게 크리스마스 만찬과 데운 컵에 따끈한 바설 술**을 담아 대접하고 싶다는 생각에 사로잡혀 있으며, 내가 따끈한 바설 술을 만들겠다고 하자 이 땅에는 칭찬의 소리가 울려 퍼

---

* 어떤 식당 종업원이 디킨스에게 들려준 이야기로, 식당에 온 어느 미국인이 아주 커다란 굴을 통째로 삼켰다는 내용이었다.

** 크리스마스와 새해에 마시는 술로 맥주나 와인을 데워서 설탕을 혼합한 술.

졌다고도 했다. 만일 내가 주연을 베풀도록 허락을 받는다면 나 자신이 얼마나 분별 있고 건전하며 유익한 시간에 어울리는 사람인지 밝혀질 것이다. 다시 말해 나는 쾌활하고 현명한 사람이며, 필요하면 주변 사람들도 그렇게 만들 줄 아는 사람으로 알려져 있다. 비록 휘장이나 훈장은 달지 않았지만, 또한 성직자도 웅변가도 사도도 성인도 어느 교파의 선지자도 아니지만 말이다. 결국 나는 기쁘게도 내 뜻을 관철했다. 그날 밤 9시에 칠면조와 소고기 한 덩어리를 식탁에서 구워 먹기로 계획이 세워졌다. 그리고 이번 한 번만 내 마음대로 리처드 왓츠 씨의 대리인이 되어 '가난한 여섯 여행자'를 위한 크리스마스 만찬을 주재하게 되었다.

나는 칠면조와 소고기 구이에 필요한 지시를 내리기 위해 내가 묵고 있는 여인숙으로 돌아갔다. 그리고 그날 내내 '가난한 여행자'에 대해 생각하느라 다른 생각이 비집고 들어올 틈이 없었다. 바람이 창문을 세차게 때릴 때면(마치 한 해가 임종을 앞두고 발작을 일으키는 듯 시커먼 진눈깨비 돌풍이 불었다 개었다 하는 매서운 날씨였다.) 각지에서 쉴 곳을 찾아 발걸음을 재촉할 여행자들을 그려보며, 그들이 만찬이 준비되고 있다는 사실을 알기나 할까 상상해 보고는 희열을 느꼈다. 나는 마음속으로 그들의 초상화를 그려보게 되었고, 나도 모르게 붓놀림이 점점 격렬해졌다. 여행자들은 오래 걸어서 발병이 나고, 얼굴은 여독으로 지칠 대로 지쳐 보였으며, 가방을 들거나 행낭을 매고 있었다. 그들은 안내 표지판이나 이정표가 나오면 걸음을 멈추고 구부러진 지팡이에 몸을 의지하고 거기에 뭐라고 적혀 있는지 열심히 쳐다보았다. 길을 잃고 밤새 찬 곳에 누워 자다가 온몸의 감각이 없어지고, 때로는 얼어 죽기도 했다. 나는 모자를 들고 밖으로 나갔다. 멀리 이쪽으로 오는 여행자를 볼 수 있으리라 생각하고 고성(固城) 꼭대기로 올라가 바람 부는 메드웨이 쪽 내리막길을 내려다보았다. 해가 저물어 잘 보이지 않는 대성당 첨탑(마지막으로 보았을 때 흰 서리에 뒤덮여 있었다.)에서 다섯, 여섯, 일곱 번 종소리가 울렸다. 머릿속이 온통 여행자들에 대한 생각으로 꽉 차 있어서 저녁도 먹을 수 없었고, 벽난로 속 빨갛게 달궈진 석탄을 보며 그들 생각만 떠올려야 할 것 같았다. 짐작으로 지금쯤 모두 도착해서 표를 구해 들어와 있을 것 같았다. 하지만 늦게 도착해서 발길을 돌리는 여행자들도 있을 거라고 생각하니 기쁜 마음이 가시는 것만 같았다.

대성당의 종이 여덟 번 울린 후 내 방 옆의 침실 창문으로 칠면조와 구운 소고기의 구수한 냄새가 올라오기 시작했다. 그 방은 창문으로 여인숙 마당이 내려다보였고, 마당 한편에 있는 부엌에서 새어 나오는 불빛은 성벽을 빨갛게 물들이고 있었다. 지금쯤 바셜 술을 만들기에 적당한 때였다. 나는 재료를 가지고(그 비율과 배합에 대해선 함구하겠다. 내가 절대 털어놓지 않는 유일한 비밀이다.) 기가 막히게 맛 좋은 술을 만들었다. 한 잔으로는 어림도 없지. 선반 위만 빼고 어디에 있는 잔이건 술이 식거나 넘쳐흐를까 봐 걱정할 필요는 없을 것이다. 다만 갈색 질그릇 주전자는 술을 잔뜩 담아 조잡한 헝겊으로 싸놓으니 살짝 숨 막혀 하는 것 같았다. 대성당의 종이 아홉 번 울리자 나는 두 팔로 예쁜 갈색 주전자를 부둥켜안고 왓츠 자선원으로 향했다. 어쩌면 내가 믿는 종업원 벤에게는 그동안 아무에게도 말하지 않은 비밀을 털어놓을지도 모르겠다. 다만 인간의 마음에는 결코 다른 사람은 소리를 울릴 수 없는 현이 있다. 내가 손수 만드는 술은 내게 있어 그런 현과 같다.

여행자들은 모두 모여 있고, 식탁에는 식탁보가 깔려 있었다. 벤은 장작을 잔뜩 가져와 난로 속에 아슬아슬하게 쌓아놓고 부지깽이로 한두 번 뒤적였다. 그러자 타닥타닥 불꽃이 큰 소리를 내며 활활 타오르기 시작했다. 벌겋게 달아오른 난로의 철망 울타리 안쪽 한구석에 나의 갈색 미인을 내려놓자, 그것은 천상의 귀뚜라미처럼 노래를 부르기 시작했고, 잘 익은 포도밭이나 향신료 풀이 자라는 숲, 또는 오렌지 나무 과수원에서 나는 냄새가 풍겼다. 이렇게 나의 주전자를 안심하고 보관할 수 있는 곳에 두고 난 뒤 손님 한 명 한 명에게 악수를 건네며 그들을 진심으로 환영했다.

만찬에 참석하게 될 사람들의 면면은 이러했다. 먼저 내가 있고, 두 번째로는 오른팔에 붕대를 맨 아주 점잖아 보이는 남자가 있었다. 그 남자에게선 싱싱한 나무 향기가 나서 나는 그가 배 만드는 일을 하는 사람일 거라고 짐작했다. 세 번째로는 꼬마 선원이 있었는데, 숱 많은 짙은 갈색 머리에 눈동자가 깊고 그윽해서 계집애처럼 보이는 어린아이였다. 네 번째 손님은 올이 성긴 추레한 검은 정장 차림이었고, 왠지 귀족인 듯한 인상을 풍겼지만 푸석하고 의심이 많아 보이는 얼굴을 보니 사는 형편이 나쁜 게 분명했다. 게다가 외투 단추는 떨어져 나가 붉은 끈으로 여몄고, 윗옷 안주머니는 너덜너덜한 종이 뭉치가 삐져나와 있었다. 다섯 번째 손님은 외국 태생이지만 말투를 들어보면 영국인이 분명해 보였는데, 모자 띠에 파이프 담배를 꽂아놓고 있었다. 그는 기회를 놓칠세라 자기소개를 했는데 사근사근한 말투로 쉽고 간결하게 말했다. 자신은 제네바 출신의 시계 기술자로, 관광하다 돈이 떨어지면 시계공으로 일해서 돈을 벌기도 하는데(내가 보기에는 시계를 몰래 들여와 파는 것도 같았다.) 주로 걸어서 대륙을 여행한다고 했다. 여섯 번째 손님은 어린 과부였다. 여전히 예쁘장하고 젊었지만 인생의 크나큰 불행을 몇 차례 겪는 동안 얼굴이 많이 상한 데다 눈에 띌 정도로 소심하고 두려움이 많은 외톨이처럼 보였다. 일곱 번째이자 마지막 손님은 어렸을 때는 자주 보였지만 지금은 거의 사라진 책 보부상이었다. 팸플릿과 싸구려 책을 가지고 다니는 그는 지난 일 년 열두 달 책 파느라 떠들었던 것보다 오늘 하루 저녁에 더 많은 말을 했다며 호탕하게 웃었다.

사람들은 방금 내가 말한 순서대로 식탁에 앉았다. 나는 부인과 마주 보는 상석에 앉았다. 내가 도착하자마자 다음과 같은 순서로 만찬이 차려졌으므로 자리를 잡는 데는 많은 시간이 걸리지 않았다.

나는 술 주전자를 가져오고
벤은 맥주를 가져오고

| 투덜이 소년이 | 투덜이 소년이 |
| 데운 접시를 가져오고 | 데운 접시를 또 가져오고 |

칠면조가 나오고
어떤 여자가 즉석에서 데워 먹을 소스를 가져오고
소고기가 나오고
어떤 남자가 야채 쟁반을 머리에 이고 오고
여관에서 나온 자원봉사자 마부는
하는 일 없이 빙그레 웃고만 있네.

하이스트리트 거리를 지나갈 때 우리 뒤로 맛난 음식 냄새가 혜성처럼 꼬리를 길게 남기는 바람에 사람들은 발걸음을 멈추고 이상한 듯 코를 킁킁댔다. 우리는 여인숙 마당 귀퉁이에서 먼저 출발했다. 벤이 늘 주머니에 넣고 다니는 철도원용 호루라기 소리에 익숙한 청년은 호루라기 소리가 나자마자 냉큼 부엌으로 달려가 뜨끈뜨끈한 자두 푸딩과 민스 파이를 들고 왓츠의 자선원으로 달려오라는 지시를 받았다. 자선원의 여행자들은 하녀의 시중을 받고, 그녀가 만든 푸르스름한 브랜디를 접대받게 될 것이다.

모든 계획은 정확하고 한 치의 오차도 없게 실행에 옮겨졌다. 칠면조 구이나 소고기나 내가 일찍이 먹어보지 못했던 최고의 맛이었고, 소스와 고기 국물도 넉넉했다. 그리고 나의 여행자들도 앞에 놓인 음식을 배불리 먹었다. 찬 바람과 눈으로 꽁꽁 얼어붙은 여행자들의 얼굴이 접시와 나이프, 포크가 부딪치는 소리에 서서히 녹고 벽난로와 따뜻한 음식으로 발그레하게 달아오른 모습을 바라보는 것만으로도 내 마음은 진정 벅차올랐다. 한편 모자와 외투는 벽에 걸려 있고, 방 한구석에는 조그만 짐 보따리들이 얌전히 놓여 있으며, 다른 구석에는 끝이 거의 닳아버린 낡은 지팡이 서너 개가 기대어 있어서, 이 아늑한 방 안과 춥고 황량한 바깥을 이어주는 듯했다.

저녁 식사가 끝나자 (나의 갈색 미인도 어느새 식탁에 올라와 있었다.) 사람들은 모두 내게 벽난로가 있는 '구석' 자리로 가라고 명령을 내렸다. 여기 내 여행자 친구들이 벽난로를 얼마나 소중하게 여기는지 충분히 짐작하게 해주는 말이었다. 구석을 잭 호너*에 연결시킬 줄 알게 된 이래 '구석'이란 말을 이렇

---

* 영국의 유명한 자장가에 나오는 심부름꾼 아이. 왕에게 바칠 파이를 '구석'에서 몽땅 먹어치우고는 줄행랑을 친다.

게 대단하게 여기게 된 게 얼마만이던가? 그러나 내가 끝내 사양하자 벤은(파티 분위기를 이끄는 데 천재적인 감각을 지닌 친구다.) 식탁을 한쪽으로 치우고 여행자들을 내 왼편과 오른편으로 갈라서게 하더니 나와 내 의자를 벽난로와 가까운 자리로 옮겼다. 그리고 나머지 사람들에게 식탁에 앉은 순서대로 앉으라고 했다. 그는 이미 다른 사람들이 눈치 채지 못하게 주의가 산만한 소년들의 귀를 잡아당겨 한 명 두 명 밖으로 내쫓은 터였다. 게다가 이제는 하녀와 옥신각신 실랑이를 해서 하이스트리트 거리로 내몬 다음 살며시 문을 닫는 것이었다.

이제 부지깽이로 장작을 뒤적일 시간이었다. 내가 부지깽이로 마법을 걸듯 장작을 세 번 툭툭 치자 가장 밝고 까부는 불꽃이 제일 먼저 나서서 굴뚝 입구 옆에서 장난을 쳤다. 그러고는 격렬한 춤을 추며 굴뚝 위로 솟아올랐다 다시는 내려오지 않았다. 연신 허공으로 튀는 불꽃으로 등불이 어둡게 느껴지자 나는 잔을 채운 뒤 여행자들을 향해 건배를 했다.

"여러분, 메리 크리스마스! 목자들도 가난한 여행자들도 길을 가다 천사의 노래를 듣는 크리스마스이브입니다. '땅에는 평화, 사람들에게는 신의 가호가!'"

누가 가장 먼저 손을 잡으려고 생각했는지, 아니면 축배를 들면서 그런 제의가 나왔는지, 아니면 누구든 서로 그렇게 해주기를 원했는지 잘 기억나지는 않지만, 어쨌든 우리는 서로 손을 잡았다. 그런 다음 리처드 왓츠 씨를 기리며 술을 마셨다. 나는 사람들이 그의 이름을 우리가 건배하면서 그랬던 것보다 더 나쁘게 이용한 일은 없었기를 진심으로 바란다.

이야기를 나누기에는 더없이 좋은 때였다.

"여러분, 우리의 인생은 그런대로 이해할 수 있는 한 편의 이야기입니다. 이해하기 힘든 구석이 조금은 있지만 이야기가 끝날 때쯤 확실히 알 수 있지요. 저로 말할 것 같으면 오늘 밤 현실과 환상이 너무도 헷갈려서 어느 게 어느 것인지 잘 모르겠군요. 우리 여기 앉은 순서대로 이야기를 들려주면 시간을 더 재미있게 보낼 수 있지 않을까요?"

모두들 내가 먼저 시작한다면 좋다고 대답했다. 나는 별로 할 이야기가 없었지만 내 제안에 책임을 져야 했다. 그래서 갈색 미녀에게서 소용돌이쳐 피어오르는 김을 잠시 응시하다 이야기를 시작했다. (거기에서 나는 평소보다 덜 놀란 듯한 표정의 리처드 왓츠 원장의 형상을 보았다고 맹세할 수 있다.)

......

길

내 이야기는 끝나가고 바셀 술도 바닥을 드러내고 있었다. 우리는 대성당의 종이 열두 번 울렸을 때 술자리를 접었다. 나는 그날 밤 여행자들을 떠나보내지 않았다. 아침 7시에 마시는 따끈한 커피 한 잔이 생각났기 때문이다.

하이스트리트 거리를 지날 때 멀리 새벽 노랫소리가 들렸다. 나는 노래하는 사람들이 궁금해서 길 옆에 서서 기다리기로 했다. 그들은 고풍스러운 붉은 벽돌 저택들이 늘어선 아취 있는 길모퉁이의 오래된 성문 근처에서 연주를 하고 있었다. 클라리온 연주자들을 보아 하니 그곳이 사제관 근처라는 사실을 알 수 있었다. 그 건물들의 문 위에는 마치 설교단 위의 공명판처럼 기묘하게 생긴 작은 베란다가 있었다. 나는 아무 사제나 베란다로 나왔으면 하고 바랐다. 그리고 로체스터의 파렴치한 성직자들에 대해 간단하게나마 크리스마스 설교를 해주기를 원했다. 그의 주인인 그리스도의 말씀을 믿고 과부의 재산을 탐한 일에 대해서 말이다.*

클라리온 연주는 매우 감동적이었고, 기분 내키는 대로 행동하는 성향을 버리지 못하고 나는 그들을 따라 바인스라고 부르는 넓은 공터를 건너가서 왈츠 두 곡, 폴카 두 곡, 아일랜드 노래 세 곡에 맞춰 함께 춤을 추었다. 그러고 나서야 여인숙 생각이 났다. 여인숙으로 돌아오니 부엌에 바이올린이 있고, 벤과 사팔뜨기 청년, 하녀 둘이 성대하게 차린 식탁에 둘러앉아 한껏 들떠 있는 모습이 보였다.

나는 그날 밤 최악의 밤을 보냈다. 칠면조나 소고기 때문이라고 할 수는 없지만(술은 말할 것도 없다.) 잠을 자려고 갖은 노력을 했지만 처참한 실패로 끝났다. 나는 바이올린을 들고 바다호스에 있었다. 과부의 살해당한 여동생이 계속해서 머릿속을 떠나지 않았다. 그리고 상상 속에서 나는 약탈과 파멸로부터 고향을 구하려고 눈먼 소녀의 작은 등에 올라타고 있었다. 나는 아무것도 모르는 꼬마 선원의 죽은 엄마에게 훈계를 했다. 스카이페어 장터에서 다이아몬드도 거래했다. 침실 카펫 아래에 민스 파이를 감춰두고 죽느냐 사느냐 하는 갈림길에 서기도 했다. 이런 이야기들이 자꾸만 떠오르는 바람에 잠을 이룰 수가 없었다.** 다만 상상이 어떤 비이성적인 방향으로 뻗어 나가려 할 때마다 리처드 왓츠의 형상이 계속해서 나를 가로막았다.

---

* 마가복음 12장 40절을 인용한 말.
** 이와 같은 내용은 각각의 여행자들이 들려준 이야기와 관련이 있다.

결국 아직 어둠이 걷히지 않은 6시에 침대에서 나와 평소 습관대로 미리 받아둔 찬물에 텀벙거리며 뛰어 들어갔다. 그때서야 존경하는 리처드 왓츠의 손아귀에서도 벗어날 수 있었다. 거리로 나갔을 때 바깥 공기는 얼얼할 정도로 추웠다. 우리가 저녁을 먹었던 왓츠 자선원에 켜 있는 촛불 하나는 마치 자신도 편치 않은 밤을 보낸 듯 희미하고 기운이 없어 보였다. 하지만 나의 여행자들은 모두들 푹 잘 잤다. 벤이 내가 바라던 대로 목재 야적장에 뜨거운 커피며 버터 빵 따위를 잔뜩 준비해 둔 덕분에 여행자들은 배불리 아침 식사를 마칠 수 있었다.

아직 햇볕이 강해지기 전 우리는 함께 거리로 나와 악수를 나눴다. 꼬마 선원은 젊은 과부를 따라 채텀으로 가서 시어네스 행 증기선을 알아볼 작정이라고 했다. 아주 유식해 보이는 변호사는 발길 닿는 대로 가지 않고 목적지를 정해 놓고 여행할 계획이라고 했다. 우선 메이드스톤으로 가는 길에 대성당과 고성, 두 군데를 들렀다 갈 생각이라고 했다. 책 보부상은 나와 함께 다리를 건넜다. 나는 꿈꾸었던 대로 런던으로 가는 길에 코범 우즈까지 걸어가기로 했다.

나는 출입구 계단을 지나 보도를 걸어 큰길로 갈라지는 곳까지 가서 남은 여행자들에게 작별 인사를 하고 홀로 길을 떠났다. 그때쯤 안개가 아련히 피어오르며 햇살이 빛나기 시작했다. 정신을 번쩍 차리게 하는 찬 공기 속을 걸으며 온 누리에 반짝거리는 서리를 바라보노라니 마치 자연도 위대한 이의 탄신일을 함께 축하하고 즐거워하는 것처럼 느껴졌다.

갈색 낙엽이 깔린 숲 속을 지날 때는 발밑으로 이끼 낀 땅의 보드라운 흙을 느끼면서 온몸을 에워싸는 크리스마스의 성스러움을 한껏 만끽했다. 새하얀 나무줄기가 나를 휘감았을 때는 문득 시간의 창조자가 왜 축복을 내리거나 누군가를 치유할 때 치켜드는 그 자애로운 손을, 아무것도 모르는 그 나무를* 위해서는 들지 않았을까 궁금했다. 코범 홀에 도착하자 나는 마을로 가서 죽은 이가 '아무 의심 없이 확실한 희망으로'** 조용히 묻혀 있는 교회 묘지로 갔다. '아무 의심 없이 오직 희망으로'라……, 크리스마스 때면 생각나는 말이기도 했다. 저기 저 명랑하게 뛰어노는 아이들 중에 어느 누가, 자신을 사랑했던 사람이 이제는 더 이상 사랑하지 않을 거라고 상상이나 하겠는가! 내가 지나온 정원 역시 어느 곳도 크리스마스와 상관없는 곳은 없었다. 나는 무덤이 정원에 있으며, "그가 동산지기인 줄" 안 마리아가 "주여, 당신이 옮겼거든 어디 두었는지 내게 이르소서. 그리하면 내가 가져가리이다."***라고 말했음을 기억하고 있었다. 그때 강에 떠 있는 배들이 보였고 배 위에선 그물을 깁는 가난한 어부들이 일어서서 그를 따랐다. 그는 여러 가지 이유로 강가에서 조금 떨어진 배 위에서 사람들을 가르치고 있었다. 그는 한밤중에 홀로 물 위를 당당하게 걸었다. 땅에 비친 내 그림자 또한 크리스마스에 대한 이야기를 들려주었다. 그를 만나기를 소원했던 사람들은 대신, 그를 보았고 그에 대해 들은 사람들이 지나갈 때 그의 그림자라도 비칠까 하여 병든 자들을 그곳에 내려놓았다고 하지 않는가?

　블랙히스에 도착해서 그리니치 파크의 옹이투성이 고목이 길게 늘어선 오솔길을 걸어 내려올 때까지도 크리스마스는 멀

---

* 마가복음 11장 13~21절. 열매를 맺지 못해 그리스도의 저주를 받은 무화과나무를 의미함.
** 하관 예배 때 인용되는 영국 국교회 기도서의 구절.
*** 요한복음 20장 15절.

리 또는 가까이에서 나를 에워쌌다. 또다시 자욱하게 낀 안개 사이로 런던 불빛을 향해 가는 증기선의 소리가 들려왔다. 하지만 런던의 불빛보다도 내 벽난로 불빛이 더 밝았고, 벽난로의 불빛보다는 크리스마스를 기념하려고 난롯가에 모인 우리들의 얼굴이 더욱 밝았다. 나는 그 자리에서 숭고한 리처드 왓츠 씨와 부랑자도 아니고 구호금 모금인도 아닌 '가난한 여섯 여행자'들과 함께했던 만찬 이야기를 들려주었다. 그리고 그 시간 이후로 지금까지 나는 그들 중 어느 누구도 다시 만나지 못했다.